何以滋养灵魂

周国平 著

云南人民出版社

果麦文化　出品

人生不能没有朋友。在所有朋友中,有两个朋友是最不可缺的。

一个朋友就是你自己,是你身上的那个更高的自我。为了使这个更高的自我变得丰富而强大,你还必须有另一个朋友,就是活在人文经典里的那些伟大的灵魂。

目 录

―――― 第一辑　不时髦的读书 ――――

人与书之间	3	做一个真正的读者	30
爱书家的乐趣	6	名著在名译之后诞生	33
读书的癖好	13	读书与时尚	35
愉快是基本标准	16	我的读书旨趣	37
因为它在那里	18	好读书	39
读永恒的书	21	读好书	43
直接读原著	24	怎么读	46
经典和我们	27		

―――― 第二辑　语言的圣殿 ――――

私人写作	53	读《务虚笔记》的笔记	94
走进一座圣殿	61	在失语和言说之间	118
小说的智慧	71		

第三辑　文学没有使命

平淡的境界	125	青春不等于文学	164
诗人的执着和超脱	129	精神拾荒三步曲	166
活着写作是多么美好	133	答《诗刊》杂志问	168
自己的读者	141	诗歌创新和诗人使命	172
也重读安徒生	144	经典作家的处女作	174
简洁的力量	147	论诗	176
小散文模式	149	论创作	183
作为读者的批评家	151	论风格	188
哲学与文学批评（论纲）	154	幽默与自嘲	194
一个文学家眼中的哲学	162		

第四辑　纯粹的写作

纯粹的写作	201	写作的理由和限度	215
首先是思想者	204	青春的反抗和自救	217
自由的灵魂	206	人情练达皆文章	220
有这么一本书	209	有灵魂的写作者	223
不寻常的《遗弃》	211	有行动力的思考者	226

第五辑　我的写作观

我的家园在理论和学术之外	231	为自己写，给朋友读	234
		世上并无格言家	240

一次采访的摘录	242	在我的写作之国中，	
写作·童心·气质	245	我是不容置疑的王	267
答《时代青年》杂志	248	我只面向独立的读者	271
关注人生的哲学之路	250	精神浪漫年代的产儿	273
没有人是专门写散文的	252	思想的原生态	275
美文而且哲理？	255	与中学生谈写作	277
自由的写作心态	257	生命的足迹	290
我需要回到我自己	259	写作的理由和限度	293
要有追求，但不要强求	261	写作的态度	296
写作与心灵生活	265	作品的价值	300

第六辑　精神寻找形式

纯粹艺术：精神寻找形式	307	摇滚的真理	326
一个现代主义者对后现代		艺术家的看及其他	331
主义的感想	314	论美	336
零度以下的辉煌	317	论艺术	340
现代人与福音	320	论艺术家	344

第七辑　时尚考察

纪念所掩盖的	349	把我们自己娱乐死？	356
名人和明星	352	媒体时代的悲哀	360
休闲的时尚	354	向教育争自由	364

让教育回归常识，		诚信、信任和人的尊严	381
回归人性	367	企业家式的能力	384
快乐工作的能力	370	品行与报酬	388
学术规范化和学者使命	373	文化与市场	391
忘记玄奘是可耻的	379		

第八辑　科学与人文

"天人合一"与生态学	395	医学与人文关怀	410
现代技术的危险何在？	397	关于绿色文明的访谈录	413
人是地球的客人	401	我反对克隆人	418
医学的人文品格	404	电脑：现代文明的陷阱？	420

第一辑

不时髦的读书

人与书之间

弄了一阵子尼采研究，不免常常有人问我："尼采对你的影响很大吧？"有一回我忍不住答道："互相影响嘛，我对尼采的影响更大。"其实，任何有效的阅读不仅是吸收和接受，同时也是投入和创造。这就的确存在人与他所读的书之间相互影响的问题。我眼中的尼采形象掺入了我自己的体验，这些体验在我接触尼采著作以前就已产生了。

近些年来，我在哲学上的努力似乎有了一个明确的方向，就是要突破学院化、概念化状态，使哲学关心人生根本，把哲学和诗沟通起来。尼采研究无非为我的追求提供了一种方便的学术表达方式而已。当然，我不否认，阅读尼采著作使我的一些想法更清晰了，但同时起作用的还有我的气质、性格、经历等因素，其中包括我过去的读书经历。

有的书改变了世界历史，有的书改变了个人命运。回想起来，书在我的生活中并无此类戏剧性效果，它们的作用是日积月累的。我说不出对我影响最大的书是什么，也不太相信形形色色的"世界之最"。我只能说，有一些书，它们在不同方面引起了我的强烈共鸣，在我的心灵历程中留下了痕迹。

中学毕业时，我报考北大哲学系，当时在我就学的上海中学算爆了个冷门，因为该校素有重理轻文传统，全班独我一人报考文科，而我一直是班里数学课代表，理科底子并不差。同学和老师差不多用一种怜悯的眼光看我，惋惜我误入了歧途。我不以为然，心想我反正不能一辈子生活在与人生无关的某个专业小角落里。怀着囊括人类全部知识的可笑的贪欲，我选择哲学这门"凌驾于一切科学的科学"，这门不是专业的专业。

然而，哲学系并不如我想象的那般有意思，刻板枯燥的哲学课程很快就使我厌烦了。我成了最不用功的学生之一，"不务正业"，耽于课外书地阅读。上课时，课桌上摆着艾思奇编的教科书，课桌下却是托尔斯泰、陀思妥耶夫斯基、屠格涅夫、易卜生等，读得入迷。老师课堂提问点到我，我站起来问他有什么事，引得同学们哄堂大笑。说来惭愧，读了几年哲学系，哲学书没读几本，读得多的却是小说和诗。我还醉心于写诗，写日记，积累感受。现在看来，当年我在文学方面的这些阅读和习作并非徒劳，它们使我的精神趋向发生了一个大转变，不再以知识为最高目标，而是更加珍视生活本身，珍视人生的体悟。这一点认识，对于我后来的哲学追求是重要的。

我上北大正值青春期，一个人在青春期读些什么书可不是件小事，书籍、友谊、自然环境三者构成了心灵发育的特殊氛围，其影响毕生不可磨灭。幸运的是，我在这三方面遭遇俱佳，卓越的外国文学名著、才华横溢的挚友和优美的燕园风光陪伴着我，启迪了我的求真爱美之心，使我愈发厌弃空洞丑陋的哲学教条。如果说我学了这么多年哲学而仍未被哲学败坏，则应当感谢文学。

我在哲学上的趣味大约是受文学熏陶而形成的。文学与人生有不解之缘，看重人的命运、个性和主观心境，我就在哲学中寻找类似的东西。最早使我领悟哲学之真谛的书是古希腊哲学家的一本著作残篇集，赫拉克利特的"我寻找过自己"，普罗塔哥拉的"人是万物的尺度"，苏格拉底的"未经思索的人生不值得一过"，犹如抽象概念迷雾中耸立的三座灯塔，照亮了久被遮蔽的哲学古老航道。我还偏爱具有怀疑论倾向的哲学家，例如笛卡尔、休谟，他们教我对一切貌似客观的绝对真理体系怀着戒心。可惜的是，哲学家们在批判早于自己的哲学体系时往往充满怀疑精神，一旦构筑自己的体系却又容易陷入独断论。相比之下，文学艺术作品就更能保持多义性、不确定性、开放性，并不孜孜于给宇宙和人生之谜一个终极答案。

　　长期的文化禁锢使得我这个哲学系学生竟也无缘读到尼采或其他现代西方人的著作。上学时，只偶尔翻看过萧赣译的《查拉图斯特拉如是说》，因为是用文言翻译，译文艰涩，未留下深刻印象。直到大学毕业以后很久，才有机会系统阅读尼采的作品。我的确感觉到一种发现的喜悦，因为我对人生的思考、对诗的爱好以及对学院哲学的怀疑都在其中找到了呼应。一时兴发，我搞起了尼采作品的翻译和研究，而今已三年有余。现在，我正准备同尼采告别。

　　读书犹如交友，再情投意合的朋友，在一块耽得太久也会腻味的。书是人生的益友，但也仅止于此，人生的路还得自己走。在这路途上，人与书之间会有邂逅、离散、重逢、诀别、眷恋、反目、共鸣、误解，其关系之微妙，不亚于人与人之间，给人生添上了如许情趣。也许有的人对一本书或一位作家一见倾心，爱之弥笃，乃至白头偕老。我在读书上却没有如此坚贞专一的爱情。倘若临终时刻到来，我相信使我含恨难舍的不仅有亲朋好友，还一定有若干册体己的好书。但尽管如此，我仍不愿同我所喜爱的任何一本书或一位作家厮守太久，受染太深，丧失了我自己对书对人的影响力。

1988.5

爱书家的乐趣

一

上大学时，一位爱书的同学有一天突然对我说："谁知道呢，也许我们一辈子别无成就，到头来只是染上了戒不掉的书癖。"我从这自嘲中听出一种凄凉，不禁心中黯然。诚然，天下之癖，无奇不有，嗜书不过是其中一癖罢了。任何癖好，由旁人观来，都不免有几分可笑，几分可悲，书癖也不例外。

有一幅题为《书痴》的版画，画面是一间藏书室，四壁书架直达天花板。一位白发老人站在高高的梯凳顶上，胁下、两腿间都夹着书，左手持一本书在读，右手从架上又抽出一本。天花板上有天窗，一缕阳光斜射在他的身上和书上。

如果我看见这幅画，就会把它揣摩成一幅善意的讽刺画。偌大世界，终老书斋的生活毕竟狭窄得可怜。

然而，这只是局外人的眼光，身在其中者会有全然不同的感想。叶灵凤先生年轻时见到这幅画，立刻"深刻地迷恋着这幅画面上所表现的一切"，毫不踌躇地花费重金托人从辽远的纽约买来了一幅原版。

读了叶先生的三集《读书随笔》，我能理解他何以如此喜欢这幅画。叶先生自己就是一个"书痴"，或用他的话说，是一位"爱书家",购书、藏书、品书几乎成了他毕生的主要事业。他完完全全是此道中人,从不像我似的有时用局外人的眼光看待书痴。他津津乐道和书有关的一切,举凡版本印次,书中隽语,作家轶事,文坛掌故,他都用简洁的笔触娓娓道来,如数家珍。借他的书话,我仿佛不仅参观了他的藏书室,而且游览了他的既单纯又丰富的精神世界,领略了一位爱书家的生活乐趣。于是我想,人生在世的方式有千百种而每个人只能选择一种,说到底谁的生活都是狭窄的。一个人何必文垂千秋,才盖天下,但若能品千秋之文,善解盖世之才,也就算不负此生了。尤当嗜权嗜物恶癖风行于世,孰知嗜书不是一种洁癖,做爱书家不是淡泊中的一种执着,退避中的一种追求呢?

二

叶先生自称"爱书家",这可不是谦辞。在他眼里,世上合格的爱书家并不多。学问家务求"开卷有益",版本家挑剔版本格式,所爱的不是书,而是收益或古董。他们都不是爱书家。

爱书家的读书,是一种超越了利害和技术的境界。就像和朋友促膝谈心,获得的是精神上的安慰。叶先生喜欢把书比作"友人"或"伴侣"。他说常置案头的"座右书"是些最知己的朋友,又说翻开新书的心情就像在寂寞的人生旅途上为自己搜寻新的伴侣,而随手打开一本熟悉的书则像是不期而遇的一位老友。他还借吉辛之口叹息那些无缘再读一遍的好书如同从前邂逅的友人,倘若临终时记起它们,"这最后的诀别之中将含着怎样的惋惜!"可见爱书家是那种把书和人生亲密无间地结合起来的人,书在他那里有了生命,像活生生的人一样牵扯着他的情怀,陪伴着他的人生旅程。

  凡是真正爱书的人,想必都领略过那种澄明的心境。夜深人静,独坐灯下,摊开一册喜欢的书,渐觉尘嚣远遁,杂念皆消,忘却了自己也获得了自己。然而,这种"心境澄澈的享受"不易得。对于因为工作关系每天离不开书的职业读书人来说,更是难乎其难。就连叶先生这样的爱书家也觉得自己常常"并非在读书,而是在翻书、查书、用书",以致在某个新年给自己许下大愿:"今年要少写多读。如果做不到,那么,就应该多读多写。万万不能只写不读。"

  这是因为以读书为精神的安慰和享受,是需要一种寂寞的境遇的。由于寂寞,现实中缺少或远离友人,所以把书当友人,从书中找安慰。也由于寂寞,没有纷繁人事的搅扰,所以能沉醉在书中,获得澄明的享受。但寂寞本身就不易得,这不仅是因为社会的责任往往难于坚辞,而且是因为人性中固有不甘寂寞的一面。试看那些叫苦不迭的忙人,一旦真的门庭冷落,清闲下来,我担保十有八九会耐不住寂寞,缅怀起往日的热闹时光。大凡人只要有法子靠实际的交往和行动来排遣寂寞,他就不肯求诸书本。只有到了人生的逆境,被剥夺了靠交往和行动排遣寂寞的机会,或者到了人生的困境,怀着一种靠交往和行动排遣不了的寂寞,他才会用书来排遣这无可排遣的寂寞。如此看来,逆境和困境倒是有利于读书的。叶先生说:"真正的爱书家和藏书家,他必定是一个在广阔的人生道上尝遍了哀乐,而后才走入这种狭隘的嗜好以求慰藉的人。"我相信这是叶先生的既沉痛又欣慰的自白。一个人终于成了爱书家,多半是无缘做别的更显赫的家的结果,但他也品尝到了别的更显赫的家所无缘品尝的静谧的快乐。

三

爱书家不但嗜爱读书，而且必有购书和藏书的癖好。那种只借书不买书的人是称不上爱书家的。事实上，在书的乐趣中，购和藏占了相当一部分。爱书的朋友聚到一起，说起自己购得一本好书时的那份得意，听到别人藏有一本好书时的那股羡慕，就是明证。

叶先生对于购书的癖好有很准确的描述："有用的书，无用的书，要看的书，明知自己买了也不会看的书，无论什么书，凡是自己动了念要买的，迟早总要设法买回来才放心。"由旁人看来，这种锲而不舍的购书欲简直是偏执症，殊不料它成了书迷们的快乐的源泉。购书本身是一种快乐，而寻购一本书的种种艰难曲折似乎化为价值添加到了这本书上，强化了购得时的快乐。

书生多穷，买书时不得不费斟酌，然而穷书生自有他的"穷开心"。叶先生有篇文字专谈逛旧书店的种种乐趣，如今旧书业萧条已久，叶先生谈到的诸如"意外的发现"之类的乐趣差不多与我们无缘了。然而，当我们偶尔从旧书店或书市廉价买到从前想买而错过或嫌贵而却步的书时，我们岂不也感到过节一般的快乐，那份快乐简直不亚于富贾一举买下整座图书馆的快乐？自己想来不禁哑然失笑，因为即使在购买别的商品时占了大十倍的便宜，我们也绝不会这般快乐。

由于在购书过程中倾注了心血，交织着情感，因此，爱书的人即使在别的方面慷慨大度，对于书却总不免有几分吝啬。叶先生曾举一例：中国古代一位藏书家在所藏每卷书上都盖印曰"借书不孝"，以告诫子孙不可借书与人。这当然是一个极端的例子，但我们每个爱书的人想必都体会过借书与人时的复杂心情，尤其是自己喜欢的书，一旦借出，就朝夕盼归，万一有去无回，就像死了一位亲人一样，在心中为它筑了一座缅怀的墓。可叹世上许多人以借钱不还为耻，却从不以借书不还为耻，其实在借出者那里，后者给他造成的痛苦远超过前者，因为钱是身外之物，书却是他生命的一部分。

爱书家的藏书，确是把书当作了他生命的一部分。叶先生发挥日本爱书家斋藤昌三的见解，强调"书斋是一个有机体"，因为它是伴随主人的精神历程而新陈代谢、不断生长的。在书斋与主人之间，有一个共生并存的关系。正如叶先生所说："架上的书籍不特一本一本地跟收藏人息息相关，而且收藏人的生命流贯其中，连成一体。"这与某些"以藏书的丰富和古版的珍贵自满"的庸俗藏书家是大异其趣的。正因为此，一旦与主人断绝了关系，书斋便解体，对于别人它至多是一笔财产，而不再是一个有机体。那位训示子孙以"借书不孝"的藏书家昧于这层道理，所以一心要保全他的藏书，想借此来延续他死后的生命。事实上，无论古今，私人书斋是难于传之子孙的，因为子孙对它已不具有它的主人曾经具有的血肉相联的感情。这对于书斋主人来说，倒不是什么了不得的憾事，既然生命行将结束，那和他生死与共的书斋的使命应该说是圆满完成了。

四

叶先生的《读书随笔》不单论书的读、购、藏，更多的篇幅还是论他所读过的一本本具体的书，以及爱书及人，论他所感兴趣的一个个具体的作家。其中谈及作家的奇癖乖行，例如19世纪英国作家的吸鸦片成风，纪德的同性恋及其在作品中的自我暴露，普鲁斯特的怕光、怕冷、怕声音乃至于要穿厚大衣点小灯坐在隔音室里写作，这些固可博人一笑。但是，谈及人和书的命运的那些篇什又足以令人扼腕叹息。

作家中诚有生前即已功成名就、人与书俱荣的幸运儿，然更不乏穷困潦倒一生、只留下身后名的苦命人。诗人布莱克毕生靠雕版卖艺糊口，每当家里分文不名，他的妻子便在吃饭时放一只空餐盆在他面前，提醒他拿起刻刀挣钱。汤普生在一家鞋店做帮工，穷得买不起纸，诗稿都写在旧账簿和包装纸上。吉辛倒是生前就卖文为生，但入不敷出，常常挨饿，住处简陋到没有水管，每天只好潜入图书馆的盥洗室漱洗，终遭管理员发现而谢绝。只是待到这些苦命作家撒手人间，死后终被"发现"，生前连一碗粥、一片面包也换不到的手稿便突然价值千金，但得益的是不相干的后人。叶先生叹道："世上最值钱的东西是作家的原稿，但是同时也是最不值钱的。"人亡书在，书终获好运，不过这好运已经和人无关了。

作家之不能支配自己的书的命运，还有一种表现，就是有时自己寄予厚望的作品被人遗忘，不经意之作却得以传世。安徒生一生刻意经营剧本和长篇小说，视之为大树，而童话只是他在余暇摆弄的小花小草，谁知正是这些小花小草使他在文艺花园里获得了不朽地位。笛福青壮年时期热衷于从政经商，均无成就，到六十岁屈尊改行写小说，不料《鲁滨逊漂流记》一举成名，永垂史册。

真正的好作品，不管如何不受同时代人乃至作者自己的重视，它们在文化史上大抵终能占据应有的地位。里尔克说罗丹的作品像海和森林一样，有其自身的生命，而且随着岁月继续生长。这话也适用于为数不多的好书。绝大多数书只有短暂的寿命，死在它们的作者前头，和人一起被遗忘了。只有少数书活得比人长久，乃至活在世世代代的爱书家的书斋里——也就是说，被组织进他们的有机体，充实了他们的人生。

　　爱书家的爱书纯属个人爱好，不像评论家的评书是一种社会责任，因而和评论家相比，爱书家对书的选择更不易受权势或时尚左右。历史上常常有这样的情形：一本好书在评论界遭冷落或贬斥，却被许多无名读者热爱和珍藏。这种无声的评论在悠长的岁月中发挥着作用，归根结底决定了书籍的生命。也许，这正是爱书家们在默默无闻中对于文化史的一种参与？

1989.9

读书的癖好

人的癖好五花八门,读书是其中之一。但凡人有了一种癖好,也就有了一种看世界的特别眼光,甚至有了一个属于他的特别的世界。不过,和别的癖好相比,读书的癖好能够使人获得一种更为开阔的眼光,一个更加丰富多彩的世界。我们也许可以据此把人分为有读书癖的人和没有读书癖的人,这两种人生活在很不相同的世界上。

比起嗜书如命的人来,我只能勉强算作一个有一点读书癖的人。根据我的经验,人之有无读书的癖好,在少年甚至童年时便已见端倪。那是一个求知欲汹涌勃发的年龄,不必名著佳篇,随便一本稍微有趣的读物就能点燃对书籍的强烈好奇。回想起来,使我发现书籍之可爱的不过是上小学时读到的一本普通的儿童读物,那里面讲述了一个淘气孩子的种种恶作剧,逗得我不停地捧腹大笑。从此以后,我对书不再是视若不见,而是刮目相看了,我眼中有了一个书的世界,看得懂看不懂的书都会使我眼馋心痒,我相信其中一定藏着一些有趣的事情,等待我去见识。随着年龄增长,所感兴趣的书的种类当然发生了很大的变化,对书的兴趣则始终不衰。现在我觉得,一个人读什么书诚然不是一件次要的事情,但前提还是要有读书的爱好,而只要真正爱读书,就迟早会找到自己的书中知己。

读书的癖好与所谓刻苦学习是两回事，它讲究的是趣味。所以，一个认真做功课和背教科书的学生，一个埋头从事专业研究的学者，都称不上是有读书癖的人。有读书癖的人所读之书必不限于功课和专业，毋宁说更爱读课外和专业之外的书籍，也就是所谓闲书。当然，这并不妨碍他对自己的专业产生浓厚的兴趣，做出伟大的成就。英国哲学家罗素便是一个在自己的专业上做出了伟大的成就的人，然而，正是他最热烈地提倡青年人多读"无用的书"。其实，读"有用的书"即教科书和专业书固然有其用途，可以获得立足于社会的职业技能，但是读"无用的书"也并非真的无用，那恰恰是一个人精神生长的领域。从中学到大学，再到研究生，我从来不是一个很用功的学生，上课偷读课外书乃至逃课是常事。我相信许多人在回首往事时会和我有同感：一个人的成长基本上得益于自己读书，相比之下，课堂上的收获显得微不足道。我不想号召现在的学生也逃课，但我国的教育现状确实令人担忧。中小学本是培养对读书的爱好的关键时期，而现在的中小学教育却以升学率为唯一追求目标，为此不惜将超负荷的功课加于学生，剥夺其课外阅读的时间，不知扼杀了多少孩子现在和将来对读书的爱好。

那么，一个人怎样才算养成了读书的癖好呢？我觉得倒不在于读书破万卷，一头扎进书堆，成为一个书呆子。重要的是一种感觉，即读书已经成为生活的基本需要，不读书就会感到欠缺和不安。宋朝诗人黄山谷有一句名言："三日不读书，便觉语言无味，面目可憎。"林语堂解释为：你三日不读书，别人就会觉得你语言无味，面目可憎。这当然也说得通，一个不爱读书的人往往是乏味的因而不让人喜欢。不过，我认为这句话主要还是说自己的感觉：你三日不读书，你就会自惭形秽，羞于对人说话，觉得没脸见人。如果你有这样的感觉，你就必定是个有读书癖的人了。

有一些爱读书的人,读到后来,有一天自己会拿起笔来写书,我也是其中之一。所以,我现在成了一个作家,也就是以写作为生的人。我承认我从写作中也获得了许多快乐,但是,这种快乐并不能代替读书的快乐。有时候我还觉得,写作侵占了我的读书的时间,使我蒙受了损失。写作毕竟是一种劳动和支出,而读书纯粹是享受和收入。我向自己发愿,今后要少写多读,人生几何,我不该亏待了自己。

1997.6

愉快是基本标准

读了大半辈子书,倘若有人问我选择书的标准是什么,我一定会毫不犹豫地回答:愉快是基本标准。一本书无论专家们说它多么重要,排行榜说它多么畅销,如果读它不能使我感到愉快,我就宁可不去读它。

人做事情,或是出于利益,或是出于性情。出于利益做的事情,当然就不必太在乎是否愉快。我常常看见名利场上的健将一面叫苦不迭,一面依然奋斗不止,对此我完全能够理解。我并不认为他们的叫苦是假,因为我知道利益是一种强制力量,而就他们所做的事情的性质来说,利益的确比愉快更加重要。相反,凡是出于性情做的事情,亦即仅仅为了满足心灵而做的事情,愉快就都是基本的标准。属于此列的不仅有读书,还包括写作、艺术创作、艺术欣赏、交友、恋爱、行善等等,简言之,一切精神活动。如果在做这些事情时不感到愉快,我们就必须怀疑是否有利益的强制在其中起着作用,使它们由性情生活蜕变成了功利行为。

读书唯求愉快,这是一种很高的境界。关于这种境界,陶渊明做了最好的表述:"好读书,不求甚解。每有会意,便欣然忘食。"不过,我们不要忘记,在《五柳先生传》中,这句话前面的一句话是:"闲静少言,不慕荣利。"可见要做到出于性情而读书,其前提是必须有真性情。那些躁动不安、事事都想发表议论的人,那些渴慕荣利的人,一心以求解的本领和真理在握的姿态夸耀于人,哪里肯甘心于自个儿会意的境界。

以愉快为基本标准,这也是在读书上的一种诚实的态度。无论什么书,只有你读时感到了愉快,使你产生了共鸣和获得了享受,你才应该承认它对于你是一本好书。在这一点上,毛姆说得好:"你才是你所读的书对于你的价值的最后评定者。"尤其是文学作品,本身并无实用,唯能使你的生活充实,而要做到这一点,前提是你喜欢读。没有人有义务必须读诗、小说、散文。哪怕是专家们同声赞扬的名著,如果你不感兴趣,便与你无关。不感兴趣而硬读,其结果只能是不懂装懂,人云亦云。相反,据我所见,凡是真正把读书当作享受的人,往往能够直抒己见。譬如说,蒙田就敢于指责柏拉图的对话录和西塞罗的著作冗长拖沓,坦然承认自己欣赏不了,博尔赫斯甚至把弥尔顿的《失乐园》和歌德的《浮士德》称作最著名的引起厌倦的方式,宣称乔伊斯作品的费解是作者的失败。这两位都是学者型的作家,他们的博学无人能够怀疑。我们当然不必赞同他们对于那些具体作品的意见,我只是想借此说明,以读书为乐的人必有自己鲜明的好恶,而且对此心中坦荡,不屑讳言。

我不否认,读书未必只是为了愉快,出于利益的读书也有其存在的理由,例如学生做功课和学者做学问。但是,同时我也相信,在好的学生和好的学者那里,愉快的读书必定占据着更大的比重。我还相信,与灌输知识相比,保护和培育读书的愉快是教育更重要的任务。所以,如果一种教育使学生不能体会和享受读书的乐趣,反而视读书为完全的苦事,我们便可以有把握地判断它是失败了。

1998.6

因为它在那里

我"发现"了一套好书：中国商务印书馆和美国不列颠百科全书公司 1995 年合作出版的《西方名著入门》。之所以说"发现"，是因为不曾看见大小报刊宣传它，而它比绝大多数被宣传得很热闹的书有价值多了。事实上它一直默默无闻，初印 3000 册，迄今没有重印。全书共 9 卷，收入了西方自古至今文学、社会科学、自然科学、哲学各门类的中短篇名作，其中有相当部分是首次译介的。

这套书原是为西方读者准备的，编者在书首写有篇幅甚长的序和导言，交代编书的意图。读后觉得，其意图对于我们亦非无的放矢。

现代社会是一个娱乐社会。随着工作时间的缩短和闲暇的增加，现代人把越来越多的时间用于娱乐。所谓娱乐，又无非是一种用钱买来、由时髦产品提供、由广告逼迫人们享用的东西。如果不包含这些因素，人们便会觉得自己不是在娱乐。在娱乐中，人们但求无所用心，彻底放松。花费昂贵和无所用心成了衡量娱乐之品级的尺度，进而又成了衡量生活之质量的尺度，如果一个人把许多时间耗在豪华的俱乐部或度假村里，他就会被承认是一个体面的人士。当然，这样的人是不读书的，至少是不读世界名著的，因为那不太费钱却需要用心。

如果闲暇的时间越来越多,甚至超过了工作的时间,那么,我们确实可以认为,一个人的生活质量将越来越取决于他如何消度闲暇。正是在这个意义上,该书的编者提出教育目标发生了变化的命题。过去,教育的目标是为职业做准备。现在,教育应该为人们能够有意义地利用闲暇时间做准备。也就是说,应该使人们有能力在闲暇时间过一种有头脑的生活,而不是无所用心的生活。在编者看来,阅读名著无疑最有助于实现这个目标。

　　名著之为名著,就因为其作者如同圣伯夫形容苏格拉底和蒙田那样,是"拥抱所有国家和所有时代"的,他们的作品触及了某些人类共同感兴趣的重大问题,表达了某些最根本的思想。正由于此,它们不会是普通人所无法理解的。有了这一点基本的信心,编者便劝告读者在阅读时尽量把注意力放在读懂的内容上,而不要受阻于不懂的地方。我很赞赏编者的这一劝告。我相信,越是读伟大的作品,五柳先生"好读书,不求甚解"的原则就越是适用。读名著原是为了获得享受,在享受中自然而然地得到熏陶和教益,而刻意求解的读法往往把享受破坏无遗,也就消解了在整体上受熏陶的心理氛围。

　　从前的时代,由于印刷的困难,一个人毕生只能读到不多的几本书,于是反复阅读,终身受用不尽。现在不同了,出版物如汪洋大海,席卷而来。每月都有许多新书上架,即使浅尝辄止,仍是目不暇接。印刷业的发达必然导致阅读的浮躁。哪怕明知名著的价值非一般书所可比拟,也沉不下心来读它们,很容易把它们看作众多书中的一种罢了。回想起来,真是舍本求末,损失莫大矣。那么,此刻,这套《西方名著入门》摆在面前,唤醒了我对名著的眷恋,使我决心回到它们那里。

　　有人问一位登山运动员为何要攀登珠穆朗玛峰,得到的回答是:"因为它在那里。"别的山峰不存在吗?在他眼里,它们的确不存在,他只看见那座最高的山。爱书者也应该有这样的信念:非最好的书不读。让我们去读最好的书吧,因为它在那里。

1997.7

读永恒的书

人类所创造的精神财富是通过各种物质形式得以保存的，其中最重要的一种形式就是文字。因而，在我们日常的精神活动中，读书便占据着很大的比重。据说最高的境界是无文字之境，真正的高人如同村夫野民一样是不读人间之书的，这里姑且不论。一般而言，我们很难想象一个关注精神生活的人会对书籍毫无兴趣。尤其在青少年时期，心灵世界的觉醒往往会表现为一种勃发的求知欲，对书籍产生热烈的向往。"我扑在书籍上，就像饥饿的人扑在面包上一样。"高尔基回忆他在童年时所说的这句话，非常贴切地表达了读书欲初潮来临的心情。一个人在早年是否经历过这样的来潮，在一定程度上透露和预示了他的精神素质。

然而，古今中外，书籍不计其数，该读哪些书呢？从精神生活的角度出发，我们也许可以极粗略地把天下的书分为三大类。一是完全不可读的书，这种书只是外表像书罢了，实际上是毫无价值的印刷垃圾，不能提供任何精神的启示、艺术的欣赏或有用的知识。在今日的市场上，这种以书的面目出现的假冒伪劣产品比比皆是。二是可读可不读的书，这种书读了也许不无益处，但不读肯定不会造成重大损失和遗憾。世上的书，大多属于此类。我把一切专业书籍也列入此类，因为它们只对有关的专业人员才可能是必读书，对于其余人却不是必读的，至多是可读可不读的。

三是必读的书。所谓必读，是就精神生活而言，即每一个关心人类精神历程和自身生命意义的人都应该读，不读便会是一种欠缺和遗憾。

应该说，这第三类书在书籍的总量中只占极少数，但绝对量仍然非常大。它们实际上是指人类文化宝库中的那些不朽之作，即所谓经典名著。对于这些伟大作品不可按学科归类，不论它们是文学作品还是理论著作，都必定表现了人类精神的某些永恒内涵，因而具有永恒的价值。在此意义上，我称它们为永恒的书。要确定这类书的范围是一件难事，事实上不同的人就此开出的书单一定会有相当的出入。不过，只要开书单的人确有眼光，就必定会有一些最基本的好书被共同选中。例如，他们绝不会遗漏掉《论语》《史记》《红楼梦》这样的书，柏拉图、莎士比亚、托尔斯泰这样的作家。

在我看来，真正重要的倒不在于你读了多少名著，古今中外的名著是否读全了，而在于要有一个信念，便是非最好的书不读。有了这个信念，即使你读了许多并非最好的书，你仍然会逐渐找到那些真正属于你的最好的书，并且成为它们的知音。事实上，对于每个具有独特个性和追求的人来说，他的必读书的书单绝非照抄别人的，而是在他自己阅读的过程中形成的，这个书单本身也体现出了他的个性。正像罗曼·罗兰在谈到他所喜欢的音乐大师时说的："现在我有我的贝多芬了，犹如已经有了我的莫扎特一样。一个人对他所爱的历史人物都应该这样做。"

费尔巴哈说，人就是他所吃的东西。至少就精神食物而言，这句话是对的。从一个人的读物大致可以判断他的精神品级。一个在阅读和沉思中与古今哲人文豪倾心交谈的人，与一个只读明星逸闻和凶杀故事的人，他们当然有着完全不同的内心世界。我甚至要说，他们也是生活在完全不同的外部世界中，因为世界本无定相，它对于不同的人呈现不同的面貌。列车上，地铁里，我常常看见人们捧着形形色色的小报，似乎读得津津有味，心中不免为他们惋惜。天下好书之多，一辈子也读不完，岂能把生命浪费在读这种无聊的东西上。我不是故作清高，其实我自己也曾拿这类流行报刊来消遣，但结果总是后悔不已。读了一大堆之后，只觉得头脑里乱糟糟又空洞洞，没有得到任何有价值的东西。歌德做过一个试验，半年不读报纸，结果他发现，与以前天天读报相比，没有任何损失。所谓新闻，大多是过眼烟云的人闹的一点儿过眼烟云的事罢了，为之浪费只有一次的生命确实是不值得的。

1996.7

直接读原著

叔本华在《作为意志和表象的世界》第二版序中说："只有从那些哲学思想的首创人那里，人们才能接受哲学思想。因此，谁要是向往哲学，就得亲自到原著那肃穆的圣地去找永垂不朽的大师。"对于每一个有心学习哲学的人，我要向他推荐叔本华的这一指点。

叔本华是在谈到康德时说这句话的。在康德死后两百年，我们今天已经能够看明白，康德在哲学中的作用真正是划时代的，根本扭转了西方哲学的发展方向。近两百年西方哲学的基调是对整个两千年西方形而上学传统的反省和背叛，而这个调子是康德一锤敲定的。叔本华从事哲学活动时，康德去世不久，但他当时即已深切地感受到康德哲学的革命性影响。用他的话说，那种效果就好比给盲人割治翳障的手术，又可看作"精神的再生"，因为它"真正排除掉了头脑中那天生的、从智力的原始规定而来的实在论"，这种实在论"能教我们搞好一切可能的事情，就只不能搞好哲学"。使他恼火的是当时在德国占据统治地位的是黑格尔哲学，青年们的头脑已被其败坏，无法再追随康德的深刻思路。因此，他号召青年们不要从黑格尔派的转述中，而要从康德的原著中去了解康德。

叔本华一生备受冷落，他的遭遇与和他同时代的官方头号哲学家黑格尔适成鲜明对照。但是，因此把他对黑格尔的愤恨完全解释成个人的嫉妒，我认为是偏颇的。由于马克思的黑格尔派渊源，我们对于黑格尔哲学一向高度重视，远在康德之上。这里不是讨论这个复杂问题的地方，我只想指出，至少叔本华的这个意见是对的：要懂得康德，就必须去读康德的原著。广而言之，我们要了解任何一位大哲学家的思想，都必须直接去读原著，而不能通过别人的转述，哪怕这个别人是这位大哲学家的弟子、后继者或者研究他的专家和权威。我自己的体会是，读原著绝对比读相关的研究著作有趣，在后者中，一种思想的原创力量和鲜活生命往往被消解了，只剩下了一副骨架，躯体某些局部的解剖标本，以及对于这些标本的博学而冗长的说明。

常常有人问我，学习哲学有什么捷径，我的回答永远是：有的，就是直接去读大哲学家的原著。之所以说是捷径，是因为这是唯一的途径，走别的路只会离目的地越来越远，最后还是要回到这条路上来。能够回来算是幸运的呢，常见的是丧失了辨别力，从此迷失在错误的路上了。有一种普遍的误解，即认为可以从各种哲学教科书中学到哲学，似乎哲学最重要最基本的东西都已经集中在这些教科书里了。事实恰恰相反，且不说那些从某种确定的教条出发论述哲学和哲学史的教科书，它们连转述也称不上，我们从中所能读到的东西和哲学毫不相干。即使那些认真的教科书，我们也应记住，它们至多是转述，由于教科书必然要涉及广泛的内容，其作者不可能阅读全部的相关原著，因此它们常常还是转述的转述。一切转述都必定受转述者的眼界和水平所限制，在第二手乃至第三手、第四手的转述中，思想的原创性递减，平庸性递增，这么简单的道理应该是无须提醒的吧。

哲学的精华仅仅在大哲学家的原著中。如果让我来规划哲学系的教学，我会把原著选读列为唯一的主课。当然，历史上有许多大哲学家，一个人要把他们的原著读遍，几乎是不可能的，也是不必要的。以一本简明而客观的哲学史著作为入门索引，浏览一定数量的基本原著，这个步骤也许是省略不掉的。在这过程中，如果没有一种原著引起你的相当兴趣，你就趁早放弃哲学，因为这说明你压根儿对哲学就没有兴趣。倘非如此，你对某一个大哲学家的思想产生了真正的兴趣，那就不妨深入进去。可以期望，无论那个大哲学家是谁，你都将能够通过他而进入哲学的堂奥。不管大哲学家们观点如何相左，个性各异，他们中每一个人都必能把你引到哲学的核心，即被人类所有优秀的头脑所思考过的那些基本问题，否则就称不上是大哲学家了。

叔本华有一副愤世嫉俗的坏脾气，他在强调读原著之后，接着就对只喜欢读第二手转述的公众开骂，说由于"平庸性格的物以类聚"，所以"即令是伟大哲人所说的话，他们也宁愿从自己的同类人物那儿去听取"。在我们的分类表上，叔本华一直是被排在坏蛋那一边的，加在他头上的恶名就不必细数了。他肯定不属于最大的哲学家之列，但算得上是比较大的哲学家。如果我们想真正了解他的思想，直接读原著的原则同样适用。尼采读了他的原著，说他首先是一个真实的人。他自己也表示，他是为自己而思考，绝不会把空壳核桃送给自己。我在他的著作中的确捡到了许多饱满的核桃，如果听信教科书中的宣判而不去读原著，把它们错过了，岂不可惜。

2002.11

经典和我们

我的读书旨趣，第一是把人文经典当作主要读物，第二是用轻松的方式来阅读。

读什么书，取决于为什么读。人之所以读书，无非有三种目的。一是为了实际的用途，例如因为职业的需要而读专业书籍，因为日常生活的需要而读实用知识。二是为了消遣，用读书来消磨时光，可供选择的有各种无用而有趣的读物。三是为了获得精神上的启迪和享受，如果是出于这个目的，我觉得读人文经典是最佳选择。

人类历史上产生了那样一些著作，它们直接关注和思考人类精神生活的重大问题，因而是人文性质的，同时其影响得到了许多世代的公认，已成为全人类共同的财富，因而又是经典性质的。我们把这些著作称作人文经典。在人类精神探索的道路上，人文经典构成了一种伟大的传统，任何一个走在这条路上的人都无法忽视其存在。

认真地说，并不是随便读点什么都能算是阅读的。譬如说，我不认为背功课或者读时尚杂志是阅读。真正的阅读必须有灵魂的参与，它是一个人的灵魂在一个借文字符号构筑的精神世界里的漫游，是在这漫游途中的自我发现和自我成长，因而是一种个人化的精神行为。什么样的书最适合这样的精神漫游呢？当然是经典，只要我们翻开它们，便会发现里面藏着一个个既独特又完整的精神世界。

一个人如果并无精神上的需要，读什么倒是无所谓的，否则就必须慎于选择。也许没有一个时代拥有像今天这样多的出版物，然而，很可能今天的人们比以往任何时候都阅读得少。在这样的时代，一个人尤其必须懂得拒绝和排除，才能够进入真正的阅读。这是我主张坚决不读二三流乃至不入流读物的理由。

图书市场上有一件怪事，别的商品基本上是按质论价，唯有图书不是。同样厚薄的书，不管里面装的是垃圾还是金子，价钱都差不多。更怪的事情是，人们宁愿把可以买回金子的钱用来买垃圾。至于把宝贵的生命耗费在垃圾上还是金子上，其间的得失就完全不是钱可以衡量的了。

古往今来，书籍无数，没有人能够单凭一己之力从中筛选出最好的作品来。幸亏我们有时间这位批评家，虽然它也未必绝对智慧和公正，但很可能是一切批评家中最智慧和最公正的一位，就算多么独立思考的读者也不妨听一听它的建议。所谓经典，就是时间这位批评家向我们提供的建议。

对经典也可以有不同的读法。一个学者可以把经典当作学术研究的对象，对某部经典或某位经典作家的全部著作下考证和诠释的功夫，从思想史、文化史、学科史的角度进行分析。这是学者的读法。但是，如果一部经典只有这一种读法，我就要怀疑它作为经典的资格，就像一个学者只会用这一种读法读经典，我就要断定他不具备大学者的资格一样。唯有今天仍然活着的经典才配叫作经典，它们不但属于历史，而且超越历史，仿佛有一颗不死的灵魂在其中永存。正因为如此，在阅读它们时，不同时代的个人都可能感受到一种灵魂觉醒的惊喜。在这个意义上，经典属于每一个人。

作为普通人，我们如何读经典？我的经验是，无论《论语》还是《圣经》，无论柏拉图还是康德，不妨就当作闲书来读。也就是说，阅读的心态和方式都应该是轻松的。千万不要端起做学问的架子，刻意求解。读不懂不要硬读，先读那些读得懂的、能够引起自己兴趣的著作和章节。这里有一个浸染和熏陶的过程，所谓人文修养就是这样熏染出来的。在不实用而有趣这一点上，读经典的确很像是一种消遣。事实上，许多心智活泼的人正是把这当作最好的消遣的。能否从阅读经典中感受到精神的极大愉悦，这差不多是对心智品质的一种检验。不过，也请记住，经典虽然属于每一个人，但永远不属于大众。我的意思是说，读经典的轻松绝对不同于读大众时尚读物的那种轻松。每一个人只能作为有灵魂的个人，而不是作为无个性的大众，才能走到经典中去。如果有一天你也陶醉于阅读经典这种美妙的消遣，你就会发现，你已经距离一切大众娱乐性质的消遣多么遥远。

　　经典是人类精神财富的一个宝库，它就在我们身旁，其中的财富属于我们每一个人。阅读经典，就是享用这笔宝贵的财富。凡是领略过此种享受的人都一定会同意，倘若一个人活了一生一世，从未踏进这个宝库，那是遭受了多么巨大的损失啊！

2003.2

做一个真正的读者

读者是一个美好的身份。每个人在一生中会有各种其他的身份，例如学生、教师、作家、工程师、企业家等，但是，如果不同时也是一个读者，这个人就肯定存在着某种缺陷。一个不是读者的学生，不管他考试成绩多么优秀，本质上不是一个优秀的人才。一个不是读者的作家，我们有理由怀疑他作为作家的资格。在很大程度上，人类精神文明的成果是以书籍的形式保存的，而读书就是享用这些成果并把它们据为己有的过程。质言之，做一个读者，就是加入人类精神文明的传统中去，做一个文明人。在某种意义上，一个民族的精神素质取决于人口中高趣味读者的比例。相反，对于不是读者的人来说，凝聚在书籍中的人类精神财富等于不存在，他们不去享用和占有这笔宝贵的财富，一个人唯有在成了读者以后才会知道，这是多么巨大的损失。历史上有许多伟大的人物，在他们众所周知的声誉背后，往往有一个人所不知的身份，便是终身读者，即一辈子爱读书的人。

然而，一个人并不是随便读点什么就可以称作读者的。在我看来，一个真正的读者应该具备以下特征——

第一，养成了读书的癖好。也就是说，读书成了生活的必需，真正感到不可缺少，几天不读书就寝食不安，自惭形秽。如果你必须强迫自己才能读几页书，你就还不能算是一个真正的读者。当然,这种情形绝非刻意为之,而是自然而然的,是品尝到了阅读的快乐之后的必然结果。事实上,每个人天性中都蕴含着好奇心和求知欲,因而都有可能依靠自己去发现和领略阅读的快乐。遗憾的是,当今功利至上的教育体制正在无情地扼杀人性中这种最宝贵的特质。在这种情形下,我只能向有识见的教师和家长反复呼吁,请你们尽最大可能保护孩子的好奇心,能保护多少是多少,能抢救一个是一个。我还要提醒那些聪明的孩子,在达到一定年龄之后,你们要善于向现行教育争自由,学会自我保护和自救。

第二,形成了自己的读书趣味。世上书籍如汪洋大海,再热衷的书迷也不可能穷尽,只能尝其一瓢,区别在于尝哪一瓢。读书是一件非常私人的事情,喜欢读什么书,不论范围是宽是窄,都应该有自己的选择,体现了自己的个性和兴趣。其实,形成个人趣味与养成读书癖好是不可分的,正因为找到了和预感到了书中知己,才会锲而不舍,欲罢不能。没有自己的趣味,仅凭道听途说东瞧瞧、西翻翻,连兴趣也谈不上,遑论癖好。针对当今图书市场的现状,我要特别强调,千万不要追随媒体的宣传只读一些畅销书和时尚书,倘若那样,你绝对成不了真正的读者,永远只是文化市场上的消费大众而已。须知时尚和文明完全是两回事,一个受时尚支配的人仅仅生活在事物的表面,貌似前卫,本质上却是一个野蛮人,唯有扎根于人类精神文明土壤中的人才是真正的文明人。

第三,有较高的读书品位。一个真正的读者具备基本的判断力和鉴赏力,仿佛拥有一种内在的嗅觉,能够嗅出一本书的优劣,本能地拒斥劣书,倾心于好书。这种能力部分地来自阅读的经验,但更多地源自一个人灵魂的品质。当然,灵魂的品质是可以不断提高的,读好书也是提高的途径,二者之间有一种良性循环的关系。重要的是一开始就给自己确立一个标准，每读一本书，一定要在精神上有收获，能够进一步开启你的心智。只要坚持这个标准，灵魂的品质和对书的判断力就自然会同步得到提高。一旦你的灵魂足够丰富和深刻，你就会发现，你已经上升到了一种高度，不再能容忍那些贫乏和浅薄的书了。

  能否成为一个真正的读者，青少年时期是关键。经验证明，一个人在这个时期倘若没有养成读好书的习惯，以后再要培养就比较难了，倘若养成了，则必定终身受用。青少年对未来有种种美好的理想，我对你们的祝愿是，在你们的人生蓝图中千万不要遗漏了这一种理想，就是立志做一个真正的读者，一个终身读者。

2004.7

名著在名译之后诞生

当今图书市场上的一个显著现象是,由于世界文学经典名著已无版权问题,出版成本低,而对这类书的需求又是持续不断的,销售有保证,因此,为了赚取利润,许多书商包括一些出版社匆忙上阵,纷纷组织对原著毫无研究的译手快速制作,甚至抄袭拼凑,出现了大量选题重复、粗制滥造的所谓名著译本。问题的严重性在于,这些粗劣制品的泛滥必定会对大批青少年读者造成误导,甚至从此堵塞了他们走向真正的世界文学的道路。

从什么样的译本读名著,这可不是一件小事。在一定的意义上可以说,名著是在名译之后诞生的。当然,这不是说,在有好的中译本之前,名著在作者自己的国家和世界上也不存在。然而,确确实实地,对于不能直接读原著的读者来说,任何一部名著都是在有了好译本之后才开始存在的。譬如说,有了朱生豪的译本,莎士比亚才在中国诞生;有了傅雷的译本,罗曼·罗兰才在中国诞生;有了叶君健的译本,安徒生才在中国诞生;有了汝龙的译本,契诃夫才在中国诞生,如此等等。毫无疑问,有了名译并不意味着不能再有新的译本,只要新的译本真正好,仍会得到公认而成为新的名译,例如在朱生豪之后,梁实秋所译的莎士比亚的作品,在郭沫若之后,绿原所译的《浮士德》,也都同样成了名译。可是,我想特别强调的是,一部名著如果没有好的译本,却有了坏的译本，那么，它就不但没有在中国诞生，相反可以说是未出生就被杀死了。坏译本顶着名著的名义，实际上所展示的是译者自己的低劣水平，其后果正是剥夺了原著在读者心目中本应占有的光荣位置，代之以一个面目全非的赝品。尤其是一些现代名著，包括哲学社会科学方面的重要著作，到了某些译者手下竟成了完全不知所云的东西。遇见这种情形，我们可以有把握地断定，正由于这些译者自己读不懂原著，结果便把无人读得懂的译本给了大家。只要我们直接去读原著，一定会发现原著其实明白易懂得多。

　　一部译著能够成为名译，绝不是偶然的。从前的译家潜心于翻译某一个作家的作品，往往是出于真正的喜爱乃至偏爱，以至于终生玩味之，不但领会其神韵，而且浸染其语言风格，所以能最大限度地提供汉语的对应物。傅雷有妙论：理想的译文仿佛是原作者的中文写作。钱锺书谈到翻译的"化"境时引述了一句话，与傅雷所言有异曲同工之妙：好的译作仿佛是原著的投胎转世。我想，之所以能够达于这个境界，正是因为喜爱，在喜爱的阅读中被潜移默化，结果原作者的魂好像真的投胎到这个译者身上，不由自主地说起中文来了。这样产生的译著成功地把世界名著转换成了我们民族的精神财富，于是能够融入我们的文化进程，世代流传下去。名译之为名译，此之谓也。在今天这个浮躁的时代，这样的译家是越来越稀少了。常见的情形是，首先瞄准市场的行情，确定选题，然后组织一批并无心得和研究的人抢译，快速占领市场。可以断言，用这种方式进行翻译，哪怕译的是世界名著，如此制作出来的东西即使不是垃圾，至多也只是迟早要被废弃的代用品罢了。

2003.1

读书与时尚

——答上海美术出版社《创意》杂志问

1. 您是否认为男性崇尚读书也是当今的时尚？

答：我从来不认为读书可以成为时尚，并且对一切成为时尚的读书持怀疑态度。读书属于个人的精神生活，必定是非常个人化的。可以成为时尚的不是读书，而是买书和谈书，譬如说，在媒体的影响下，某一时期有某一本书特别畅销，谈论它显得特时髦，插不上嘴显得特落伍。当然，这丝毫不能说明读书成了时尚，倒是能够从中看出有别的东西成了时尚，比如炒股之类。至于说当今男性是否比过去更崇尚读书，对不起，我看不出来。当然，在任何时代，终归有一些男人是酷爱读书的，而他们一定不是时尚中人。

2. 目前男性读书的潮流和走向是什么？

答：我真的不知道，也不关心。

3. 最近您读了什么书？喜欢和不喜欢的书主要有哪些，为什么？

答：最近我读了哈耶克的《自由秩序原理》《法律、立法与自由》以及《哈耶克论文集》，基本上都是邓正来译的。我读它们不是为了赶时髦，学界那一阵哈耶克热早已过去了罢，而是因为我正在研究的一个课题旁涉自由主义问题。我读得津津有味，一则是因为哈耶克本身的思想魅力，二则是因为译文非常棒，是学术译著中的精品。我还非常喜欢史铁生的新作《病隙碎笔》，我仿佛看到了最纯正状态中的智慧和信仰。我不读我不喜欢的书，我凭嗅觉就能避开那种东西。

4. 您过去读书的小故事。

答：大故事和小故事都没有。没有凿壁偷光，也没有红袖添香。读书读得入迷时物我两忘，哪里还会有故事。

5. 希望您推荐当今时尚男性必读的 10 本书，并且请作简短的说明。

答：时尚男性读什么书，该去问媒体。如果天下真有必读书，也未必分性别。甚至女性生理类的书，男性也应该读一读，否则难免在某些场合尴尬。不过，为了不缴白卷，我不妨说一说我心目中的 10 个最酷男性作家：庄周，李白，苏东坡，曹雪芹，荷马，柏拉图，歌德，尼采，托尔斯泰，海明威。这只是随口说的，明天你再来问我，我开出的名单肯定会有出入。

2002.3

我的读书旨趣

我的读书旨趣有三个特点。第一，虽然我的专业是哲学，但我的阅读范围不限于哲学，始终喜欢看"课外书"，而我从文学作品和各类人文书籍中同样学到了哲学。第二，虽然我的阅读范围很宽，对书籍的选择却很挑剔，以读经典名著为主，其他的书只是随便翻翻，对媒体宣传的畅销书完全不予理睬。第三，虽然读的是经典名著，但我喜欢把它们当作闲书来读，不端做学问的架子，而我确实在读经典名著中得到了最好的消遣。我的经验告诉我，大师绝对比追随者可爱无比也更加平易近人，直接读原著是通往智慧的捷径。这就像在现实生活中，真正的伟人总是比那些包围着他们的秘书和仆役更容易接近，困难恰恰在于怎样冲破这些小人物的阻碍。可是，在阅读中不存在这样的阻碍，经典名著就在那里，任何人想要翻开都不会遭到拒绝，那些爱读平庸书籍的人其实是自甘于和小人物周旋。

直接与大师交流，结识和欣赏人类历史上那些最优秀的灵魂，真是人生莫大的享受。有时候，我会拿起笔来，写下自己的收获，这就是我的写作。所以，我的写作实际上是我阅读的一个延伸。曾有人问我，阅读和写作在我的生活中各扮演什么角色，我脱口说："阅读是我的情人，写作是我的妻子。"事后一想，对这句话可有多种理解。妻子是由情人转变过来的，我的写作是由我的阅读转变过来的,这是一解。阅读是浪漫的精神游历,写作是日常的艰苦劳动,这又是一解。最后,鉴于写作已成为我的职业,我必须警惕不让它排挤掉阅读的时间,倘若我写得多读得少,甚至只写不读,我的写作就会沦为毫无生气的职业习惯,就像没有爱情的婚姻一样。对于我来说,这是最重要的一解,我要铭记不忘。

2006.8

好读书

1

人生有种种享受,读书是其中之一。读书的快乐,一在求知欲的满足,二在与活在书中的灵魂的交流,三在自身精神的丰富和生长。

要领略读书的快乐,必须摆脱功利的考虑,有从容的心境。

青少年时期是养成读书爱好的关键时期,一旦养成,就终身受用,仿佛有了一个不会枯竭的快乐源泉,也有了一个不会背叛的忠实朋友。

2

藏书多得一辈子读不完,可是,一见好书或似乎好的书,还是忍不住要买,仿佛能够永远活下去读下去。

嗜好往往使人忘记自己终有一死。

3

有时候觉得,读书是天下最愉快的事,是纯粹的收入,尽管它不像写作那样能带来经济上的收益。

4

世人不计其数，知己者数人而已，书籍汪洋大海，投机者数本而已。我们既然不为只结识总人口中一小部分而遗憾，那么也就不必为只读过全部书籍中一小部分而遗憾了。

5

金圣叹列举他最喜爱的书，到第六才子书《西厢记》止。他生得太早，没有读到《红楼梦》。我忽然想：我们都生得太早，不能读到我们身后许多世纪中必然会出现的一部又一部杰作了。接着又想：我们读到了《红楼梦》，可是有几人能像金圣叹之于《西厢记》那样品读？那么，生得晚何用，生得早何憾？不论生得早晚，一个人的精神胃口总是有限的，所能获得的精神食物也总是足够的。

6

好读书和好色有一个相似之处，就是不求甚解。

7

某生嗜书，读书时必专心致志，任何人不得打扰。一日，正读海德格尔的《存在与时间》，海德格尔叩门求访。某生毅然拒之门外，读书不辍。海德格尔怏然而归。

8

精彩极了！我激动不已。我在思想家 B 的著作中读到了思想家 A 曾经表述过的类似思想，而这种思想引起了我的强烈共鸣。

且慢，你是在为谁喝彩：为 B，还是 A，还是他们之间的相似，还是为你自己的共鸣？

我怔住了，只觉得扫兴，刚才的激动消失得无影无踪。

9

学者是一种以读书为职业的人，为了保住这个职业，他们偶尔也写书。

作家是一种以写书为职业的人，为了保住这个职业，他们偶尔也读书。

10

对我们影响最大的书往往是我们年轻时读的某一本书，它的力量多半不缘于它自身，而缘于它介入我们生活的那个时机。那是一个最容易受影响的年龄，我们好歹要崇拜一个什么人，如果没有，就崇拜一本什么书。后来重读这本书，我们很可能会对它失望，并且诧异当初它何以使自己如此心醉神迷。但我们不必惭愧，事实上那是我们的精神初恋，而初恋对象不过是把我们引入精神世界的一个诱因罢了。当然，同时它也是一个征兆，我们早期着迷的书的性质大致显示了我们的精神类型，预示了我们后来精神生活的走向。

年长以后，书对我们很难再有这般震撼效果了。无论多么出色的书，我们和它都保持着一个距离。或者是我们的理性已经足够成熟，或者是我们的情感已经足够迟钝，总之我们已经过了精神初恋的年龄。

11

书籍和电视的区别——

其一，书籍中存在着一个用文字记载的传统，阅读使人得以进入这个传统；电视以现时为中心，追求信息的当下性，看电视使人只活在当下。

其二，文字是抽象的符号，它要求阅读必须同时也是思考，否则就不能理解文字的意义；电视直接用图像影响观众，它甚至忌讳思考，因为思考会妨碍观看。

结论：书籍使人成为文明人，电视使人成为野蛮人。

读好书

1

严格地说，好读书和读好书是一回事，在读什么书上没有品位的人是谈不上好读书的。所谓品位，就是能够通过阅读而过一种心智生活，使你对世界和人生的思索始终处在活跃的状态。世上真正的好书，都应该能够产生这样的作用，而不只是向你提供信息或者消遣。

2

一个人能否真正拥有心智生活，青年时期是关键。青年时期不但是心智活跃的时期，而且也是心智定向的时期。如果你在青年时期养成了好读书和读好书的习惯，那么，这种习惯在以后的岁月里基本上改不掉了。如果那时候没有养成，以后也就基本上养不成了。

智力活跃的青年并不天然地拥有心智生活，他的活跃的智力需要得到鼓励，而正是通过读那些使他品尝到了智力快乐和心灵愉悦的好书，他被引导进入了作为一个整体的人类心智生活之中。

3

有的人生活在时间中，与古今哲人贤士相晤谈。有的人生活在空间中，与周围邻人俗士相往还。

4

攀登大自然的高峰，我们才能俯视大千，一览众山小。阅读好书的效果与此相似，伟大的灵魂引领我们登上精神的高峰，超越凡俗生活，领略人生天地的辽阔。

5

优秀的书籍组成了一个伟大宝库，它就在那里，属于一切人而又不属于任何人。你必须走进去，自己去占有适合于你的那一份宝藏，而阅读就是占有的唯一方式。对于没有养成阅读习惯的人来说，它等于不存在。人们孜孜于享用人类的物质财富，却自动放弃了享用人类精神财富的权利，竟不知道自己蒙受了多么大的损失。

6

一个人的阅读趣味大致规定了他的精神品位，而纯正的阅读趣味正是在读好书中养成的。

7

读书的档次大体上决定了写作的档次。平日读什么书，会在内听觉中形成一种韵律，实际上就是一种无意识的内在格调和趣味，写作时就不由自主地跟着走。

8

读那些永恒的书，做一个纯粹的人。

9

许多书只是外表像书罢了。不过,你不必愤慨,倘若你想到这一点:许多人也只是外表像人罢了。

10

每次搬家,都要清一批书。许多书只是在这时才得到被翻看一下的荣幸,——为了决定是否要把它们扔掉。

11

书太多了,我决定清理掉一些。有一些书,不读一下就扔似乎可惜,我决定在扔以前粗读一遍。我想,这样也许就对得起它们了。可是,属于这个范围的书也非常多,结果必然是把时间都耗在这些较差的书上,而总也不能开始读较好的书了。于是,对得起它们的代价是我始终对不起自己。

所以,正确的做法是,在所有的书中,从最好的书开始读起。一直去读那些最好的书,最后当然就没有时间去读较差的书了,不过这就对了。

在一切事情上都应该如此。世上可做可不做的事是做不完的,永远要去做那些最值得做的事。

12

当前图书的出版量极大,有好书,但也生产出了大量垃圾,包括畅销的垃圾。对于有判断力的读者来说,这不成为问题,他们自己能鉴别优劣。受害者是那些文化素质较低的人群,把他们的阅读引导到和维持在了一个低水平上,而正是他们本来最需要通过阅读来提高其素质。

怎么读

1

许多人热心地请教读书方法,可是如何读书其实是取决于整个人生态度的。开卷有益,也可能有害。过去的天才可以成为自己天宇上的繁星,也可以成为压抑自己的偶像。正因为此,几乎一切创造欲强烈的思想家都对书籍怀着本能的警惕。

2

书籍少的时候,我们往往从一本书中读到许多东西。我们读到了书中有的东西,还读出了更多的书中没有的东西。

如今书籍越来越多,我们从书中读到的东西却越来越少。我们对书中有的东西尚且挂一漏万,更无暇读出书中没有的东西了。

3

人们总是想知道怎样读书,其实他们更应当知道的是怎样不读书。

4

读贤哲的书,走自己的路。

5

一个人是有可能被过多的文化伤害的。蒙田把这种情形称作"文疯",即被文字之斧劈伤。

我的一位酷爱诗歌、熟记许多名篇的朋友叹道:"有了歌德,有了波德莱尔,我们还写什么诗!"我与他争论:尽管有歌德,尽管有波德莱尔,却只有一个我,这个我是歌德和波德莱尔所不能代替的,所以我还是要写!

开卷有益,但也可能无益,甚至有害,就看它是激发还是压抑了自己的创造力。

6

我衡量一本书的价值的标准是:读了它之后,我自己是否也遏制不住地想写点什么,哪怕我想写的东西表面上与它似乎全然无关。

7

在才智方面,我平生最佩服两种人:一是有非凡记忆力的人;二是有出色口才的人。也许这两种才能原是一种,能言善辩是以博闻强记为前提的。我自己在这两方面相当自卑,读过的书只留下模糊的印象,谈论起自己的见解来也就只好寥寥数语,无法旁征博引。

不过,自卑之余,我有时又自我解嘲,健忘未必全无益处:可以不被读过的东西牵着鼻子走,易于发挥自己的独创性;言语简洁,不夸夸其谈,因为实在谈不出更多的东西;对事物和书籍永远保持新鲜感,不管接触多少回,总像第一次见到一样。如果我真能过目不忘,恐怕脑中不再有自己的立足之地,而太阳下也不再有新鲜的事物了。

近日读蒙田的随笔,没想到他也是记忆力差的人,并且也发现了记忆力差的这三种好处。

8

自我是一个凝聚点。不应该把自我溶解在大师们的作品中,而应该把大师们的作品吸收到自我中来。对于自我来说,一切都只是养料。

9

有两种人不可读太多的书:天才和白痴。天才读太多的书,就会占去创造的工夫,甚至窒息创造的活力,这是无可弥补的损失。白痴读书越多愈糊涂,愈发不可救药。

天才和白痴都不需要太多的知识,尽管原因不同。倒是对于处在两极之间的普通人,知识较为有用,可以弥补天赋的不足,可以发展实际的才能。所谓"貂不足,狗尾续",而貂已足和没有貂者是用不着续狗尾的。

10

有的人有自己的独特感受,有的人却只是对别人的感受产生同感罢了。两者都是真情实感,然而是两码事。

11

读书犹如采金。有的人是沙里淘金,读破万卷,小康而已。有的人是点石成金,随手翻翻,便成巨富。

12

在读一位大思想家的作品时,无论谴责还是辩护都是极狭隘的立场，与所读对象太不相称。我们需要的是一种对话式的理解，其中既有共鸣，也有抗争。

认真说来，一个人受另一个人（例如一位作家，一位哲学家）的"影响"是什么意思呢？无非是一种自我发现，是自己本已存在但沉睡着的东西的被唤醒。对心灵所产生的重大影响绝不可能是一种灌输，而应是一种共鸣和抗争。无论一本著作多么伟大，如果不能引起我的共鸣和抗争，它对于我实际上是不存在的。

前人的思想对于我不过是食物。让化学家们去精确地分析这些食物的化学成分吧，至于我，我只是凭着我的趣味去选择食物，品尝美味，吸收营养。我胃口很好，消化得很好，活得快乐而健康，这就够了，哪里有耐心去编制每一种食物的营养成分表！

第二辑

语言的圣殿

私人写作

一

1862年秋天的一个夜晚，托尔斯泰几乎通宵失眠，心里只想着一件事：明天他就要向索菲亚求婚了。他非常爱这个比他小十六岁、年方十八的姑娘，觉得即将来临的幸福简直难以置信，因此兴奋得睡不着觉了。

求婚很顺利。可是，就在求婚被接受的当天，他想到的是："我不能为自己一个人写日记了。我觉得，我相信，不久我就不再会有属于一个人的秘密，而是属于两个人的，她将看我写的一切。"

当他在日记里写下这段话时，他显然不是为有人将分享他的秘密而感到甜蜜，而是为他不再能独享仅仅属于他一个人的秘密而感到深深的不安。这种不安在九个月后完全得到了证实，清晰成了一种强烈的痛苦和悔恨："我自己喜欢并且了解的我，那个有时整个地显身、叫我高兴也叫我害怕的我，如今在哪里？我成了一个渺小的微不足道的人。自从我娶了我所爱的女人以来，我就是这样一个人。这个簿子里写的几乎全是谎言——虚伪。一想到她此刻就在我身后看我写东西，就减少了、破坏了我的真实性。"

托尔斯泰并非不愿对他所爱的人讲真话。但是，面对他人的真实是一回事，面对自己的真实是另一回事，前者不能代替后者。作为一个珍惜内心生活的人，他从小就养成了写日记的习惯。如果我们不把记事本、备忘录之类和日记混为一谈的话，就应该承认，日记是最纯粹的私人写作，是个人精神生活的隐秘领域。在日记中，一个人只面对自己的灵魂，只和自己的上帝说话。这的确是一场神圣的约会，是绝不容许有他人在场的。如果写日记时知道所写的内容将被另一个人看到，那么，这个读者的无形在场便不可避免地会改变写作者的心态，使他有意无意地用这个读者的眼光来审视自己写下的东西。结果，日记不再成其为日记，与上帝的密谈蜕变为向他人的倾诉和表白，社会关系无耻地占领了个人的最后一个精神密室。当一个人在任何时间内，包括在写日记时，面对的始终是他人，不复能够面对自己的灵魂时，不管他在家庭、社会和一切人际关系中是一个多么诚实的人，他仍然失去了最根本的真实，即面对自己的真实。

因此，无法只为自己写日记，这一境况成了托尔斯泰婚后生活中的一个持久的病痛。三十四年后，他还在日记中无比沉痛地写道："我过去不为别人写日记时有过的那种宗教感情，现在都没有了。一想到有人看过我的日记而且今后还会有人看，那种感情就被破坏了。而那种感情是宝贵的，在生活中帮助过我。"这里的"宗教感情"是指一种仅仅属于每个人自己的精神生活，因为正像他在生命最后一年给索菲亚的一封信上所说的："每个人的精神生活是这个人与上帝之间的秘密，别人不该对它有任何要求。"在世间一切秘密中，唯此种秘密最为神圣，别种秘密被揭露往往提供事情的真相，而此种秘密的受侵犯却会扼杀灵魂的真实。

可是，托尔斯泰仍然坚持写日记，直到生命的最后日子，而且在我看来，他在日记中仍然是非常真实的，比我所读到过的任何作家日记都真实。他把他不能真实地写日记的苦恼毫不隐讳地诉诸笔端，也正证明了他的真实。真实是他的灵魂的本色，没有任何力量能使他放弃，他自己也不能。

二

似乎也是出于对真实的热爱，萨特却反对一切秘密。他非常自豪他面对任何人都没有秘密，包括托尔斯泰所异常珍视的个人灵魂的秘密。他的口号是用透明性取代秘密。在他看来，写作的使命便是破除秘密，每个作家都完整地谈论自己，如此缔造一个一切人对一切人都没有秘密的完全透明的理想社会。

我不怀疑萨特对透明性的追求是真诚的，并且出于一种高尚的动机。但是，它显然是乌托邦。如果不是，就更可怕，因为其唯一可能的实现方式是奥威尔的《一九八四》，即一种禁止个人秘密的恐怖的透明性。不过，这是题外话。对于我们来说，重要的是：写作的真实存在于透明性之中吗？

当然，写作总是要对人有所谈论。在此意义上，萨特否认有为自己写作这种事。他断言："一旦你开始写作，不管你愿意不愿意，你已经介入了。"可是，问题在于，在"介入"之前，作家所要谈论的问题已经存在了，它并不是在作家开口向人谈论的时候才突然冒出来的。一个真正的作家必有一个或者至多几个真正属于他的问题，这些问题往往伴随他的一生，它们的酝酿和形成恰好是他的灵魂的秘密。他的作品并非要破除这个秘密，而只是从这个秘密中生长出来的看得见的作物罢了。就写作是一个精神事件，作品是一种精神产品而言，有没有真正属于自己灵魂的问题和秘密便是写作的真实的一个基本前提。这样的问题和秘密会引导写作者探索存在的未经勘察的领域，发现一个别人尚未发现的仅仅属于他的世界，他作为一个作家的存在理由和价值就在于此。没有这样的问题和秘密的人诚然也可以写点什么，甚至写很多的东西，然而，在最好的情况下，他们只是在传授知识，发表意见，报告新闻，编讲故事，因而不过是教师、演说家、记者、故事能手罢了。

第二次世界大战期间，加缪出于对法西斯的义愤加入了法国抵抗运动。战后，在回顾这一经历时，他指责德国人说："你们强迫我进入了历史，使我五年中不能享受鸟儿的歌鸣。可是，历史有何种意义吗？"针对这一说法，萨特批评道："问题不在于是否愿意进入历史和历史是否有意义，而在于我们已经身在历史中，应当给它一种我们认为最好的意义。"他显然没有弄懂加缪苦恼的真正缘由：对于真正属于自己灵魂的问题的思考被外部的历史事件打断了。他太多地生活在外部的历史中，因而很难理解一个沉湎于内心生活的人的特殊心情。

我相信萨特是不为自己写日记的，他的日记必定可以公开，至少可以向波伏瓦公开，因此他完全不会有托尔斯泰式的苦恼。我没有理由据此断定他不是一个好作家。不过，他的文学作品，包括小说和戏剧，无不散发着浓烈的演讲气息，而这不能不说与他主张并努力实行的透明性有关。昆德拉在谈到萨特的《恶心》时挖苦说，这部小说是存在主义哲学穿上了小说的可笑服装，就好像一个教师为了让打瞌睡的学生开心，决定用小说的形式上一课。的确，我们无法否认萨特是一个出色的教师。

三

对于我们今天的作家来说，托尔斯泰式的苦恼就更是一种陌生的东西了。一个活着时已被举世公认的文学泰斗和思想巨人，却把自己的私人日记看得如此重要，这个现象似乎只能解释为一种个人癖好，并无重要性。据我推测，今天以写作为生的大多数人是不写日记的，至少是不写灵魂密谈意义上的私人日记的。有些人从前可能写过，一旦成了作家，就不写了。想要或预约要发表的东西尚且写不完，哪里还有工夫写不发表的东西呢？

一位研究宗教的朋友曾经不胜感慨地向我诉苦：他忙于应付文债，几乎没有喘息的工夫，只在上厕所时才得到片刻的安宁。我笑笑说：可不，在这个忙碌的时代，我们只能在厕所里接待上帝。上帝在厕所里——这不是一句单纯的玩笑，而是我们这个时代的真实写照，厕所是上帝在这个喧嚣世界里的最后避难所。这还算好的呢，多少人即使在厕所里也无暇接待上帝，依然忙着尘世的种种事务，包括写作！

是的，写作成了我们在尘世的一桩事务。这桩事务又派生出了许多别的事务，于是我们忙于各种谈话：与同行、编辑、出版商、节目主持人等等。其实，写作也只是我们向公众谈话的一种方式而已。最后，我们干脆抛开纸笔，直接在电视台以及各种会议上频频亮相和发表谈话，并且仍然称这为写作。

曾经有一个时代，那时的作家、学者中出现了一批各具特色的人物，他们每个人都经历了某种独特的精神历程，因而都是一个独立的世界。在他们的一生中，对世界、人生、社会的观点也许会发生重大的变化，不论这些变化的促因是什么，都同时是他们灵魂深处的变化。我们尽可以对这些变化评头论足，但我们不得不承认，由这些变化组成的他们的精神历程在我们眼前无不呈现为一种独特的精神景观，闪耀着个性的光华。可是，今日的精英们却只是在无休止地咀嚼从前的精英留下的东西，名之曰文化讨论，并且人人都以能够在这讨论中插上几句话而自豪。他们也在不断改变着观点,例如昨天鼓吹革命,今天讴歌保守,昨天崇洋,今天尊儒,但是这些变化与他们的灵魂无关,我们从中看不到精神历程,只能看到时尚的投影。他们或随波逐流,或标新立异,而标新立异也无非是随波逐流的夸张形式罢了。把他们先后鼓吹过的观点搜集到一起,我们只能得到一堆意见的碎片,用它们是怎么也拼凑不出一个完整的个性的。

四

我把一个作家不为发表而从事的写作称为私人写作,它包括日记、笔记、书信等等。这是一个比较宽泛的定义,哪怕在写时知道甚至期待别人——例如爱侣或密友——读到的日记也包括在内,因为它们起码可以算是情书和书信。当然,我所说的私人写作肯定不包括预谋要发表的日记、公开的情书、登在报刊上的致友人书之类,因为这些东西不符合我的定义。要言之,在进行私人写作时,写作者所面对的是自己或者某一个活生生的具体的个人,而不是抽象的读者和公众。因而,他此刻所具有的是一个生活、感受和思考着的普通人的心态,而不是一个专业作家的职业心态。

毫无疑问,最纯粹、在我看来也最重要的私人写作是日记。我甚至相信,一切真正的写作都是从写日记开始的,每一个好作家都有一个相当长久的纯粹私人写作的前史,这个前史决定了他后来之成为作家不是仅仅为了谋生,也不是为了出名,而是因为写作乃是他的心灵的需要,至少是他的改不掉的积习。他向自己说了太久的话,因而很乐意有时候向别人说一说。

私人写作的反面是公共写作,即为发表而从事的写作,这是就发表终究是一种公共行为而言的。对于一个作家来说，为发表的写作当然是不可避免也无可非议的，而且这是他锤炼文体功夫的主要领域，传达的必要促使他寻找贴切的表达，尽量把话说得准确生动。但是，他首先必须有话要说，这是非他说不出来的独一无二的话，是发自他心灵深处的话，如此他才会怀着珍爱之心为它寻找最好的表达，生怕它受到歪曲和损害。这样的话在向读者说出来之前，他必定已经悄悄对自己说过无数遍了。一个忙于向公众演讲而无暇对自己说话的作家，说出的话也许漂亮动听，但几乎不可能是真切感人的。

　　托尔斯泰认为，写作的职业化是文学堕落的主要原因。此话愤激中带有灼见。写作成为谋生手段，发表就变成了写作的最直接的目的，写作遂变为制作，于是文字垃圾泛滥。不被写作的职业化败坏是一件难事，然而仍是可能的，其防御措施之一便是适当限制职业性写作所占据的比重，为自己保留一个纯粹私人写作的领域。私人写作为作家提供了一个必要的空间，使他暂时摆脱职业，回到自我，得以与自己的灵魂会晤。他从私人写作中得到的收获必定会给他的职业性写作也带来好的影响，精神的洁癖将使他不屑于制作文字垃圾。我确实相信，一个坚持为自己写日记的作家是不会高兴去写仅仅被市场所需要的东西的。

五

　　1910年的一个深秋之夜，离那个为求婚而幸福得睡不着觉的秋夜快半个世纪了，对于托尔斯泰来说，这是又一个不眠之夜。这天深夜，这位八十二岁的老翁悄悄起床，离家出走，十天后病死在一个名叫阿斯塔波沃的小车站上。

关于托尔斯泰晚年的出走，后人众说纷纭。最常见的说法是，他试图以此表明他与贵族生活——以及不肯放弃这种生活的托尔斯泰夫人——的决裂，走向已经为时过晚的自食其力的劳动生活。因此，他是为平等的理想而献身的。然而，事实上，托尔斯泰出走的真正原因也就是四十八年前新婚宴尔时令他不安的那个原因：日记。

如果说不能为自己写日记是托尔斯泰的一块心病，那么，不能看丈夫的日记就是索菲亚的一块心病，夫妇之间围绕日记展开了旷日持久的战争。到托尔斯泰晚年，这场战争达到了高潮。为了有一份只为自己写的日记，托尔斯泰真是费尽了心思，伤透了脑筋。有一段时间，这个举世闻名的大文豪竟然不得不把日记藏在靴筒里，连他自己也觉得滑稽。可是，最后还是被索菲亚翻出来了。索菲亚又要求看他其余的日记，他坚决不允，把他最后十年的日记都存进了一家银行。索菲亚为此不断地哭闹，她想不通做妻子的为什么不能看丈夫的日记，对此只能有一个解释：那里面一定写了她的坏话。在她又一次哭闹时，托尔斯泰喊了起来：

"我把我的一切都交了出来：财产，作品……只把日记留给了自己。如果你还要折磨我，我就出走，我就出走！"

说得多么明白。这话可是索菲亚记在她自己的日记里的，她不可能捏造对她不利的话。那个夜晚她又偷偷翻寻托尔斯泰的文件，终于促使托尔斯泰把出走的决心付诸行动。把围绕日记的纷争解释为争夺遗产继承权的斗争，未免太势利眼了。对于托尔斯泰来说，他死后日记落在谁手里是一件相对次要的事情，他不屈不挠争取的是为自己写日记的权利。这位公共写作领域的巨人同时也是一位为私人写作的权利献身的烈士。

1996.3

走进一座圣殿

一

那个用头脑思考的人是智者,那个用心灵思考的人是诗人,那个用行动思考的人是圣徒。倘若一个人同时用头脑、心灵、行动思考,他很可能是一位先知。

在我的心目中,圣埃克苏佩里就是这样一位先知式的作家。

圣爱克苏佩里一生只做了两件事——飞行和写作。飞行是他的行动,也是他进行思考的方式。在那个世界航空业起步不久的年代,他一次次飞行在数千米的高空,体味着危险和死亡,宇宙的美丽和大地的牵挂,生命的渺小和人的伟大。高空中的思考具有奇特的张力,既是性命攸关的投入,又是空灵的超脱。他把他的思考写进了他的作品,但生前发表的数量不多。他好像有点儿吝啬,要把最饱满的果实留给自己,留给身后出版的一本书,照他的说法,他的其他著作与它相比只是习作而已。然而他未能完成这本书,在他最后一次驾机神秘地消失在海洋上空以后,人们在他留下的一只皮包里发现了这本书的草稿,书名叫《要塞》。

经由马振骋先生从全本中摘取和翻译,这本书的轮廓第一次呈现在了我们面前。我是怀着虔敬之心读完它的,仿佛在读一个特殊版本的《圣经》。在圣埃克苏佩里生前,他的亲密女友 B 夫人读了部分手稿后告诉他:"你的口气有点儿像基督。"这也是我的感觉,但我觉得我能理解为何如此。圣埃克苏佩里写这本书的时候,他心中已经有了真理,这真理是他用一生的行动和思考换来的,他的生命已经转变成这真理。一个人用一生一世的时间见证和践行了某个基本真理,当他在无人处向一切人说出它时,他的口气就会像基督。他说出的话有着异乎寻常的重量,不管我们是否理解它或喜欢它,都不能不感觉到这重量。这正是箴言与隽语的区别,前者使我们感到沉重,逼迫我们停留和面对;而在读到后者时,我们往往带着轻松的心情会心一笑,然后继续前行。

如果把《圣经》看作唯一的最高真理的象征,那么,《圣经》的确是有许多不同的版本的,在每一思考最高真理的人那里就有一个属于他的特殊版本。在此意义上,《要塞》就是圣埃克苏佩里版《圣经》。圣埃克苏佩里自己说:"上帝是你的语言的意义。你的语言若有意义,向你显示上帝。"我完全相信,在写这本书时,他看到了上帝。在读这本书时,他的上帝又会向每一个虔诚的读者显示,因为也正如他所说:"一个人在寻找上帝,就是在为人人寻找上帝。"圣埃克苏佩里喜欢用石头和神殿做譬:石头是材料,神殿才是意义。我们能够感到,这本书中的语词真有石头一样沉甸甸的分量,而他用这些石头建筑的神殿确实闪耀着意义的光辉。现在让我们走进这一座神殿,去认识一下他的上帝亦即他见证的基本真理。

二

沙漠中有一个柏柏尔部落,已经去世的酋长曾经给予王子许多英明的教诲,全书就借托这位王子之口宣说人生的真理。当然,那宣说者其实是圣埃克苏佩里自己,但是,站在现代的文明人面前,他一定感到自己就是那支游牧部落的最后的后裔,在宣说一种古老的即将失传的真理。

全部真理围绕着一个中心问题:生命的意义是什么?因为,人必须区别重要和紧急,生存是紧急的事,但领悟神意是更重要的事。因为,人应该得到幸福,但更重要的是这得到了幸福的是什么样的人。

沙漠和要塞是书中的两个主要意象。沙漠是无边的荒凉,游牧部落在沙漠上建筑要塞,在要塞的围墙之内展开了自己的生活。在宇宙的沙漠中,我们人类不正是这样一个游牧部落?为了生活,我们必须建筑要塞。没有要塞,就没有生活,只有沙漠。不要去追究要塞之外那无尽的黑暗。"我禁止有人提问题,深知不存在可能解渴的回答。那个提问题的人,只是在寻找深渊。"明白这一真理的人不再刨根问底,把心也放在围墙之内,爱那嫩芽萌生的清香,母羊被剪毛时的气息,怀孕或喂奶的女人,传种的牲畜,周而复始的季节,把这一切看作自己的真理。

换一个比喻来说,生活像汪洋大海里的一只船,人是船上的居民,把船当成了自己的家。人以为有家居住是天经地义的,再也看不见海,或者虽然看见,仅把海看作船的装饰。对人来说,盲目凶险的大海仿佛只是用于航船的。这不对吗?当然对,否则人如何能生活下去。

那个远离家乡的旅人,占据他心头的不是眼前的景物,而是他看不见的远方的妻子儿女。那个在黑夜里乱跑的女人,"我在她身边放上炉子、水壶、金黄铜盘,就像一道道边境线",于是她安静下来了。那个犯了罪的少妇,她被脱光衣服,拴在沙漠中的一根木桩上,在烈日下奄奄待毙。她举起双臂在呼叫什么?不,她不是在诉说痛苦和害怕,"那些是厩棚里普通牲畜得的病。她发现的是真理。"在无疆的黑夜里,她呼唤的是家里的夜灯,安身的房间,关上的门。"她暴露在无垠中无物可以依傍,哀求大家还给她那些生活的支柱:那团要梳理的羊毛,那只要洗涤的盆儿,这一个,而不是别个,要哄着入睡的孩子。她向着家的永恒呼叫,全村都掠过同样的晚间祈祷。"

我们在大地上扎根,靠的是日常生活中的牵挂、责任和爱。在平时,这一切使我们忘记死亡。在死亡来临时,对这一切的眷恋又把我们的注意力从死亡移开,从而使我们超越死亡的恐惧。

人跟要塞很相像,必须限制自己,才能找到生活的意义。"人打破围墙要自由自在,他也就只剩下了一堆暴露在星光下的断垣残壁。这时开始无处存身的忧患。""没有立足点的自由不是自由。"那些没有立足点的人,他们哪儿都不在,竟因此自以为是自由的。在今天,这样的人岂不仍然太多了?没有自己的信念,他们称这为思想自由。没有自己的立场,他们称这为行动自由。没有自己的女人,他们称这为爱情自由。可是,真正的自由始终是以选择和限制为前提的,爱上这朵花,也就是拒绝别的花。一个人即使爱一切存在,仍必须为他的爱找到确定的目标,然后他的博爱之心才可能得到满足。

三

生命的意义在最平凡的日常生活之中,但这不等于说,凡是过着这种生活的人都找到了生命的意义。圣埃克苏佩里用譬喻向我们讲述这个道理。定居在绿洲中的那些人习惯了安居乐业的日子,他们的感觉已经麻痹,不知道这就是幸福。他们的女人蹲在溪流里圆而白的小石子上洗衣服,以为是在完成一桩家家如此的苦活。王子命令他的部落去攻打绿洲，把女人们娶为己有。他告诉部下：必须千辛万苦在沙漠中追风逐日，心中怀着绿洲的宗教，才会懂得看着自己的女人在河边洗衣其实是在庆祝一个节日。

我相信这是圣埃克苏佩里最切身的感触，当他在高空出生入死时，地面上的平凡生活就会成为他心中的宗教，而身在其中的人的麻木不仁在他眼中就会成为一种亵渎。人不该向要塞外无边的沙漠追究意义，但是，"受威胁是事物品质的一个条件"，要领悟要塞内生活的意义，人就必须经历过沙漠。

日常生活到处大同小异，区别在于人的灵魂。人拥有了财产，并不等于就拥有了家园。家园不是这些绵羊、田野、房屋、山岭，而是把这一切联结起来的那个东西。那个东西除了是在寻找和感受着意义的人的灵魂，还能是什么呢？"对人唯一重要的是事物的意义。"不过，意义不在事物之中，而在人与事物的关系之中，这种关系把单个的事物组织成了一个对人有意义的整体。意义把人融入一个神奇的网络，使他比他自己更宽阔。于是，麦田、房屋、羊群不再仅仅是可以折算成金钱的东西，在它们之中凝结着人的岁月、希望和信心。

"精神只住在一个祖国，那就是万物的意义。"这是一个无形的祖国，肉眼只能看见万物，领会意义必须靠心灵。上帝隐身不见，为的是让人睁开心灵的眼睛，睁开心灵眼睛的人会看见他无处不在。母亲哺乳时在婴儿的吮吸中，丈夫归家时在妻子的笑容中，水手航行时在日出的霞光中，看到的都是上帝。

那个心中已不存在帝国的人说："我从前的热忱是愚蠢的。"他说的是真话，因为现在他没有了热忱，于是只看到零星的羊、房屋和山岭。心中的形象死去了，意义也随之消散。不过人在这时候并不觉得难受，与平庸妥协往往是在不知不觉中完成的。心爱的人离你而去，你一定会痛苦。爱的激情离你而去，你却丝毫不感到痛苦，因为你的死去的心已经没有了感觉痛苦的能力。

有一个人因为爱泉水的歌声，就把泉水灌进瓦罐，藏在柜子里。我们常常和这个人一样傻。我们把女人关在屋子里，便以为占有了她的美。我们把事物据为己有，便以为占有了它的意义。可是，意义是不可占有的，一旦你试图占有，它就不在了。那个凯旋的战士守着他的战利品，一个正裸身熟睡的女俘，面对她的美丽只能徒唤奈何。他捕获了这个女人，却无法把她的美捕捉到手中。无论我们和一个女人多么亲近，她的美始终在我们之外。不是在占有中，而是在男人的欣赏和倾倒中，女人的美便有了意义。我想起了海涅，他终生没有娶到一个美女，但他把许多女人的美变成了他的诗，因而也变成了他和人类的财富。

四

所以，意义本不是事物中现成的东西，而是人的投入。要获得意义，也就不能靠对事物的占有，而要靠爱和创造。农民从麦子中取走滋养他们身体的营养，他们向麦子奉献的东西才丰富了他们的心灵。

"那个走向井边的人，口渴了，自己拉动吱吱咯咯的铁链，把沉重的桶提到井栏上，这样听到水的歌声以及一切尖利的乐曲。他口渴了，使他的行走、他的双臂、他的眼睛也都充满了意义，口渴的人朝井走去，就像一首诗。"而那些从杯子里喝现成的水的人却听不到水的歌声。坐滑竿——今天是坐缆车——上山的人，再美丽的山对于他也只是一个概念，并不具备实质。"当我说到山，意思是指让你被荆棘刺伤过，从悬崖跌下过，搬动石头流过汗，采过上面的花，最后在山顶迎着狂风呼吸过的山。"如果不用上自己的身心，一切都没有意义。贪图舒适的人，实际上是在放弃意义。

你心疼你的女人，让她摆脱日常家务，请保姆代劳一切，结果家对她就渐渐失去了意义。"要使女人成为一首赞歌，就要给她创造黎明时需要重建的家。"为了使家成为家，需要投入时间。现在人们舍不得把时间花在家中琐事上，早出晚归，在外面奋斗和享受，家就成了一个旅舍。

爱是耐心，是等待意义在时间中慢慢生成。母爱是从一天天的喂奶中来的。感叹孩子长得快的都是外人，父母很少会这样感觉。你每天观察院子里的那棵树，它就渐渐在你的心中扎根。有一个人猎到一头小沙狐，便精心喂养它，可是后来它逃回了沙漠。那人为此伤心，别人劝他再捉一头，他回答："捕捉不难，难的是爱，太需要耐心了。"

是啊，人们说爱，总是提出种种条件，埋怨遇不到符合这些条件的值得爱的对象。也许有一天遇到了，但爱仍未出现。那一个城市非常美，我在那里旅游时曾心旷神怡，但离开后并没有魂牵梦萦。那一个女人非常美，我邂逅她时几乎一见钟情，但错过了并没有日思夜想。人们举着条件去找爱，但爱并不存在于各种条件的哪怕最完美的组合之中。爱不是对象，爱是关系，是你在对象身上付出的时间和心血。你培育的园林没有皇家花园美，但你爱的是你的园林而不是皇家花园。与你相濡以沫的女人没有女明星美，但你爱的是你的女人而不是女明星。也许你愿意用你的园林换皇家花园，用你的女人换女明星，但那时候支配你的不是爱，而是欲望。

爱的投入必须全心全意，如同自愿履行一项不可推卸的职责。"职责是连接事物的神圣纽结，除非在你看来是绝对的需要，而不是游戏，你才能建成你的帝国、神庙或家园。"就像掷骰子，如果不牵涉你的财产，你就不会动心。你玩的不是那几颗小小的骰子，而是你的羊群和金银财宝。在玩沙堆的孩子眼里，沙堆也不是沙堆，而是要塞、山岭或船只。只有你愿意为之而死的东西，你才能够借之而生。

五

当你把爱投入到一个对象上面，你就是在创造。创造是"用生命去交换比生命更长久的东西"。这样诞生了画家、雕塑家、手工艺人等等，他们工作一生是为了创造自己用不上的财富。没有人在乎自己用得上用不上，生命的意义反倒是寄托在那用不上的财富上。那个瞎眼、独腿、口齿不清的老人，一说到他用生命交换的东西，就立刻思路清晰。突然发生了地震，人们害怕的不是死亡，而是自己的作品的毁灭，那也许是一只亲手制造的银壶，一条亲手编织的毛毯，或一篇亲口传唱的史诗。生命的终结诚然可哀，但最令人绝望的是那本应比生命更长久的东西竟然也同归于尽。

文化与工作是不可分的。那种只会把别人的创造放在自己货架上的人是未开化之人，哪怕这些东西精美绝伦，他们又是鉴赏的行家。文化不是一件谁的身上都能披的斗篷。对于一切创造者来说，文化只是完成自己的工作，以及工作中的艰辛和欢乐。每个人生活中最重要的部分是自己所热爱的那项工作，他借此而进入世界，在世上立足。有了这项他能够全身心投入的工作，他的生活就有了一个核心，他的全部生活围绕这个核心组织成了一个整体。没有这个核心的人，他的生活是碎片，譬如说，会分裂成两个都令人不快的部分，一部分是折磨人的劳作，另一部分是无所用心的休闲。

顺便说一说所谓"休闲文化"。一个醉心于自己的工作的人，他不会向休闲要求文化。对他来说，休闲仅是工作之后的休整。"休闲文化"大约只对两种人有意义，一种是辛苦劳作但从中体会不到快乐的人，另一种是没有工作要做的人，他们都需要用某种特别的或时髦的休闲方式来证明自己也有文化。我不反对一个人兴趣的多样性，但前提是有自己热爱的主要工作，唯有如此，当他进入别的领域时，才可能添入自己的一份意趣，而不只是凑热闹。

创造会有成败，这不重要，重要的是保持创造的热忱。有了这样的热忱，无论成败都是在为创造做贡献。还是让圣埃克苏佩里自己来说，他说得太精彩："创造，也可以指舞蹈中跳错的那一步，石头上凿坏的那一凿子。动作的成功与否不是主要的。这种努力在你看来是徒劳无益，这是由于你的鼻子凑得太近的缘故，你不妨往后退一步。站在远处看这个城区的活动，看到的是意气风发的劳动热忱，你再也不会注意有缺陷的动作。"一个人有创造的热忱，他未必就能成为大艺术家。一大群人有创造的热忱，其中一定会产生大艺术家。大家都爱跳舞，即使跳得不好的人也跳，美的舞蹈便应运而生。说到底，产生不产生大艺术家也不重要，在这片生机勃勃的土地上，生活本身就是意义。

人在创造的时候是既不在乎报酬，也不考虑结果的。陶工专心致志地伏身在他的手艺上，在这个时刻，他既不是为商人，也不是为自己工作，而是"为这只陶罐以及柄子的弯度工作"。艺术家废寝忘食只是为了一个意象，一个还说不出来的形式。他当然感到了幸福，但幸福是额外的奖励，而不是预定的目的。美也如此，你几曾听到过一个雕塑家说他要在石头上凿出美？

从沙漠征战归来的人，勋章不能报偿他，亏待也不会使他失落。"当一个人升华、存在、圆满死去，还谈什么获得与占有？"一切从工作中感受到生命意义的人都是如此，内在的富有找不到，也不需要世俗的对应物。像托尔斯泰、卡夫卡、爱因斯坦这样的人，没有得诺贝尔奖于他们何损，得了又能增加什么？只有那些内心中没有欢乐源泉的人，才会斤斤计较外在的得失，孜孜追求教授的职称、部长的头衔和各种可笑的奖状。他们这样做很可理解，因为倘若没有这些，他们便一无所有。

六

如果我把圣埃克苏佩里的思想概括成一句话，譬如说"生命的意义在于爱和创造，在于奉献"，我就等于什么也没有说，只是在重复一句陈词滥调。是否用自己独特的语言说出一个真理，这不只是表达的问题，而是决定了说出的是不是真理。世上也许有共同的真理，但它不在公共会堂的标语上和人云亦云的口号中，只存在于一个个具体的人用心灵感受到的特殊的真理之中。那些不拥有自己的特殊真理的人，无论他们怎样重复所谓共同的真理，说出的始终是空洞的言辞而不是真理。圣爱克苏佩里说："我瞧不起意志受论据支配的人。词语应该表达你的意思，而不是左右你的意志。"真理不是现成的出发点，而是千辛万苦要接近的目标。凡是把真理当作起点的人，他们的意志正是受了词语的支配。

这本书中还有许多珍宝，但我不可能一一指给你们看。我在这座圣殿里走了一圈，把我的所见所思告诉了你们。现在，请你们自己走进去，你们也许会有不同的所见所思。然而，我相信，有一种感觉会是相同的。"把石块砌在一起，创造的是静默。"当你们站在这座用语言之石垒建的殿堂里时，你们一定也会听见那迫人不得不深思的静默。

2003.6

小说的智慧

孟湄送我这本她翻译的昆德拉的文论《被背叛的遗嘱》，距今快三年了。当时一读就非常喜欢，只觉得妙论迭出，奇思突起。我折服于昆德拉既是写小说的大手笔，也是写文论的大手笔。他的文论，不但传达了他独到而一贯的见识，而且也是极显风格的散文。自那以后，我一直想把读这书的感想整理出来，到今天才算如了愿，写成这篇札记。我不是小说家，我所写的只是因了昆德拉的启发而对现代小说精神的一种理解。

一 小说在思考

小说曾经被等同于故事，小说家则被等同于讲故事的人。在小说中，小说家通过真实的或虚构的（经常是半真实半虚构的）故事描绘生活，多半还解说生活，对生活做出一种判断。读者对于小说的期待往往也是引人入胜的故事，以故事是否吸引人来评定小说的优劣。现在，面对卡夫卡、乔伊斯这样的现代小说家的作品，期待故事的读者难免困惑甚至失望了，觉得它们简直不像小说。从前的小说想做什么是清楚的，便是用故事讽喻、劝诫或者替人们解闷，现代小说想做什么呢？

现代小说在思考。现代一切伟大的小说都不对生活下论断，而仅仅是在思考。

小说的内容永远是生活。每一部小说都描述或者建构了生活的一个片段，一个缩影，一种模型，以此传达了对生活的一种理解。对于从前的小说家来说，不管他们对生活的理解多么不同，在每一种理解下，生活都如同一个具有确定意义的对象摆在面前，小说只需对之进行描绘、再现、加工、解释就可以了。在传统形而上学崩溃的背景下，以往对生活的一切清晰的解说都成了问题，生活不再是一个具有确定意义的对象，而重新成了一个未知的领域。当现代哲学陷入意义的迷惘之时，现代小说也发现了认识生活的真相是自己最艰难的使命。

在《被背叛的遗嘱》中，昆德拉谈到了认识生活的真相之困难。这是一种悖论式的困难。我们的真实生活是由每一个"现在的具体"组成的，而"现在的具体"几乎是无法认识的，它一方面极其复杂，包含着无数事件、感觉、思绪，如同原子一样不可穷尽，另一方面又稍纵即逝，当我们试图认识它时，它已经成为过去。也许我们可以退而求其次，通过及时的回忆来挽救那刚刚消逝的"现在"。但是，回忆也只是遗忘的一种形式，既然"现在的具体"在进行时未被我们认识，在回忆中呈现的就更不是当时的那个具体了。

尽管如此，我们仍然只能依靠回忆，因为它是我们的唯一手段。回忆不可避免地是一个整理和加工的过程，在这过程中，逻辑、观念、趣味、眼光都参与进来了。如此获得的结果绝非那个我们企图重建的"现在的具体"，而只能是一种抽象。例如，当我们试图重建某一情境中的一场对话时，它几乎必然要被抽象化：对话被缩减为条理清晰的概述，情境只剩下若干已知的条件。问题不在于记忆力，再好的记忆力也无法复原从未进入意识的东西。这种情形使得我们的真实生活成了"世上最不为人知的事物""人们死去却不知道曾经生活过什么"。

  我走在冬日的街道上。沿街栽着一排树，树叶已经凋零，只剩下光秃秃的枝干。不时有行人迎面走来，和我擦身而过。我想到此刻在世界的每一个城市，都有许多人在匆匆地走着，走过各自生命的日子，走向各自的死亡。人们匆忙地生活着，而匆忙也只是单调的一种形式。匆忙使人们无暇注视自己的生活，单调则使人们失去了注视的兴趣。就算我是一个诗人、作家、学者，又怎么样呢？当我从事着精神的劳作时，我何尝在注视自己的生活，只是在注视自己的意象、题材、观念罢了。我思考着生活的意义，因为抓住了某几个关键字眼而自以为对意义有所领悟，就在这同时，我每日每时的真实生活却从我手边不留痕迹地流逝了。

  好吧，让我停止一切劳作，包括精神的劳作，全神贯注于我的生活中的每一个"现在的具体"。可是，当我试图这么做时，我发现所有这些"现在的具体"不再属于我了。我与人交谈，密切注视着谈话的进行，立刻发现自己已经退出了谈话，仿佛是另一个虚假的我在与人进行一场虚假的谈话。我陷入了某种微妙的心境，于是警觉地返身内视，却发现我的警觉使这微妙的心境不翼而飞了。

  一个至死不知道自己曾经生活过什么的人，我们可以说他等于没有生活过。一个时刻注视自己在生活着什么的人，他实际上站到了生活的外边。人究竟怎样才算生活过？

二　小说与哲学相接近

如何找回失去的"现在",这是现代小说家所关心的问题。"现在"的流失不是量上的,而是质上的。因此,靠在数量上自然地堆积生活细节是无济于事的,唯一可行的是从质上找回。所谓从质上找回,便是要去发现"现在的具体"的本体论结构,也就是通过捕捉住"现在"中那些隐藏着存在的密码的情境和细节,来揭示人生在世的基本境况。昆德拉认为,这正是卡夫卡开辟的新方向。

昆德拉常常用海德格尔的"存在"范畴表达他所理解的生活。基本的要求仍然是真实,但不是反映论意义上的,而是本体论意义上的,"存在"范畴所表达的便是这种本体论意义上的生活之真实。小说中的"假",种种技巧和虚构,都是为这种本体论意义上的真服务的,若非如此,便只是纯粹的假——纯粹的个人玩闹和遐想——而已。

有时候,昆德拉还将"存在"与"现实"区分开来。例如,他在《小说的艺术》中写道:"小说研究的不是现实,而是存在。"凡发生了的事情都属于现实,存在则总是关涉人生在世的基本境况。小说的使命不是陈述发生了一些什么事情,而是揭示存在的尚未为人所知的方面。如果仅仅陈述事情,不管这些事情多么富有戏剧性,多么引人入胜,或者在政治上多么重要,有多么大的新闻价值,对于阐述某个哲学观点多么有说服力,都与存在无关,因而都在小说的真正历史之外。

小说以研究存在为自己的使命,这使得小说向哲学靠近了。但是,小说与哲学的靠近是互相的,是它们都把目光投向存在领域的结果。在这互相靠近的过程中,代表哲学一方的是尼采,他拒绝体系化思想,对有关人类的一切进行思考,拓宽了哲学的主题,使哲学与小说相接近;代表小说一方的是卡夫卡、贡布罗维奇、布洛赫、穆齐尔,他们用小说进行思考,接纳可被思考的一切,拓宽了小说的主题,使小说与哲学相接近。

其实,小说之与哲学结缘由来已久。凡是伟大的小说作品,皆包含着一种哲学的关切和眼光。这并不是说,它们阐释了某种哲学观点,而是说,它们总是对人生底蕴有所关注并提供了若干新的深刻的认识。仅仅编故事而没有这种哲学内涵的小说,无论故事编得多么精彩,都称不上伟大。令昆德拉遗憾的是,他最尊敬的哲学家海德格尔只重视诗,忽视了小说,而"正是在小说的历史中有着关于存在的智慧的最大宝藏"。他也许想说,如果海德格尔善于发掘小说的材料,必能更有效地拓展其哲学思想。

在研究存在方面,小说比哲学更具有优势。存在是不能被体系化的,但哲学的概念式思考往往倾向于体系化,小说式的思考却天然是非系统的,能够充分地容纳意义的不确定性。小说在思考——并不是小说家在小说中思考,而是小说本身在思考。这就是说,不只是小说的内容具有思想的深度,而且小说的形式也在思考,因而不能不具有探索性和实验性。这正是现代小说的特点。所谓"哲学小说"与现代小说毫不相干,"哲学小说"并不在思考,譬如说萨特的小说不过是萨特在用小说的形式上哲学课罢了。在"哲学小说"中,哲学与小说是貌合神离、同床异梦的。昆德拉讽刺说,由于萨特的《恶心》成了新方向的样板,其后果是"哲学与小说的新婚之夜在相互的烦恼中度过"。

三　存在不是什么

当今世界上,每时每刻都有人在编写和出版小说,其总量不计其数。然而，其中的绝大部分只是在小说历史之外的小说生产而已。它们生产出来只是为了被消费掉，在完成之日已注定要被遗忘。

只有在小说的历史之内，一部作品才可以作为价值而存在。怎样的作品才能进入小说的历史呢？首先是对存在做出了新的揭示；其次，为了做出这一新的揭示，而在小说的形式上有新的探索。

一个小说家必须具备存在的眼光，看到比现实更多的东西。然而，许多小说家都没有此种眼光，他们或者囿于局部的现实，或者习惯于对现实做某种本质主义的抽象，把它缩减为现实的某一个层面和侧面。昆德拉借用海德格尔的概念，称这种情况为"存在的被遗忘"。如此写出来的小说，不过是小说化的情欲、忏悔、自传、报道、说教、布道、清算、告发、披露隐私罢了。小说家诚然可以面对任何题材，甚至包括自己和他人的隐私这样的题材，功夫的高下见之于对题材的处理，由此而显出他是一个露淫癖或窥淫癖患者，还是一个存在的研究者。

一个小说家是一个存在的研究者，这意味着他与一切现实、他处理的一切题材都保持着一种距离，这个距离是他作为研究者所必需的。无论何种现实，在他那里都成为研究存在以及表达他对存在之认识的素材。也就是说，他不立足于任何一种现实，而是立足于小说，站在小说的立场上研究它们。

对于昆德拉的一种普遍误解是把他看作一个不同政见者，一个政治性作家。请听昆德拉的回答："您是共产主义者吗？——不，我是小说家。""您是不同政见者吗？——不，我是小说家。"他明确地说，对于他，做小说家不只是实践一种文学形式，而是"一种拒绝与任何政治、宗教、意识形态、道德、集体相认同的立场"。他还说，他憎恨想在艺术品中寻找一种态度（政治的、哲学的、宗教的等等）的人们，而本来应该从中仅仅寻找一种认识的意图的。我想起尼采的一个口气相反、实质相同的回答。他在国外漫游时，有人问他："德国有哲学家吗？德国有诗人吗？德国有好书吗？"他说他感到脸红，但以他即使在失望时也具有的勇气答道："有的，俾斯麦！"他之所以感到脸红，是因为德国的哲学家、诗人、作家丧失了独立的哲学、诗、写作的立场，都站到政治的立场上去了。

如果说在政治和商业、宗教和世俗、传统和风尚、意识形态和流行思潮、社会秩序和大众传媒等立场之外，小说、诗还构成一种特殊的立场，那么，这无非是指个性的立场，美学的立场，独立思考的立场，关注和研究存在的立场。在一切平庸的写作背后，我们都可发现这种立场的阙如。

对于昆德拉来说，小说不只是一种文学体裁，更是一种看生活的眼光、一种智慧。因此，从他对小说的看法中，我读出了他对生活的理解。用小说的智慧看，生活——作为"存在"——究竟是什么，或者说不是什么呢？

海德格尔本人也不能概括地说明什么是存在，昆德拉同样不能。然而，从他对以往和当今小说的批评中，我们可以知道存在——以及以研究存在为使命的小说——不是什么。

存在不是戏剧，小说不应把生活戏剧化。

存在不是抒情诗，小说不应把生活抒情化。

存在不是伦理，小说不是进行道德审判的场所。

存在不是政治，小说不是形象化的政治宣传或政治抗议。

存在不是世上最近发生的事，小说不是新闻报道。

存在不是某个人的经历，小说不是自传或传记。

四　在因果性之外

在一定的意义上，写小说就是编故事。在许多小说家心目中，编故事有一个样板，那就是戏剧。他们把小说的空间设想成舞台，在其中安排曲折的悬念、扣人心弦的情节、离奇的巧合、激动人心的场面。他们让人物发表精彩的讲话。他们使劲儿吊读者的胃口。这样编出的故事诚然使许多读者觉得过瘾，却与存在无关。

在小说中强化、营造、渲染生活的戏剧性因素，正是上个世纪小说家们的做法。在他们那里，场面成为小说构造的基本因素，小说宛如一个场面丰富的剧本。昆德拉推崇福楼拜、乔伊斯、卡夫卡、海明威，因为他们使小说走出了这种戏剧性。把生活划分为日常性和戏剧性两个方面，强化其戏剧性而舍弃其日常性，乃是现象和本质二分模式在小说领域内的一种运用。在现实中，日常性与戏剧性是永远同在的，人们总是在平凡、寻常、偶然的气氛中相遇，生活的这种散文性是人生在世的一种基本境况。在此意义上，昆德拉宣称，对散文的发现是小说的"本体论使命"，这一使命是别的艺术不能承担的。

夸大戏剧性，拒斥日常性，这差不多构成了最悠久的美学传统。无论现实主义，还是浪漫主义，都是在这一传统中生长出来的。从亚里士多德的"情节的整一"，到恩格斯的"典型环境中的典型性格"，都是这一传统的理论表达。殊不知生活不是演戏，所谓"人生大舞台，舞台小人生"乃是谎言，其代价是抹杀了日常性的美学意义。

事实上，自19世纪后期以来，戏剧本身也在走出戏剧性，走向日常性。梅特林克曾经谈到易卜生戏剧中的"第二层次"的对话，这些对话仿佛是多余的，而非必需的，实际上却具有更深刻的真实性。在海明威的小说中，这种所谓"第二层次"的对话取得了完全的支配地位。海明威的高明之处在于发现了日常生活中对话的真实结构。我们平时常常与人交谈,但我们并不知道我们是怎样交谈的。海明威却通过一种简单而又漂亮的形式向我们显示:现实中的对话总是被日常性所包围、延迟、中断、转移,因而不系统、不逻辑;在第三者听来,它不易懂,是未说出的东西上面一层薄薄的表面;它重复、笨拙,由此暴露了人物的特定想法,并赋予对话以一种特殊的旋律。如果说雨果小说中的对话以其夸张的戏剧性使我们更深地遗忘了现实中的对话之真相,那么,可以说海明威为我们找回了这个真相,使我们知道了我们在日常生活中是怎样进行交谈的。

我们已经太习惯于用逻辑的方式理解生活,正是这种方式使我们的真实生活从未进入我们的视野,成为被永远遗忘的存在。把生活戏剧化也是逻辑方式的产物,是因果性范畴演出的假面舞会。

昆德拉讲述了一个绝妙的故事:一个男人和一个女人互相暗恋,等待着向对方倾诉衷肠的机会。机会来了,有一天他俩去树林里采蘑菇,但两人都心慌意乱,沉默不语。也许为了掩饰心中的慌乱,也为了打破沉默的尴尬,他们开始谈论蘑菇,于是一路上始终谈论着蘑菇,永远失去了表白爱情的机会。

真正具有讽刺意义的事情还在后面。这个男人当然十分沮丧,因为他毫无理由地失去了一次爱情。然而,一个人能够原谅自己失去爱情,却绝不能原谅自己毫无理由。于是,他对自己说:我之所以没有表白爱情,是因为忘不了死去的妻子。

德谟克里特曾说:宁愿找到一个因果性的解释,也胜过成为波斯人的王。我们虽然未必像他那样藐视王位,却都和他一样热爱因果性的解释。为结果寻找原因,为行为寻找理由,几乎成了我们的本能，以至于对事情演变的真实过程反而视而不见了。然而，正是对于一般人视而不见的东西，好的小说家能够独具慧眼，加以复原。譬如说，他会向我们讲述蘑菇捣乱的故事。相反，我们可以想象，大多数小说家一定会按照那个男人的解释来处理这个素材，向我们讲述一个关于怀念亡妻的忠贞的故事。

按照通常的看法，陀思妥耶夫斯基是一位非理性作家，托尔斯泰是一位理性的、甚至有说教气味的作家。在昆德拉看来，情形正好相反。在陀思妥耶夫斯基的小说中，思想构成了明确的动机，人物只是思想的化身，其行为是思想的逻辑结果。譬如说，基里洛夫之所以自杀，是因为他确信人只有信仰上帝才能活下去，而这一信仰已经破灭，于是他必须自杀。支配他自杀的思想可归入非理性哲学的范畴，但这种思想是他的理性所把握的，其作用方式也是极其理性、因果分明的。在生活中真正产生作用的非理性并不是某种非理性的哲学观念，而是我们的理性思维无法把握的种种内在冲动、瞬时感觉、偶然遭遇及其对我们的作用过程。在小说家中，正是托尔斯泰也许最早描述了生活的这个方面。

一个人自杀了，周围的人们就会寻找他自杀的原因。例如，悲观主义的思想，孤僻的性格，忧郁症，失恋，生活中的其他挫折，等等。找到了原因，人们就安心了，对这个人的自杀已经有了一个解释，他在自杀前的种种表现或者被纳入这个解释，或者——如果不能纳入——就被遗忘了。人们对生活的理解很像是在写案情报告。事实上，自杀者走向自杀的过程是复杂的，在心理上尤其如此，其中有许多他自己也未必意识到的因素。你不能说这些被忽略的心理细节不是原因，因为任何一个细节的改变也许会导致完全不同的结局。导致某一结果的原因几乎是无限的，所以也就不存在任何确定的因果性。小说家当然不可能穷尽一切细节，他的本领在于谋划一些看似不重要因而容易被忽视、实则真正起了作用的细节，在可能的限度内复原生活的真实过程。例如，托尔斯泰便如此复原了安娜走向自杀的过程。可是，正像昆德拉所说的，人们读小说就和读他们自己的生活一样地不专心和不善读，往往也忽略了这些细节。因此，读者中十有八九仍然把安娜自杀的原因归结为她和渥伦斯基的爱情危机。

五　性与反浪漫主义

性与浪漫有不解之缘。性本身具有一种美化、理想化的力量，这至少是人们共通的青春期经验。仿佛作为感恩，人们又反转过来把性美化和理想化。一切浪漫主义者都是性爱的讴歌者，或者——诅咒者，倘若他们觉得自己被性的魔力伤害的话，而诅咒仍是以承认此种魔力为前提的。

现代小说在本质上是反浪漫主义的，这种"深刻的反浪漫主义"——如同昆德拉在谈到卡夫卡时所推测的——很可能来自对性的眼光的变化。昆德拉赞扬卡夫卡（还有乔伊斯）使性从浪漫激情的迷雾中走出，还原成了每个人平常和基本的生活现实。作为对照，他嘲笑劳伦斯把性抒情化，用鄙夷的口气称他为"交欢的福音传教士"。

19世纪初期的浪漫主义者并不直接讴歌性，在他们看来，性必须表现为情感的形态才能成为价值。在劳伦斯那里，性本身就是价值，是对抗病态的现代文明的唯一健康力量。对于卡夫卡以及昆德拉本人来说，性和爱情都不再是价值。这里的确发生着看性的眼光的重大变化，而如果杜绝了对性的抒情眼光，影响必是深远的，那差不多是消解了一切浪漫主义的原动力。

抒情化是一种赋予意义的倾向。如果彻底排除掉抒情化，性以及人的全部生命行为便只成了生物行为，暴露了其可怕的无意义性。甚至劳伦斯也清楚地看到了这种无意义性，他的查太莱夫人一边和狩猎人做爱，一边冷眼旁观，觉得这个男人臀部的冲撞多么可笑。上帝造了有理智的人，同时又迫使他做这种可笑的姿势，未免太恶作剧。但狩猎人的雄风终于征服了查太莱夫人的冷静，把她脱胎成了一个妇人，使她发现了性行为本身的美。性曾因爱情获得意义，现代人普遍不相信爱情，在此情形下怎样肯定性，这的确是现代人所面临的一个难题。性制造美感又破坏美感，使人亢奋又使人厌恶，尽管无意义却丝毫不减其异常的威力，这是性与存在相关联的面貌。现代人在性的问题上的尴尬境遇乃是一个缩影，表明现代人在意义问题上的两难，一方面看清了生命本无意义的真相，甚至看穿了一切意义寻求的自欺性质，另一方面又不能真正安于意义的缺失。

对于上述难题，昆德拉的解决方法体现在这一命题中：任何无意义在意外中被揭示是喜剧的源泉。这是性的审美观的转折：性的抒情诗让位于性的喜剧，性被欣赏不再是因为美，而是因为可笑，自嘲取代两情相悦成了做爱时美感的源泉。在其小说作品中，昆德拉本人正是一个捕捉性的无意义性和喜剧性的高手。不过，我确信，无论他还是卡夫卡，都没有彻底拒绝性的抒情性。例如他激赏的《城堡》第三章，卡夫卡描写K和弗丽达在酒馆地板上长时间地做爱，K觉得自己走进了一个比人类曾经到过的任何国度更远的奇异国度，这种描写与劳伦斯式的抒情有什么本质不同呢？区别仅在于比例，在劳伦斯是基本色调的东西，在卡夫卡只是整幅画面上的一小块亮彩。然而，这一小块亮彩已经足以说明，寻求意义乃是人的不可磨灭的本性。

现代小说的特点之一是反对感情谎言。在感情问题上说谎，用夸张的言辞渲染爱和恨、欢乐和痛苦等等，这是浪漫主义的通病。现代小说并不否认感情的存在，但对感情持一种研究的而非颂扬的态度。

昆德拉说得好：艺术的价值同其唤起的感情的强度无关，后者可以无需艺术。兴奋本身不是价值，有的兴奋很平庸。感情洋溢者的心灵往往是既不敏感、也不丰富的，它动辄激动，感情如流水，来得容易也去得快，永远酿不出一杯醇酒。感情的浮夸必然表现为修辞的浮夸，企图用华美的词句掩盖思想的平庸，用激情的语言弥补感觉的贫乏。

不过，我不想过于谴责浪漫主义，只要它是真的。真诚的浪漫主义者——例如19世纪初期的浪漫主义者——患的是青春期夸张病，他们不自觉地夸大感情，但并不故意伪造感情。在今天，真浪漫主义已经近于绝迹了，流行的是伪浪漫主义，煽情是它的美学，媚俗是它的道德，其特征是批量生产和推销虚假感情，通过传媒操纵大众的感情消费，目的是获取纯粹商业上的利益。

六 道德判断的悬置

人类有两种最根深蒂固的习惯，一是逻辑，二是道德。从逻辑出发，我们习惯于在事物中寻找因果联系，而对在因果性之外的广阔现实视而不见。从道德出发，我们习惯于对人和事做善恶的判断，而对在善恶的彼岸的真实生活懵然无知。这两种习惯都妨碍着我们研究存在，使我们把生活简单化，停留在生活的表面。

对小说家的两大考验：摆脱逻辑推理的习惯，摆脱道德判断的习惯。

逻辑解构和道德中立——这是现代小说与古典小说的分界线，也是现代小说与现代哲学的会合点。

看事物可以有许多不同的角度，道德仅是其中的一种，并且是相当狭隘的一种。存在本无善恶可言，善恶的判断出自一定的道德立场，归根到底出自维护一定社会秩序的需要。可是，这类判断已经如此天长日久，层层缠结，如同蛛网一样紧密附着在存在的表面。一个小说家作为存在的研究者，当然不该被这蛛网缠住，而应进入存在本身。写小说的前提是要有自由的眼光，不但没有禁区，凡存在的一切皆是自己的领地，而且拒绝独断，善于发现世间万事的相对性质。古往今来，在设置禁区和助长独断方面，道德起了最重要的作用。因此，唯有超脱于道德的眼光，才能以自由的眼光研究存在。在此意义上，昆德拉说，小说是"道德判断被悬置的领域"，把道德判断悬置，这正是小说的道德。

从小说的智慧看，随时准备进行道德判断的那种热忱乃是最可恨的愚蠢。安娜是一个堕落的坏女人，还是一个深情的好女人？渥伦斯基是不是一个自私的家伙？托尔斯泰不问自己这样的问题。聪明的读者也不问，问并且感到困惑的读者已经有点蠢了，而最蠢的则是问了并且做出断然回答的读者。昆德拉十分瞧不起卡夫卡的遗嘱执行人布洛德，批评他以及他开创的卡夫卡学把卡夫卡描绘成一个圣徒，从而把卡夫卡逐出了美学领域。某个卡夫卡学者写道："卡夫卡曾为我们而生，而受苦。"昆德拉讥讽地反驳："卡夫卡没有为我们受苦，他为我们玩儿了一通！"

世上最无幽默感的是道德家。小说家是道德家的对立面，他发明了幽默。昆德拉这样定义幽默："天神之光，世界揭示在它的道德的模棱两可中，将人暴露在判断他人时深深的无能为力中；

幽默，为人间万事的相对性而陶醉，肯定世间无肯定而享奇乐。"

我们平时斤斤计较于事情的对错，道理的多寡，感情的厚薄，在一位天神的眼里，这种认真必定是很可笑的。小说家具有两方面的才能。一方面，他在日常生活中也难免认真，并且比一般人更善于观察和体会这种认真，细致入微地洞悉人心的小秘密。另一方面，作为小说家，他又能够超越于这种认真，把人心的小秘密置于天神的眼光下，居高临下地看出它们的可笑和可爱。

上帝死了，人类的一切失去了绝对的根据，哲学曾经为此而悲号。小说的智慧却告诉我们：你何不自己来做上帝，用上帝的眼光看一看，相对性岂不比绝对性好玩得多？那么，从前那个独断的上帝岂不是人类的赝品，是猜错了上帝的趣味？小说教我们在失去绝对性之后爱好并且享受相对性。

七　生活永远大于政治

对于诸如"伤痕文学""改革文学""流亡文学"之类的概念，我始终抱怀疑的态度。我不相信可以按照任何政治标准来给文学分类，不管充当标准的是作品产生的政治时期、作者的政治身份还是题材的政治内涵。我甚至怀疑这种按照政治标准归类的东西是否属于文学，因为真正的文学必定是艺术，而艺术在本质上是非政治的，是不可能从政治上加以界定的。

作家作为社会的一员，当然可以关心政治，参与政治活动。但是，当他写作时，他就应当如海明威所说，像吉卜赛人，是一个同任何政治势力没有关系的局外人。他诚然也可以描写政治，但他是站在文学的立场上，而不是站在政治的立场上这样做的。小说不对任何一种政治做政治辩护或政治批判，它的批判永远是存在性质的。奥威尔的《一九八四》被昆德拉称作"一部伪装成小说的政治思想"，因为它把生活缩减为政治，在昆德拉看来，这种缩减本身正是专制精神。对于一个作家来说，不论站在何种立场上把生活缩减为政治，都会导致取消文学的独立性，把文学变成政治的工具。

把生活缩减为政治——这是一种极其普遍的思想方式，其普遍的程度远超出人们自己的想象。我们曾经有过"突出政治"的年代，那个年代似乎很遥远了，但许多人并未真正从那个年代里走出。在这些人的记忆中，那个年代的生活除了政治运动，剩下的便是一片空白。苏联和东欧解体以后，那里的人们纷纷把在原体制下度过的岁月称作"失去的四十年"。在我们这里，类似的论调早已不胫而走。一个人倘若自己不对"突出政治"认同，他就一定会发现，在任何政治体制下，生活总有政治无法取代的内容。陀思妥耶夫斯基的《死屋手记》表明，甚至苦役犯也是在生活，而不仅仅是在受刑。凡是因为一种政治制度而叫喊"失去"生活的人，他真正失去的是那种思考和体验生活的能力，我们可以断定，即使政治制度改变，他也不能重获他注定要失去的生活。我们有权要求一个作家在任何政治环境中始终拥有上述那种看生活的能力，因为这正是他有资格作为一个作家存在的理由。

彼得堡恢复原名时，一个左派女人兴高采烈地大叫："不再有列宁格勒了！"这叫声传到了昆德拉耳中，激起了他的深深厌恶。我很能理解这种厌恶之情。我进大学时，正值中苏论战，北京大学的莘莘学子聚集在高音喇叭下倾听反修社论，为每一句铿锵有力的战斗言辞鼓掌喝彩。当时我就想，如果中苏的角色互换，高音喇叭里播放的是反教条主义的社论，这些人同样也会鼓掌喝彩。事实上，往往是同样的人们先热烈祝福林副主席永远健康，继而又为这个卖国贼的横死大声欢呼。全盘否定毛泽东的人，多半是当年"誓死捍卫"的斗士。昨天还在鼓吹西化的人，今天已经要用儒学一统天下了。从一个极端跳到另一个极端，真正的原因不在受蒙蔽，也不在所谓形而上学的思想方法，而在一种永远追随时代精神的激情。昆德拉一针见血地指出，在其中支配着的是一种"审判的精神"，即根据一个看不见的法庭的判决来改变观点。更深一步说，则在于个人的非个人性，始终没有真正属于自己的内心生活和存在体悟。

昆德拉对于马雅可夫斯基毫无好感，指出后者的革命抒情是专制恐怖不可缺少的要素，但是，当审判的精神在今天全盘抹杀这位革命诗人时，昆德拉却怀念起马雅可夫斯基的爱情诗和他奇特的比喻了。"道路在雾中"——这是昆德拉用来反对审判精神的伟大命题。每个人都在雾中行走，看不清自己将走向何方。在后人看来，前人走过的路似乎是清楚的，其实前人当时也是在雾中行走。"马雅可夫斯基的盲目属于人的永恒境遇。看不见马雅可夫斯基道路上的雾，就是忘记了什么是人，忘记了我们自己是什么。"在我看来，昆德拉的这个命题是站在存在的立场上分析政治现象的一个典范。然而，审判的精神源远流长，持续不息。昆德拉举了一个最典型的例子：我们世纪最美的花朵——二三十年代的现代艺术——先后遭到了三次审判，纳粹谴责它是"颓废艺术"，共产主义政权批评它"脱离人民"，凯旋的资本主义又讥它为"革命幻想"。把一个人的全部思想和行为缩减为他的政治表现，把被告的生平缩减为犯罪录，我们对于这种思路也是多么驾轻就熟。我们曾经如此判决了胡适、梁实秋、周作人等人，而现在，由于鲁迅、郭沫若、茅盾在革命时代受过的重视，也已经有越来越多的人要求把他们送上审判革命的被告席。那些没有文学素养的所谓文学批评家同时也是一些政治上的一孔之见者和偏执狂，他们永远也不会理解，一个曾经归附过纳粹的人怎么还可以是一个伟大的哲学家，而一个作家的文学创作又如何可以与他所卷入的政治无关并且拥有更长久的生命。甚至列宁也懂得一切伟大作家的创作必然突破其政治立场的限制，可是这班自命反专制主义的法官还要审判列宁哩。

东欧解体后，昆德拉的作品在自己的祖国大受欢迎，他本人对此的感想是："我看见自己骑在一头误解的毛驴上回到故乡。"在此前十多年，住在柏林的贡布罗维奇拒绝回到自由化气氛热烈的波兰，昆德拉表示理解，认为其真正的理由与政治无关，而是关于存在的。无论在祖国，还是在侨居地，优秀的流亡作家都容易被误解成政治人物，而他们的存在性质的苦恼却无人置理，无法与人交流。

关于这种存在性质的苦恼，昆德拉有一段诗意的表达："令人震惊的陌生性并非表现在我们所追嬉的不相识的女人身上，而是在一个过去曾经属于我们的女人身上。只有在长时间远走后重返故乡，才能揭示世界与存在的根本的陌生性。"

非常深刻。和陌生女人调情，在陌生国度观光，我们所感受到的只是一种新奇的刺激，这种感觉无关乎存在的本质。相反，当我们面对一个朝夕相处的女人，一片熟门熟路的乡土，日常生活中一些自以为熟稔的人与事，突然产生一种陌生感和疏远感的时候，我们便瞥见了存在的令人震惊的本质了。此时此刻，我们一向借之生存的根据突然瓦解了，存在向我们展现了它的可怕的虚无本相。不过，这种感觉的产生无须借助于远走和重返，尽管距离的间隔往往会促成疏远化眼光的形成。

对于移民作家来说，最深层的痛苦不是乡愁，而是一旦回到故乡会产生的这种陌生感，并且这种陌生感一旦产生就不只是针对故乡的，也是针对世界和存在的。我们可以想象，倘若贡布罗维奇回到了波兰，当人们把他当作一位政治上的文化英雄而热烈欢迎的时候，他会感到多么孤独。

八　文学的安静

波兰女诗人维斯瓦娃·希姆博尔斯卡获得1996年诺贝尔文学奖之后，该奖的前一位得主爱尔兰诗人希尼写信给她，同情地叹道："可怜的、可怜的维斯瓦娃。"而维斯瓦娃也真的觉得自己可怜，因为她从此不得安宁了，必须应付大量来信、采访和演讲。她甚至希望有个替身代她抛头露面，使她可以回到隐姓埋名的正常生活中去。

维斯瓦娃的烦恼属于一切真正热爱文学的成名作家。作家对于名声当然不是无动于衷的，他既然写作，就不能不关心自己的作品是否被读者接受。但是，对于一个真正的作家来说，成为新闻人物却是一种灾难。文学需要安静，新闻则追求热闹，两者在本性上是互相敌对的。福克纳称文学是"世界上最孤寂的职业"，写作如同一个遇难者在大海上挣扎，永远是孤军奋战，谁也无法帮助一个人写他要写的东西。这是一个真正有自己的东西要写的人的心境，这时候他渴望避开一切人，全神贯注于他的写作。他遇难的海域仅仅属于他自己，他必须自己救自己，任何外界的喧哗只会导致他的沉没。当然，如果一个人并没有自己真正要写的东西，他就会喜欢成为新闻人物。对于这样的人来说，文学不是生命的事业，而只是一种表演和姿态。

我不相信一个好作家会是热衷于交际和谈话的人。据我所知，最好的作家都是一些交际和谈话的节俭者，他们为了写作而吝于交际，为了文字而节省谈话。他们懂得孕育的神圣，在作品写出之前，忌讳向人谈论酝酿中的作品。凡是可以写进作品的东西，他们不愿把它们变成言谈而白白流失。维斯瓦娃说她一生只做过三次演讲，每次都备受折磨。海明威在诺贝尔授奖仪式上的书面发言仅一千字，其结尾是："作为一个作家，我已经讲得太多了。作家应当把自己要说的话写下来，而不是讲出来。"福克纳拒绝与人讨论自己的作品，因为："毫无必要。我写出来的东西要自己中意才行，既然自己中意了，就无需再讨论，自己不中意，讨论也无济于事。"相反，那些喜欢滔滔不绝地谈论文学、谈论自己的写作打算的人，多半是文学上的低能儿和失败者。

好的作家是作品至上主义者，就像福楼拜所说，他们是一些想要消失在自己作品后面的人。他们最不愿看到的情景就是自己成为公众关注的人物，作品却遭到遗忘。因此，他们大多都反感别人给自己写传。海明威讥讽热衷于为名作家写传的人是"联邦调查局的小角色"，他建议一心要写他的传记的菲力普·扬去研究死去的作家，而让他"安安静静地生活和写作"。福克纳告诉他的传记作者马尔科姆·考利："作为一个不愿抛头露面的人，我的雄心是要退出历史舞台，从历史上销声匿迹，死后除了发表的作品外，不留下一点废物。"昆德拉认为，卡夫卡在临死前之所以要求毁掉信件，是耻于死后成为客体。可惜的是，卡夫卡的研究者们纷纷把注意力放在他的生平细节上，而不是他的小说艺术上，昆德拉对此评论道："当卡夫卡比约瑟夫·K更引人注目时，卡夫卡即将死亡的进程便开始了。"

在研究作家的作品时，历来有作家生平本位和作品本位之争。19世纪法国批评家圣伯夫是前者的代表，他认为作家生平是作品形成的内在依据，因此不可将作品同人分开，必须收集有关作家的一切可能的资料，包括家族史、早期教育、书信、知情人的回忆等等。在自己生前未发表的笔记中，普鲁斯特对当时占统治地位的这种观点做了精彩的反驳。他指出，作品是作家的"另一个自我"的产物，这个"自我"不仅有别于作家表现在社会上的外在自我，而且唯有排除了那个外在自我，才能显身并进入写作状态。圣伯夫把文学创作与谈话混为一谈，热衷于打听一个作家发表过一些什么见解，而其实文学创作是在孤独中、在一切谈话都沉寂下来时进行的。一个作家在对别人谈话时只不过是一个上流社会人士，只有当他面对自己、全力倾听和表达内心真实的声音之时，亦即只有当他写作之时，他才是一个作家。因此，作家的真正的自我仅仅表现在作品中，而圣伯夫的方法无非是要求人们去研究与这个真正的自我毫不相干的一切方面。不管后来的文艺理论家们如何分析这两种观点的得失，一个显著的事实是，几乎所有第一流的作家都本能地站在普鲁斯特一边。海明威简洁地说："只要是文学，就不用去管谁是作者。"昆德拉则告诉读者，应该在小说中寻找存在中、而非作者生活中的某些不为人知的方面。对于一个严肃的作家来说，他生命中最严肃的事情便是写作，他把他最好的东西都放到了作品里，其余的一切已经变得可有可无。因此，毫不奇怪，他绝不愿意作品之外的任何东西来转移人们对他的作品的注意，反而把他的作品看作可有可无，宛如——借用昆德拉的表达——他的动作、声明、立场的一个阑尾。

然而，在今天，作家中还有几人仍能保持着这种迂腐的严肃？将近两个世纪前，歌德已经抱怨新闻对文学的侵犯："报纸把每个人正在做的或者正在思考的都公之于众，甚至连他的打算也置于众目睽睽之下。"其结果是使任何事物都无法成熟，每一时刻都被下一时刻所消耗，根本无积累可言。歌德倘若知道今天的情况，他该知足才是。我们时代的鲜明特点是文学向新闻的蜕变，传媒的宣传和炒作几乎成了文学成就的唯一标志，作家们不但不以为耻，反而争相与传媒调情。新闻记者成了指导人们阅读的权威，一个作家如果未在传媒上亮相，他的作品就必定默默无闻。文学批评家也只是在做着新闻记者的工作，如同昆德拉所说，在他们手中，批评不再以发现真正有价值的作品及其价值所在为己任，而是变成了"简单而匆忙的关于文学时事的信息"。其中更有哗众取宠之辈，专以危言耸听、制造文坛新闻事件为能事。在这样一个浮躁的时代，文学的安静已是过时的陋习，或者——但愿我不是过于乐观——只成了少数不怕过时的作家的特权。

九　结构的自由和游戏精神

关于小说的形式，昆德拉最推崇的是拉伯雷的传统，他把这一传统归纳为结构的自由和游戏精神。他认为，当代小说家的任务是将拉伯雷式的自由与结构的要求重新结合，既把握真正的世界，同时又自由地游戏。在这方面，卡夫卡和托马斯·曼堪为楷模。作为一个外行，我无意多加发挥，仅限于转述他所提及的以下要点：

1. 主题——关于存在的提问——而非故事情节成为结构的线索。不必构造故事。人物无姓名，没有一本户口簿。

2. 主题多元，一切都成为主题，不存在主题与桥、前景与背景的区别，诸主题在无主题性的广阔背景前展开。背景消失，只有前景，如立体画。无须桥和填充，不必为了满足形式及其强制性而离开小说家真正感兴趣的东西。

3. 游戏精神，非现实主义。小说家有离题的权利，可以自由地写使自己入迷的一切，从多角度开掘某个关于存在的问题。提倡将文论式思索并入小说的艺术。

为了证明小说形式方面的上述探索方向的现代性，我再转抄一位法国作家和一位中国作家的证词。这些证词是我偶然读到的，它们与昆德拉的文论肯定没有直接的联系，因而更具证明的效力。

法国作家玛格里特·杜拉："写作并不是叙述故事。是叙述故事的反面。是同时叙述一切。是叙述一个故事同时又叙述这个故事的空无所有。是叙述一个由于故事不在而展开的故事。"

中国作家韩东：我不喜欢把假事写真，即小说习惯的那种编故事的方式，而喜欢把真事写假。出发点是事实和个人经验，但那不是目的。"我的目的是假，假的部分即超出新闻真实的部分是文学的意义所在。"

附带说一句，读到韩东这一小段话时我感到了一种惊喜，并且立即信任了他，相信他是一个好的小说家——我所说的"好"，不限于、但肯定包括艺术上严肃的含义。也就是说，不管他的小说怎样貌似玩世不恭，我相信他是一个严肃的小说艺术家。

1997.8

读《务虚笔记》的笔记

一 小说与务虚

《务虚笔记》是史铁生迄今为止创作的第一部长篇小说，发表已两年，评论界和读者的反应都不算热烈，远不及他以前的一些中短篇作品。一个较普遍的说法是，它不像小说。这部小说的确不太符合人们通常对小说的概念，我也可以举出若干证据来。例如，第一，书名本身就不像小说的标题。第二，小说中的人物皆无名无姓，没有外貌，仅用字母代表，并且在叙述中常常被故意混淆。第三，作者自己也常常出场，与小说中的人物对话，甚至与小说中的人物相混淆。

对于不像小说的责备，史铁生自己有一个回答："我不关心小说是什么，只关心小说可以怎样写。"

可以怎样写？这取决于为什么要写小说。史铁生是要通过写小说来追踪和最大限度地接近灵魂中发生的事。在他看来，凡是有助于实现这个目的的手法都是允许的，小说是一个最自由的领域，应该没有任何限制包括体裁的限制，不必在乎写出来的还是不是小说。

就小说是一种精神表达而言，我完全赞同这个见解。对于一个精神探索者来说，学科类别和文学体裁的划分都是极其次要的，他有权打破由逻辑和社会分工所规定的所有这些界限,为自己的精神探索寻找和创造最恰当的表达形式。也就是说,他只需写他真正想写的东西,写得让自己满意,至于别人把他写出的东西如何归类,或者竟无法归类,他都无须理会。凡真正的写作者都是这样的精神探索者,他们与那些因为或者为了职业而搞哲学、搞文学、写诗、写小说等的人的区别即在于此。

我接着似乎应该补充说:就小说作为一种文学体裁而言,在乎不在乎是一回事,是不是则是另一回事。自卡夫卡以来的现代小说虽然大多皆蒙不像小说之责备,却依然被承认是小说,则小说好像仍具有某种公认的规定性,正是根据此规定性,我们才得以把现代小说和古典小说都称作小说。

在我的印象里,不论小说的写法怎样千变万化,不可少了两个要素,一是叙事,二是虚构。一部作品倘若具备这两个要素,便可以被承认为小说,否则便不能。譬如说,完全不含叙事的通篇抒情或通篇说理不是小说,完全不含虚构的通篇纪实也不是小说。但这只是大略言之,如果认真追究起来,叙事与非叙事之间(例如在叙心中之事的场合)、虚构与非虚构之间(因为并无判定实与虚的绝对尺度)的界限也只具有相对的性质。

现代小说的革命并未把叙事和虚构推翻掉,却改变了它们的关系和方式。大体而论,在传统小说中,"事"处于中心地位,写小说就是编(即"虚构")故事,小说家的本领就体现在编出精彩的故事。所谓精彩,无非是离奇、引人入胜、令人心碎或感动之类的戏剧性效果,虚构便以追求此种效果为最高目的。至于"叙"不过是修辞和布局的技巧罢了,叙事艺术相当于诱骗艺术,巧妙的叙即成功的骗,能把虚构的故事讲述得栩栩如生,使读者信以为真。在此意义上,可以把传统小说定义为逼真地叙虚构之事。

在现代小说中，处于中心地位的不是"事"，而是"叙"。好的小说家仍然可以是编故事的高手，但也可以不是，比编故事的本领重要得多的是一种独特的叙事方式，它展示了认识存在的一种新的眼光。在此眼光下，实有之事与虚构之事之间的界限不复存在，实有之事也成了虚构，只是存在显现的一种可能性，从而意味着无限多的别种可能性。因此，在现代小说中，虚构主要不是编精彩的故事，而是对实有之事的解构，由此而进窥其后隐藏着的广阔的可能性领域和存在之秘密。在此意义上，可以把现代小说定义为对实有之事的虚构式叙述。

我们究竟依据什么来区分事物的实有和非实有呢？每日每时，在世界上活动着各种各样的人，发生着各种各样的事，不妨说这些人和事都是实有的，其存在是不依我们的意识而转移的。然而，我们不是以外在于世界的方式活在世界上的，每个人从生到死都活在世界之中，并且不是以置身于一个容器中的方式，而是融为一体，即我在世界之中，世界也在我之中。所谓融为一体并无固定的模式，总是因人而异的。对我而言，唯有那些进入了我的心灵的人和事才构成了我的世界，而在进入的同时也就被我的心灵所改变。这样一个世界仅仅属于我，而不属于任何别的人。它是否实有呢？如果答案是否定的，则我们就必须进而否定任何实有的世界之存在，因为现象纷呈是世界存在的唯一方式，在它向每个人所显现的样态之背后，并不存在着一个自在的世界。

不存在自在之物——西方哲学跋涉了两千多年才得出的这个认识，史铁生凭借自己的悟性就得到了。他说，古园中的落叶，有的被路灯照亮，有的隐入黑暗，往事或故人就像那落叶一样，在我的心灵里被我的回忆或想象照亮，而闪现为印象。"这是我所能得到的唯一的真实。""真实并不在我的心灵之外,在我的心灵之外并没有一种叫作真实的东西原原本本地待在那儿。"我们也许可以说,这真实本身已是一种虚构。那么,我们也就必须承认,世界唯有在虚构中才能向我们真实地显现。

相信世界有一个独立于一切意识的本来面目,这一信念蕴含着一个假设,便是如果我们有可能站到世界之外或之上,也就是站在上帝的位置上,我们就可以看见这个本来面目了。上帝眼里的世界是什么样的呢?这也正是史铁生喜欢做的猜想,而他的结论也和西方现代哲学相接近,便是:即使在上帝眼里,世界也没有一个本来面目。作为造物主,上帝看世界必定不像我们看一幅别人的画,上帝是在看自己的作品,他一定会想起自己有过的许多腹稿,知道这幅画原有无数种可能的画法,而只是实现了其中的一种罢了。如果我们把既有的世界看作这实现了的一种画法,那么,我们用海德格尔的"存在"概念所喻指的就是那无数种可能的画法,上帝的无穷创造力,亦即世界的无数种可能性。作为无数种可能性中的一种,既有的世界并不比其余一切可能性更加实有,或者说更不具有虚构的性质。唯有存在是源,它幻化为世界,无论幻化成什么样子都是一种虚构。

第一,存在在上帝(造化)的虚构中显现为世界。第二,世界在无数心灵的虚构中显现为无数个现象世界。因此,可不可以说,虚构是世界之存在的本体论方式?

据我所见,史铁生可能是中国当代最具有自发的哲学气质的小说家。身处人生的困境,他一直在发问,问生命的意义,问上帝的意图。对终极的发问构成了他与世界的根本关系,也构成了他的写作的发源和方向。他从来是一个务虚者,小说也只是他务虚的一种方式而已。因此,毫不奇怪,在自己的写作之夜,他不可能只是一个编写故事的人，而必定更是一个思考和研究着某些基本问题的人。熟悉哲学史的读者一定会发现，这些问题皆属于虚的、形而上的层面，是地道的哲学问题。不过，熟悉史铁生作品的读者同时也一定知道，这些问题又完完全全是属于史铁生本人的，是在他的生命史中生长出来而非从哲学史中摘取过来的，对于他来说有着性命攸关的重要性。

取"务虚笔记"这个书名有什么用意吗？史铁生如是说："写小说的都不务实啊。"写小说即务虚，这在他看来是当然之理。虽然在事实上，世上多的是务实的小说，这不仅是指那些专为市场制作的文学消费品，也包括一切单为引人入胜而编写的故事。不过，我们至少可以说，这类小说不属于精神性作品。用小说务虚还是务实，这是不可强求的。史铁生曾把文学描述为"大脑对心灵的巡查、搜捕和捉拿归案"，心灵中的事件已经发生，那些困惑、发问、感悟业已存在，问题在于如何去发现和表达它们。那些从来不发生此类事件的小说家当然就不可能关注心灵，他们的大脑就必然会热衷于去搜集外界的奇事逸闻。

应该承认，具体到这部小说，"务虚笔记"的书名也是很切题的。这部小说贯穿着一种研究的风格，所研究的中心问题是人的命运问题，因此不妨把它看作对人的命运问题的哲学研究。当然，作为小说家，史铁生务虚的方式不同于思辨哲学家，他不是用概念，而是通过人物和情节的设计来进行他的哲学研究的。不过，对于史铁生来说，人物和情节不是目的，而只是研究人的命运问题的手段，这又是他区别于一般小说家的地方。在阅读这部小说时，我仿佛常常看见在写作之夜里，史铁生俯身在一张大棋盘上，手下摆弄着用不同字母标记的棋子，聚精会神地研究着它们的各种可能的走法及其结果。这张大棋盘就是他眼中的生活世界，而这些棋子则是活动于其中的人物，他们之所以皆无名无姓是因为，他们只是各种可能的命运的化身，是作者命运之思的符号，这些命运可能落在任何一个人身上。

看世界的两个相反角度是史铁生反复探讨的问题，他还把这一思考贯穿于对小说构思过程的考察。作为一个小说家，他在写作之夜所拥有的全部资源是自己的印象，其中包括活在心中的外在遭遇，也包括内在的情绪、想象、希望、思考、梦等，这一切构成了一个仅仅属于他的主观世界。他所面对的则是一个假设的客观世界，一张未知的有待研究的命运地图。创作的过程便是从印象中脱胎出种种人物，并把他们放到这张客观的命运地图上，研究他们之间各种可能的相互关系。从主观的角度看，人物仅仅来自印象，是作者的一个经历、一种心绪的化身。从客观的角度看，人物又是某种可能的命运的化身，是这种命运造成的一种情绪，或者说是一种情绪对这种命运的一种反应。一方面是种种印象，另一方面是种种可能的命运，两者之间排列组合，由此演化出了人物和情节的多种多样的可能性。

于是，我们看到了这部小说的一个显著特点，便是结构的自由和开放。在结构上，小说包含三个层次，一是故事本身，二是对人的命运的哲学性思考，三是对小说艺术的文论性思考。这三个层次彼此交织在一起。作者自由地出入于小说与现实、叙事与思想之间。他讲着故事，忽然会停下来，叙述自己的一种相关经历，或者探讨故事另一种发展的可能。他一边构思故事，一边在思考故事的整个构思过程，并且把自己的思考告诉我们。作为读者，我们感觉自己不太像在听故事，更像是在参与故事的构思，借此而和作者一起探究人的命运问题。

二　命运与猜谜游戏

在史铁生的创作中，命运问题是一贯的主题。这也许和他的经历有关。许多年前，脊髓上那个没来由的小小肿物使他年纪轻轻就成了终身残疾，决定了他一生一世的命运。从那时开始，他就一直在向命运发问。命运之成为问题，往往始于突降的苦难。当此之时，人首先感到的是不公平。世上生灵无数，为何这厄运偏偏落在我的头上？别人依然健康，为何我却要残疾？别人依然快乐，为何我却要受苦？在震惊和悲愤之中，问题直逼那主宰一切人之命运的上帝，苦难者誓向上帝讨个说法。

然而，上帝之为上帝，就在于他是不需要给出理由的，他为所欲为，用不着给你一个说法。面对上帝的沉默，苦难者也沉默下来了。弱小的个人对于强大的命运，在它到来之前不可预卜，在它到来之时不可抗拒，在它到来之后不可摆脱，那么，除了忍受，还能怎样呢？

但史铁生对于命运的态度并不如此消极，他承认自己有宿命的色彩，可是这宿命不是"认命"，而是"知命"，"知命运的力量之强大，而与之对话，领悟它的深意"。抗命不可能，认命又不甘心，"知命"便是在这两难的困境中生出的一种智慧。所谓"知命"，就是跳出一己命运之狭小范围，不再孜孜于为自己的不幸遭遇讨个说法，而是把人间整幅变幻的命运之图当作自己的认知对象，以猜测上帝所设的命运之谜为乐事。做一个猜谜者，这是史铁生以及一切智者历尽苦难而终于找到的自救之途。作为猜谜者，个人不再仅仅是苦难的承受者，他同时也成了一个快乐的游戏者，而上帝也由我们命运的神秘主宰变成了我们在这场游戏中的对手和伙伴。

曾有一位评论家对史铁生的作品做了一番弗洛伊德式的精神分析，断言由瘫痪引起的性自卑是他的全部创作的真正秘密之所在。对于这一番分析，史铁生相当豁达地写了一段话："只是这些搞心理分析的人太可怕了！我担心这样发展下去人还有什么谜可猜呢？而无谜可猜的世界才真正是一个可怕的世界呢！好在上帝比我们智商高，他将永远提供给我们新谜语，我们一起来做这游戏，世界就恰当了。开开玩笑，否则我说什么呢？老窝已给人家掏了去。"读这段话时，我不由得对史铁生充满敬意，知道他已经上升到了足够的高度，作为一个以上帝为对手和伙伴的大猜谜者，他无须再去计较那些涉及他本人的小谜底的对错。

史铁生之走向猜谜，残疾是最初的激因。但是，他没有停留于此。人生困境之形成，身体的残疾既非充分条件，亦非必要条件。凭他的敏于感受和精于思索，即使没有残疾，他也必能发现人生固有的困境，从而成为一个猜谜者。正如他所说，诗人面对的是上帝布下的迷阵，之所以要猜斯芬克司之谜是为了在天定的困境中得救。这使人想起尼采的话："倘若人不也是诗人、猜谜者、偶然的拯救者，我如何能忍受做人！"猜谜何以就能得救，就能忍受做人了呢？因为它使一个人获得了一种看世界的新的眼光和角度，以一种自由的心态去面对人生的困境，把困境变成了游戏的场所。通过猜谜游戏，猜谜者与自己的命运、也与一切命运拉开了一段距离，借此与命运达成了和解。那时候，他不再是一个为自己的不幸而哀叹的伤感角色，也不再是一个站在人生的困境中抗议和号叫的悲剧英雄，他已从生命的悲剧走进了宇宙的喜剧之中。这就好比大病之后的复原，在经历了绝望的挣扎之后，他大难不死，竟然获得了前所未有的精神上的健康。在史铁生的作品中，我们便能鲜明地感觉到这种精神上的健康，而绝少有上述那位评论家所渲染的阴郁心理。那位评论家是从史铁生的身体的残疾推导出他必然会有阴郁心理的，我愿把这看作心理学和逻辑学皆不具备哲学资格的一个具体证据。

命运的一个最不可思议的特点就是，一方面，它好像是纯粹的偶然性，另一方面，这纯粹的偶然性却成了个人不可违抗的必然性。一个极偶然极微小的差异或变化，很可能会导致天壤之别的不同命运。命运意味着一个人在尘世的全部祸福，对于个人至关重要，却被上帝极其漫不经心、不负责任地决定了。由个人的眼光看，这不能不说是荒谬的。为了驱除荒谬感，我们很容易走入一种思路，便是竭力给自己分配到的这一份命运寻找一个原因、一种解释，例如，倘若遭到了不幸，我们便把这不幸解释成上帝对我们的惩罚（"因果报应"之类）或考验（"天降大任"之类）。在这种宿命论的亦即道德化的解释中，上帝被看作一位公正的法官或英明的首领，他的分配永远是公平合理的或深谋远虑的。通过这样的解释，我们否认了命运的偶然性，从而使它变得似乎合理而易于接受了。这一思路基本上是停留在为一己的命运讨个说法上，并且自以为讨到了，于是感到安心。

命运之解释还可以有另一种思路，便是承认命运的偶然性，而不妨揣摩一下上帝在分配人的命运时何以如此漫不经心的缘由。史铁生的《小说三篇》之三《脚本构思》堪称此种揣摩的一个杰作。人生境遇的荒谬原来是根源于上帝自身境遇的荒谬，关于这荒谬的境遇，史铁生提供了一种极其巧妙的说法：上帝是无所不能的，独独不能做梦，因为唯有在愿望不能达到时才有梦可做，而不能做梦却又说明上帝不是无所不能。为了摆脱这个困境，上帝便令万物入梦，借此上帝自己也参与了一个如梦的游戏。上帝因全能而无梦，因无梦而苦闷，因苦闷而被逼成了一个艺术家，偶然性便是他的自娱的游戏，是他玩牌之前的洗牌，是他的即兴的演奏，是他为自己编导的永恒的戏剧。这基本上是对世界的一种审美的解释，通过这样的解释，我们在宇宙大戏剧的总体背景上接受了一切偶然性，而不必孜孜于为每一个具体的偶然性寻找一个牵强的解释了。当一个人用这样的审美眼光去看命运变幻之谜时，他自己也必然成了一个艺术家。这时他不会再特别在乎自己分配到了一份什么命运，而是对上帝分配命运的过程格外好奇。他并不去深究上帝给某一角色分配某种命运有何道德的用意，因为他知道上帝不是道德家，上帝如此分配纯属心血来潮。于是令他感兴趣的便是去捕捉上帝在分配命运时的种种动作，尤其是导致此种分配的那些极随意也极关键的动作，并且分析倘若这些动作发生了改变，命运的分配会出现怎样不同的情形，等等。他想要把上帝发出的这副牌以及被上帝洗掉的那些牌——复原，把上帝的游戏当作自己的研究对象，在这研究中获得了一种超越于个人命运的游戏者心态。

当我们试图追溯任一事件的原因时，我们都将发现，因果关系是不可穷尽的，由一个结果可以追溯到许多原因，而这些原因又是更多的原因的结果，如此以至于无穷。因此，因果关系的描述必然只能是一种简化，在这简化之中，大量的细节被忽略和遗忘了。一般人安于这样的简化，小说家却不然，小说的使命恰恰是要抗拒对生活的简化，尽可能复原那些被忽略和遗忘的细节。在被遗忘的细节中，也许会有那样一种细节，其偶然的程度远远超过别的细节，仿佛与那个最后的结果全然无关，实际上却正是它悄悄地改变了整个因果关系，对于结果的造成起了至关重要的作用。在以前的作品中，史铁生对于这类细节表现出了浓厚的兴趣，醉心于种种巧妙的设计。例如，在《宿命》中，主人公遭遇了一场令其致残的车祸，车祸的原因竟然被追溯到一只狗放了个响屁。通过这样的设计，作者让我们看到了结果之重大与原因之微小之间的不相称，从而在一种戏谑的心情中缓解了沉重的命运之感。

在《务虚笔记》中，史铁生对命运之偶然性的研究有了更加自觉的性质。命运之对于个人，不只是一些事件或一种遭遇，而且也是他在人间戏剧中被分配的角色，他的人生的基本面貌。因此，在一定的意义上可以说，命运即人。基于这样的认识，史铁生便格外注意去发现和探究生活中的那样一些偶然性，它们看似微不足道，却在不知不觉中开启了不同的人生之路，造就了不同的人间角色。在这部小说中，作者把这样的偶然性称之为人物的"生日"。不同的"生日"意味着人物从不同的角度进入世界，角度的微小差异往往导致人生方向的截然不同。这就好像两扇紧挨着的门，你推开哪一扇也许纯属偶然，至少不是出于你自觉的选择，但从两扇门会走进两个完全不同的世界中去。

小说以一个回忆开头：与两个孩子相遇在一座古园里。所有的人都曾经是这样的一个男孩或一个女孩，人世间形形色色的人物和迥然相异的命运都是从这个相似的起点分化出来的。那么，分化的初始点在哪里？这是作者的兴趣之所在。他的方法大致是，以自己的若干童年印象为基础，来求解那些可能构成初始点的微小差异。

例如，小巷深处有一座美丽幽静的房子，家住灰暗老屋的九岁男孩（童年的"我"）对这座房子无比憧憬，在幻想或者记忆中曾经到这房里去找一个同龄的女孩，这是作者至深的童年印象，也是书中反复出现的一个意象。如果这个男孩在离去时因为弯身去捡从衣袋掉落的一件玩具，在同样的经历中稍稍慢了一步，听见了女孩母亲的话（"她怎么把外面的野孩子带了进来"），他的梦想因此而被带到了另一个方向上，那么，他日后就是画家Z，一个迷恋幻象世界而对现实世界怀着警惕之心的人。如果他没有听见，或者听见了而并不在乎，始终想念着房子里的那个女孩，那么，他日后就是诗人L，一个不断追寻爱的梦想的人。房子里的那个女孩是谁呢？也许是女教师O，一个在那样美丽的房子里长大的女人必定也始终沉溺在美丽的梦境里，终于因不能接受梦境的破灭而自杀了。也许是女导演N，我认识的女导演已近中年，我想象她是九岁女孩时的情形，一定便是住在那样美丽的房子里，但她从母亲那里继承了坚毅而豁达的品格，因而能够冷静地面对身世的沉浮，终于成为一个事业有成的女人。然而，在诗人L盲目而狂热的初恋中，她又成了模糊的少女形象T，这个形象最后在一个为了能出国而嫁人的姑娘身上清晰起来，使诗人倍感失落。又例如，WR，一个流放者，一个立志从政的人，他的"生日"在哪一天呢？作者从自己的童年印象中选取了两个细节，一是上小学时为了免遭欺负而讨好一个"可怕的孩子"，一是"文革"中窥见奶奶被斗而惊悉奶奶的地主出身，两者都涉及内心的屈辱经验。"我"的写作生涯便始于这种屈辱经验，而倘若有此经历的这个孩子倔强而率真，对那"可怕的孩子"不是讨好而是回击，对出身的耻辱不甘忍受而要洗雪，那么，他就不复是"我"，而成为决心向不公正宣战的WR了。

作者对微小差异的设计实际上涉及两种情形：一是客观的遭遇有一点微小的不同，导致了截然不同的结果；二是对同样的遭遇有不同的反应，也导致了截然不同的结果。客观的遭遇与一个人生活的环境有关，对遭遇的主观反应大致取决于性格。如果说环境和性格是决定一个人的命运的两个主要因素，那么，在作者看来，个人对这两个因素都是不能支配的。

从生活的环境看，每个人生来就已被编织在世界之网的一个既定的网结上,他之所以被如此编织并无因果脉络可寻,乃是因为"上帝即兴的编织"。即使人的灵魂是自由的,这自由的灵魂也必定会发现,它所寄居的肉身被投胎在怎样的时代、民族、阶层和家庭里,于它是彻头彻尾的偶然性,它对此是完全无能为力的。而在后天的生活中,人与人之间的一切相遇也都是偶然的,这种偶然的相遇却组成了一个人的最具体的生活环境,构筑了他的现实生活道路。

我们对自己的性格并不比对环境拥有更大的决定权。"很可能这颗星球上的一切梦想,都是由于生命本身的密码",一个人无法破译自己生命的密码,而这密码却预先规定了他对各种事情的反应方式。也许可以把性格解释为遗传与环境,尤其是早年环境相互作用的产物,而遗传又可以追溯到过去世代的环境之作用,因此,宏观地看,性格也可归结为环境。

由命运的偶然性自然而然会产生一个问题:既然人不能支配自己的命运,那么,人是否要对这自己不能支配的命运承担道德责任呢?作者借叛徒这样一个极端的例子对此进行了探讨。葵花林里的那个女人凭借爱的激情,把敌人的追捕引向自己,使她的恋人得以脱险。她在敌人的枪声中毫无畏惧,倘若这时敌人的子弹射中了她,她就是一个英雄。但这个机会错过了,而由于她还没有来得及锤炼得足够坚强,终于忍受不住随后到来的酷刑而成了一个叛徒。这样一个女人既可以在爱的激情中成为英雄,也可以在酷刑下成为叛徒,但命运的偶然安排偏偏放弃了前者而选择了后者。那么,让她为命运的这种安排承担道德责任而遭到永世的惩罚,究竟是否公正?

综上所述,我们看到了史铁生研究命运问题的两个主要结果:一,与命运和解,从广阔的命运之网中看自己的命运;二,对他人宽容,限制道德判断,因为同样的命运可能落在任何人头上。

三　残缺与爱情

《务虚笔记》问世后，史铁生曾经表示，他不反对有人把它说成一部爱情小说。他解释道，他在小说中谈到的"生命的密码"，那隐秘地决定着人物的性格并且驱使他们走上了不同的命运之路的东西，是残缺也是爱情。那么，残缺与爱情，就是史铁生对命运之谜的一个比较具体的破译了。

残缺即残疾，史铁生是把它们用作同义词的。有形的残疾仅是残缺的一种，在一定的意义上，人人皆患着无形的残疾，只是许多人对此已经适应和麻木了而已。生命本身是不圆满的，包含着根本的缺陷，在这一点上无人能够幸免。史铁生把残缺分作两类：一是个体化的残缺，指孤独；另一是社会化的残缺，指来自他者的审视的目光，由此而感受到了差别、隔离、恐惧和伤害。我们一出生，残缺便已经在我们的生命中隐藏着，只是必须通过某种契机才能暴露出来，被我们意识到。在一个人的生活历程中，那个因某种契机而意识到了人生在世的孤独、意识到了人与人之间的差别和隔离的时刻是重要的，其深远的影响很可能将贯穿终生。在《务虚笔记》中，作者在探寻每个人物命运之路的源头时，实际上都是追溯到了他们生命中的这个时刻。人物的"生日"各异，却都是某种创伤经验，此种安排显然出于作者的自觉。无论在文学中，还是在生活中，真正的个性皆诞生于残缺意识的觉醒，凭借这一觉醒，个体开始从世界中分化出来，把自己与其他个体相区别，逐渐形成为独立的自我。

有残缺便要寻求弥补，"恰是对残缺的意识，对弥补它的近乎宗教般痴迷的祈祷"，才使爱情呈现。因此，在残缺与爱情两者中，残缺是根源，它造就了爱的欲望。不同的人意识到残缺的契机、程度、方式皆不同，导致对爱情的理解和寻爱的实践也不同，由此形成了不同的命途。

所谓寻求弥补，并非通常所说的在性格上互补。这里谈论的是另一个层次上的问题，残缺不是指缺少某一种性格或能力，于是需要从对方身上取长补短。残缺就是孤独，寻求弥补就是要摆脱孤独。当一个孤独寻找另一个孤独时，便有了爱的欲望。可是，两个孤独到了一起就能够摆脱孤独了吗？有两种不同的孤独。一种是形而上的孤独，即人发现自己的生存在宇宙间没有根据，如海德格尔所说的"嵌入虚无"。这种孤独当然不是任何人间之爱能够解除的。另一种是社会性的孤独，它驱使人寻求人间之爱。然而，正如史铁生指出的，寻求爱就不得不接受他人目光的判定，而他人的目光还判定了你的残缺。因此，"山盟海誓仅具现在性，这与其说是它的悲哀，不如说是它的起源。"他人的不可把握，自己可能受到的伤害，使得社会性的孤独也不能真正消除。由此可见，残缺是绝对的，爱情是相对的。孤独之不可消除，残缺之不可最终弥补，使爱成了永无止境的寻求。在这条无尽的道路上奔走的人，最终就会看破小爱的限度，而寻求大爱，或者——超越一切爱，而达于无爱。

对于爱情的根源，可以有两种相反的解释，一是因为残缺而寻求弥补，二是因为丰盈而渴望奉献。这两种解说其实并不互相排斥。越是丰盈的灵魂，往往越能敏锐地意识到残缺，有越强烈的孤独感。在内在丰盈的衬托下，方显出人生的缺憾。反之，不谙孤独也许正意味着内在的贫乏。一个不谙孤独的人很可能自以为完美无缺，但这与内在的丰盈完全是两回事。

在实际生活中，我们可以看到不同的排列组合：

1. 完满者爱残缺者。表现为征服和支配，或怜悯和施舍，皆不平等。

2. 残缺者爱完满者。表现为崇拜或依赖，亦不平等。

3. 完满者爱完满者。双方或互相欣赏，或彼此较量，是小平等。

4. 残缺者爱残缺者。分两种情形：（1）相濡以沫，同病相怜，是小平等；（2）知一切生命的残缺，怀着对神的谦卑，以大悲悯之心而爱，是大平等。此项包含了爱的最低形态和最高形态。

在《务虚笔记》中，女教师O与她不爱的前夫离婚，与她崇拜的画家Z结合。此后，一个问题始终折磨着她：爱的选择基于差异，爱又要求平等，如何统一？她因这个问题而自杀了。O的痛苦在于，她不满足于4（1），而去寻求2，又不满足于2，而终于发现了4（2）。可是，性爱作为世俗之爱确是基于差异的，所能容纳的只是小平等或者不平等，容纳不了大平等。要想实现大平等，只有放弃性爱，走向宗教。O不肯放弃性爱，所以只好去死。

在小说中，作者借诗人L这个人物对于性爱问题进行了饶有趣味的讨论。诗人是性爱的忠实信徒，如同一切真正的信徒一样，他的信仰使他陷入了莫大的困惑。他感到困惑的问题主要有二。其一，既然爱情是美好的，多向的爱为什么不应该？作者的结论是，不是不应该，而是不可能。那么，其二，在只爱一个人的前提下，多向的性吸引是否允许？作者的结论是，不是允许与否的问题，而是必然的，但不应该将之实现为多向的性行为。

让我们依次来讨论这两个问题。

诗人曾经与多个女人相爱。他的信条是爱与诚实，然而，在这多向的爱中，诚实根本行不通，他不得不生活在谎言中。每个女人都向他要求"最爱"，都要他证明自己与别的女人的区别，否则就要离开他。其实他自己向每个女人要求的也是这个"最爱"

和区别，设想一下她们也是一视同仁地爱多个男人而未把他区别出来，他就感到自己并未真正被爱，为此而受不了。性爱的现实逻辑是，每一方都向对方要求"最爱"，即一种与对方给予别人的感情有别的特殊感情，这种相互的要求必然把一切"不最爱"都逼成"不爱"，而把"最爱"限定为"只爱"。

至此为止，多向的爱之不可能似乎仅是指现实中的不可能，而非本性上的不可能。也就是说，不可能只是因为各方都不能接受对方的爱是多向的，于是不得不互相让步。如果撇开这个接受的问题，一个人是否可能爱上多人呢？爱情的专一究竟有无本性上的根据？史铁生认为有，他的解释是：孤独创造了爱情，多向的爱情则使孤独的背景消失，从而使爱情的原因消失。我说一说对他的这一解释的理解——

人因为孤独而寻求爱情。寻求爱情，就是为自己的孤独寻找一个守护者。他要寻找的是一个忠实的守护者，那人必须是一心一意的，否则就不能担当守护他的孤独的使命。为什么呢？因为每一个孤独都是独特的，而在一种多向的照料中，它必丧失此独特性，沦为一种一般化的东西了。形象地说，就好比一个人原想为自己的孤独寻找一个母亲，结果却发现是把它送进了托儿所里，成了托儿所阿姨所照料的众多孩子中的一个普通孩子。孤独和爱情的寻求原本凝聚了一个人的沉重的命运之感，来自对方的多向的爱情则是对此命运之感的蔑视，把本质上的人生悲剧化作了轻浮的社会喜剧。与此同理，一个人倘若真正是要为自己的孤独寻找守护者，他所要寻找的必是一个而非多个守护者。他诚然可能喜欢甚至迷恋不止一个异性，但是，在此场合，他的孤独并不真正出场，毋宁说是隐藏了起来，躲在深处旁观着它的主人逢场作戏。唯有当他相信自己找到了一个人，他能够信任地把自己的孤独交付那人守护之时，他才是认真地在爱。所以，在我看来，所谓爱情的专一不是一个外部强加的道德律令，只应从形而上的层面来理解其含义。按照史铁生的一个诗意的说法，即爱情的根本愿望是"在陌生的人山人海中寻找一种自由的盟约"。

诗人L后来吸取了教训，不再试图实行多向的爱情，而成了一个真诚的爱者，最爱甚至只爱一个女人。然而，作为"好色之徒"，他仍对别的可爱女人充满着性幻想，作为"诚实的化身"，他又向他的恋人坦白了这一切。于是，他受到了恋人的"拷问"，结果是他理屈，恋人则理直气壮地离开了他。

"拷问"之一——
我们是在美术馆里极其偶然地相遇的。我迷路了，推开了右边的而不是左边的门，这才有我们的相遇。如果没有遇到我，你一定会遇到另一个女人的。结论：我对于你是一个偶然，女人对你来说才是必然。推论：你对我有的只是情欲，不是爱情。进一步的推论：你说只爱我是一个谎言。

这一"拷问"的前半部分无可辩驳，诗人和这位恋人的相遇的确完全是偶然的。可是，在这世界上，谁和谁的相遇不是偶然的呢？分歧在于对偶然的评价。在茫茫人海里，两个个体相遇的概率只是千千万万分之一，而这两个个体终于极其偶然地相遇了。我们是应该因此而珍惜这个相遇呢，还是因此而轻视它们？假如偶然是应该蔑视的，则首先要遭到蔑视的是生命本身，因为在宇宙永恒的生成变化中，每一个生命诞生的概率几乎等于零。然而，倘若一个偶然诞生的生命竟能成就不朽的功业，岂不更证明了这个生命的伟大？同样，世上并无命定的情缘，凡缘皆属偶然，好的情缘的魔力岂不恰恰在于，最偶然的相遇却唤起了最深刻的命运之感？诗人的恋人显然不懂得珍惜偶然的价值。

"拷问"的后半部分涉及了爱情的复合结构。在精神的、形而上的层面上，爱情是为自己的孤独寻找一个守护者。在世俗的、形而下的层面上，爱情又是由性欲发动的对异性的爱慕。现实中的爱情是这两种冲动的混合，表现为在异性世界里寻找那个守护者。在异性世界里寻找是必然的，找到谁则是偶然的。所以，恋人所谓"我对于你是一个偶然，女人对你来说才是必然"确是事实。但是，她的推论却错了。因为当诗人不只是把她作为一个异性来爱慕，而且认定她就是那个守护者之时，这就已经是爱情而不仅仅是情欲了。爱情与情欲的区别就在于是否包含了这一至关重要的认定。当然，诗人的恋人可以说：既然这一认定是偶然的，因而是完全可能改变的，我怎么能够对此给予信任呢？我们不能说她的不信任没有道理，于是便有了"拷问"之二和诗人的莫大困惑。

"拷问"之二——

你对别的女人的性幻想没有实现，只是因为你不敢。（申辩：不是不敢，是不想，不想那样做，也不想那样想。）如果能实现，我和她们的区别还有什么呢？（"可我并不想实现，这才是区别。我只要你一个，这就是证明。"）幻想之为幻想，就不是"不想"实现，而只是"不能"或"尚未"实现。

诗人糊涂了。他无力地问："曾经对你来说，我与别的男人的区别是什么？"回答是铿锵有力的："看见他们就想起你，看见你就忘记了他们。"她大义凛然地离开了他。作者问：这就是"看见你就忘记了他们"吗？

作者在这里显然是同情诗人而批评恋人的。借用他在散文《爱情问题》中一个更清晰的表达，他对此问题的分析大致是：（1）性是多指向的，与爱的专一未必不可共存；（2）她把自己仅仅放在了性的位置上，在这个位置上她与别的女人才是可比的；

（3）他没有因众多的性吸引而离开她，她却因性嫉妒而离开了他，正证明了他立足于爱而她立足于性。

可是，诗人用什么来证明自己对恋人的感情是爱情，而不只是多向情欲中之一向，与其他诸向的区别仅在它是实现了的一向而已？作者认为，这样的证明已经存在，有多向的性幻想而不去实现，不想去实现，这本身就是爱的证明。使爱情受到质疑的不是多向的性吸引，而是多向的性行为。作者并非站在道德的立场上反对多向的性行为，他的理由完全是审美性质的。他说，性行为中的呼唤和应答，渴求和允许，拆除防御和互相敞开，极乐中忘记你我仿佛没有了差别的境界，凡此种种，使性行为的形式与爱同构，成为爱的最恰当的语言。正是在性行为中，人用肉体淋漓尽致地表达了摆脱孤独的愿望。在此意义上，"是人对残缺的意识，把性炼造成了爱的语言，把性爱演成心魂相互团聚的仪式"。性是"上帝为爱情准备的仪式"。因此，爱者绝不可滥用这种仪式，滥用会使爱失去了最恰当的语言。

在我看来，史铁生为贞洁提出了最有说服力的理由。性是爱侣之间示爱的最热烈也最恰当的语言，对于他们来说，贞洁之所以必要，是为了保护这语言，不让它被污染从而丧失了示爱的功能。所以，如果一个人真的在爱，他就应该自愿地保持贞洁。反过来说，自愿的贞洁也就能够证明他在爱。然而，深入追究下去，问题要复杂得多。诗人的恋人有一句话在逻辑上是不容反驳的，难怪把诗人说糊涂了：幻想之为幻想，就不是"不想"实现，而只是"不能"或"尚未"实现。如果说爱情保证了一个人不把多向的性幻想付诸实现，那么，又有什么能保证爱情呢？如果爱情本身是不可靠的，那么，我们怎么能相信它所保证的东西是可靠的呢？一旦爱情发生变化，那些现在"不想"实现的性幻想岂不就有了实现的理由？事实上，确实没有任何东西能够保证爱情。

问题在于，使爱情区别于单纯情欲的那个精神内涵，即为自己的孤独寻找一个守护者的愿望，其实是不可能在某一个异性身上获得最终的实现的，否则就不成其为形而上的了。作为不可能最终实现的愿望，不管当事人是否觉察和是否承认，它始终保持着开放性，而这正好与多向的性兴趣在形式上相吻合。因此，恋爱中的人完全不能保证，他一定不会从不断吸引他的众多异性中发现另一个人，与现在这个恋人相比，那人才是他梦寐以求的守护者。也因此，他完全无法证明，他对现在这个恋人的感情是真正的爱情而不是化装为爱情的情欲。

也许爱情的困难在于，它要把性质截然不同的两种东西结合在一起，反而使它们混淆不清了。假如一个人看清了那种形而上的孤独是不可能靠性爱解除的，于是干脆放弃这徒劳的努力，把孤独收归己有，对异性只以情欲相求，会如何呢？把性与爱拉扯在一起，使性也变得沉重了。诚如史铁生所说，性作为爱的语言，它不是赤裸地表白爱的真诚、坦荡，就是赤裸地宣布对爱的蔑视和抹杀。那么，把性和爱分开，不再让它宣告爱或不爱，使它成为一种中性的东西，是否轻松得多？失恋以后，诗人确实这样做了，他与一个个女人上床，只要性，不说爱，互相都不再问"区别"，都没有历史，试图回到乐园，如荒原上那些自由的动物。但是，结果却是更加失落，在无爱的性乱中，被排除在外的灵魂愈发成了无家可归的孤魂。人有灵魂，灵魂必寻求爱，这注定了人不可能回到纯粹的动物状态。那么，承受性与爱的悖论便是人的无可避免的命运了。

四　自我与世界

自我与世界的关系是一个最重要的哲学问题。一切哲学的努力，都是在寻求自我与世界的某种统一。这种努力大致朝着两个方向。其一是追问认识的根据，目的是要在作为主体的自我与作为客体的世界之间寻找一条合法的通道。其二是追问人生的根据，目的是要在作为短暂生命体的自我与作为永恒存在的世界之间寻找一种内在的联系。我说史铁生具有天生的哲学素质，证据之一是他对这个最重要的哲学问题的执着的关注，在他作品的背景中贯穿着有关的思考。套用正、反、合的模式，我把他的思路归纳为：认识论上的唯我论（正题），价值论上的无我论（反题），最后试图统一为本体论上的泛我论（合题）。

在认识论上，史铁生是一个旗帜鲜明的唯我论者。他说：我只能是我，这是一个不可逃脱的限制，所以世界不可能不是对我来说的世界。我找不到也永远不可能找到非我的世界。在还没有我的时候这个世界就已经存在——这不过是在有我之后我听到的一种传说。到没有了我的时候这个世界会依旧存在下去——这不过是在还有我的时候我被要求同意的一种猜测。我承认按此逻辑，除我之外的每个人也都有一个对他来说的世界，因此譬如说现在有五十亿个世界，但是对我来说，这五十亿个世界也只是我的世界中的一个特征罢了。

所有这些都表述得十分精彩。认识论上的唯我论是驳不倒的，简直是颠扑不破的，因为它实际上是同语反复，无非是说：我只能是我，不可能不是我。即使我变成了别人，那时候也仍然是我，那时候的我也不可能把我意识为一个别人。这就是维特根斯坦所说的"语言的界限意味着我的世界的界限"，在此程度内世界只能是我的世界。这一主体意义上的自我不属于世界，而是世界的一种界限。我只能作为我来看世界，但这个我并不因此而膨胀成了整个世界，相反是"缩小至无延展的点"，即一个看世界的视点了。所以，维特根斯坦说，严格贯彻的唯我论是与纯粹的实在论一致的。

与哲学上作为主体的自我不同，心理学上的自我是指人的欲望。如果一个人因为世界是我的世界这一认识论的真理便认为世界仅仅为满足我的欲望而存在，他就是混淆了这两个自我的概念。同样，一切对唯我论的道德谴责也无不是出于此种混淆。在史铁生那里，我们看不到这种混淆。对于作为欲望的自我，他基本上是以一种超脱的眼光看轻其价值。

在《务虚笔记》中，我们可以发现史铁生面对命运之谜有两种相反的心情。大多数时候，他兴致勃勃地玩着猜谜的游戏。但是，正当他玩得似乎很投入时，有时忽然会流露出一种厌倦之情。例如，他琢磨着几位女主人公命运互换的可能性，突然带点儿自嘲的口吻写道："甚至谁是谁，谁一定是谁，这样的逻辑也很无聊。亿万个名字早已在历史中湮灭了，但人群依然存在……"小说中两次出现同一个景象、同一种思绪：我每天都看到一群鸽子，仿佛觉得几十年中一直是那一群，可事实上它们已经生死相继了若干次，生死相继了数万年。人山人海也是一样，其中的每一个人都将死去，但始终有一个人山人海在那里喧嚣踊跃。相同的人间戏剧在永远地上演着，一个只上场片刻的演员究竟被派给了什么角色，实在不值得认真。其实也没法认真，作者在散文《角色》中告诉我们：产科的婴儿室里一排新生儿，根据人间戏剧的需要，他们未来的角色大致上已经有了一个分配的比例，其中必有人要扮演倒霉的角色，那么，谁应该去扮演，又是为什么？这个问题不可能有一个美满的答案，所以就不要徒劳地去寻找答案了吧。散文《我与地坛》的结尾语把这个意思说得更精辟："宇宙以其不息的欲望将一个歌舞炼为永恒。这个欲望有怎样一个人间的姓名，大可忽略不计。"

好吧，我们姑且承认作为欲望的自我只是造化即宇宙大欲望手中的一个暂时的工具，我们应该看破这个自我的虚幻，千万不要执着。可是，在这个自我之外，岂不还有一个自我，不妨称之为宗教上的自我，那便是灵魂。如果说欲望是旋生旋灭的，则灵魂却是指向永恒的，怎么能甘心自己被轻易地一次性地挥霍掉？关于灵魂，我推测它很可能是作为主体的自我与作为欲望的自我的一个合题。试想一个主体倘若有欲望，最大的欲望岂不就是永恒，即世界永远是我的世界，而不能想象有世界却没有了我？有趣的是，史铁生解决永恒问题的思路正好与此暗合，由唯我和无我走向了颇具宗教意味的泛我。早在《我与地坛》中，他就如此描写："那一天，我也将沉静着走下山去，扶着我的拐杖。有一天，在某一处山洼里，势必会跑上来一个欢蹦的孩子，抱着他的玩具。"接着自问："当然，他不是我。但是，那不是我吗？"在《务虚笔记》的最后一章，作者再次提到小说开头所回忆的那两个孩子。这一章的标题是"结束或开始"，暗示人间戏剧的轮回，而在这轮回中，所有的人都是那两个孩子，那两个孩子是所有的角色。不言而喻，那两个孩子也就是"我"。《务虚笔记》的结尾写道："那么，我又在哪儿呢？"上帝用欲望造就了一个永劫的轮回，这永劫的轮回使"我"诞生，"我"就在这样的消息里，这样的消息就是"我"。当然，这个"我"已经不是一个有限的主体或一个有限的欲望了，而是一个与宇宙或上帝同格的无限的主体和无限的欲望。就在这与宇宙大化合一的境界中，作为灵魂的自我摆脱了肉身的限制而达于永恒了。

1998.8

在失语和言说之间

翻开《沉重的睡眠》,读了开头的几首诗,我就赶紧把书合上了。我意识到,这不是一本寻常的诗集,我不能用寻常的方式来读它。作者必定有一些极其重要的事情要讲述,这些事情对于他是性命攸关的,他主要是在向自己讲述,所以必须用最诚实的语言,没有一个字是为所谓修辞的效果准备的。这是一个中国人写的诗吗?当然不是。天地间有一种纯粹的诗,它们的作者是没有国别的,它们的语言也是不分语种的。在存在的至深处,人和语言都回到了本质,回到了自身,一切世俗的区分不再有意义。然而,作者毕竟是一个中国人,这在我的阅读经验中属于例外,我又不能不感到惊奇。

那么,是不是脑出血和由之导致的失语症创造了这个奇迹呢?我无法猜度命运之神诡谲的心思,只知道它在降予灾难时十分慷慨,在显示奇迹时却非常吝啬。同样的疾病夺去了许多人的聪明,而并没有给他们灵感。我相信,发生在苗强身上的事情很可能是,一个一直在进行着的内在过程被疾病加速和缩短了,一下子推至极端,得到了辉煌的完成。不然的话,这个过程也许会很漫长,甚至会在外在生活的干扰下转向和终止。

人们也许会在苗强的诗中读出哲理,但是,他写的绝不是哲理诗。他的表达是超越于所谓抽象思维和形象思维的二分法的,顺便说说，这个二分法绝对是那些与哲学和诗都无缘的头脑臆造出来的。他的表达同时是抽象和形象、玄思和想象、思辨和视觉。他的构思往往十分奇特，但同时你会惊讶于它的准确。一个人唯有在自己内心发现了存在的真理或存在的荒谬，才能这样表达。在他的诗里，你找不到一个生僻的词，他用那些普通的词有力地表达了独特的思绪和意象。他的语言富有质感和节奏感，你能感到这种特质不是外在的，而是来自一个沉浸于内在生活的人的执着和陶醉。他分明是在自吟自唱，享受着他对存在和语言的重大发现。

苗强的诗的主题，他所关注的问题，都是纯粹精神性的。他的确是一个纯粹的诗人。我在这里略举几例——

诗人是什么？是一个盲人旅行家，他"被某种无限的观念所驱使，不知疲倦地周游世界"，同时又"鄙夷一切可见的事物，一切过眼烟云的东西"。（第十一首）诗人当然不能逃避现实，但可以忽略它，"就像一个穿过一片树林的人，他一棵树也没有看到……他也许更关心脚下的道路，但在那一刻，谁也不能阻止他走在空中。"（第十七首）

因为诗人生活在另一个世界里，有着另一个自我。作者患病后，朋友说他以前的诗像谶语。他的感觉是：只是现实中的我中了谶，"而诗中的另一个我，照例在虚构的精神生活中沉沦或者上升，根本不受影响"。只要诗能长存于世间，"那么是不是谶语，以及作者是谁，都不重要了，这些诗选中我做它们的作者，纯属偶然"。（第七十二首）

自我之谜是作者经常表达的一个主题。比如：没完没了地下着雪，我躲在玻璃窗后，看见有个邮差上路了（这个邮差是我），去报告雪的消息，让那患有怀乡病的人立刻赶回家乡（那患有怀乡病的人是我）。（第一首）不但有另一个自我，而且有许多个自我,这许多个自我之间的陌生和关切令人迷茫。

可是,自我又是虚无,自我的本质令人生疑。疾病使作者更强烈地感受到了这一点,因为"几乎是一夜之间,另一个人完全取代了我"(第一百零一首)。"我只是我自己的一部分,甚至可能是最小的一部分",我的大部分"是虚无,或者是抵御虚无的欲望"。(第三十六首)虚无居住在我身上,所谓康复就是它不断地缩小自己,隐藏起来,逐渐被遗忘。"事实上,我就像一枚硬币,虚无始终占据其中的一面,另一面的我以前对此一无所知。"(第八十二首)

与虚无相关的是时间:"我的家就像一个钟表匠的家,到处陈列着残酷流逝的时间。""我也是一种流逝的途径",但在众多陈列的时间中,我又是"在残酷流逝中的诘问"。(第十三首)

对疾病的感受:一个不会走路的人,把目光长久地停留在空中,和候鸟成为远亲,成为地上受伤的石头。(第六首)春天来了,整个的我打开了,"而病人是折叠的,即使打开了,也显露出折叠久了的痕迹。"(第四十五首)可是,疾病又是一个据点,是最后的隐身处。(第十八首)疾病使"我进入一种紧张的内心生活","生命停泊在疾病里日益壮大"。(第五十七首)

失语症使作者更加明白了语言的价值:"那些与事物一一对应的词语都被一一瓦解,因此事物太孤单、太虚幻、不真实。"(第九首)"我好像是个残缺不全的词语,不知道意义何在,而那些完好无损的语词,既熟悉又陌生,仿佛有了它们,我的一生会殷实而富足。"(第六十八首)对于诗人来说,语言构成了世界的另一极,是对抗自我之虚无和事物之虚幻的力量:"我一遍遍地穿过虚空,就像一个渔民,怀着巨大的喜悦慢慢地拉起渔网,我总是从虚空中拉出某种宝物。"(第六十六首)

苗强在病后总结说:"对我来说,失语症和语言炼金术构成了语言对立的两极。"其实这话对于一切纯粹的诗人都是适用的。诗人并不生活在声色犬马的现实世界里,他在这个世界里是一个异乡人和梦游者,他真正的生活场所是他的内在世界,他孜孜不倦地追寻着某种他相信是更本质也更真实的东西。这种东西在现成的语言中没有对应之物,因此他必然常常处于失语的状态。可是,他不能没有对应之物,而语言是唯一的手段,他只能用语言来追寻和接近这种东西。所以,他又必然迷恋语言炼金术,试图自己炼制出一种合用的语言。在这意义上,诗人每写出一首他自己满意的诗,都是一次从失语症中的恢复,是从失语向言说的一次成功突进。

在中国当代诗坛上,苗强的诗是一个例外,但这个例外证明了诗的普遍真理。

2002.6

第三辑

文学没有使命

平淡的境界

一

很想写好的散文,一篇篇写,有一天突然发现竟积了厚厚一摞。这样过日子,倒是很惬意的。至于散文怎么算好,想来想去,还是归于"平淡"二字。

以平淡为散文的极境,这当然不是什么新鲜的见解。苏东坡早就说过"寄至味于淡泊"一类的话。今人的散文,我喜欢梁实秋的,读起来真是非常舒服,他追求的也是"绚烂至极归于平淡"的境界。不过,要达到这境界谈何容易。"作诗无古今,惟造平淡难。"之所以难,我想除了在文字上要下千锤百炼的功夫外,还因为这不是单单文字功夫能奏效的。平淡不但是一种文字的境界,更是一种胸怀,一种人生的境界。

仍是苏东坡说的:"大凡为文,当使气象峥嵘,五色绚烂,渐老渐熟,乃造平淡。"所谓老熟,想来不光指文字,也包含年龄阅历。人年轻时很难平淡,譬如正走在上山的路上,多的是野心和幻想。直到攀上绝顶,领略过了天地的苍茫和人生的限度,才会生出一种散淡的心境,不想再匆匆赶往某个目标,也不必再担心错过什么,下山就从容多了。所以,好的散文大抵出在中年之后,无非是散淡人写的散淡文。

当然，年龄不能担保平淡，多少人一辈子蝇营狗苟，死不觉悟。说到文人，最难戒的却是卖弄，包括我自己在内。写文章一点不卖弄殊不容易，而一有卖弄之心，这颗心就已经不平淡了。举凡名声、地位、学问、经历，还有那一副多愁善感的心肠，都可以拿来卖弄。不知哪里吹来一股风，散文中开出了许多顾影自怜的小花朵。读有的作品，你可以活脱看到作者多么知道自己多愁善感，并且被自己的多愁善感所感动，于是愈发多愁善感了。戏演得愈真诚，愈需要观众。他确实在想象中看到了读者的眼泪，自己禁不住也流泪，泪眼蒙眬地在稿子上签下了自己的名字。

好的散文家是旅人，他只是如实记下自己的人生境遇和感触。这境遇也许很平凡，这感触也许很普通，然而是他自己的，他舍不得丢失。他写时没有想到读者，更没有想到流传千古。他知道自己是易朽的，自己的文字也是易朽的，不过他不在乎。这个世界已经有太多的文化，用不着他再来添加点什么。另一方面呢，他相信人生最本质的东西终归是单纯的，因而不会永远消失。他今天所捡到的贝壳，在他之前一定有许多人捡到过，在他之后一定还会有许多人捡到。想到这一点，他感到很放心。

有一年我到云南大理，坐在洱海的岸上，看白云在蓝天缓缓移动，白帆在蓝湖缓缓移动，心中异常宁静。这景色和这感觉千古如斯，毫不独特，却很好。那时就想，刻意求独特，其实也是一种文人的做作。

活到今天，我觉得自己已经基本上（不是完全）看淡了功名富贵，如果再放下那一份"语不惊人死不休"的虚荣心，我想我一定会活得更自在，那么也许就具备了写散文的初步条件。

二

当然,要写好散文,不能光靠精神涵养,文字上的功夫也是缺不了的。

散文最讲究味。一个人写散文,是因为他品尝到了某种人生滋味,想把它说出来。散文无论叙事、抒情、议论,或记游、写景、咏物,目的都是说出这个味来。说不出一个味,就不配叫散文。譬如说,游记写得无味,就只好算导游指南。再也没有比无味的散文和有学问的诗更让我厌烦的了。

平淡而要有味,这就难了。酸甜麻辣,靠的是作料。平淡之为味,是以原味取胜,前提是东西本身要好。林语堂有一妙比:只有鲜鱼才可清蒸。袁中郎云:"凡物酿之得甘,炙之得苦,唯淡也不可造;不可造,是文之真性灵也。"平淡是真性灵的流露,是本色的自然呈现,不能刻意求得。庸僧谈禅,与平淡沾不上边儿。

说到这里,似乎说的都是内容问题,其实,文字功夫的道理已经蕴含在其中了。

如何做到文字平淡有味呢?

第一,家无鲜鱼,就不要宴客。心中无真感受,就不要作文。不要无病呻吟,不要附庸风雅,不要敷衍文债,不要没话找话。尊重文字,不用文字骗人骗己,乃是学好文字功夫的第一步。

第二,有了鲜鱼,就得讲究烹调了,目标只有一个,即保持原味。但怎样才能保持原味,却是说不清的,要说也只能从反面来说,就是千万不要用不必要的作料损坏了原味。作文也是如此。林语堂说行文要"来得轻松自然,发自天籁,宛如天地间本有此一句话,只是被你说出而已"。话说得极漂亮,可惜做起来只有会心者知道,硬学是学不来的。我们能做到的是谨防自然的反面,即不要做作,不要着意雕琢,不要堆积辞藻,不要故弄玄虚,不要故作高深，等等，由此也许可以逐渐接近一种自然的文风了。爱护文字，保持语言在日常生活中的天然健康，不让它被印刷物上的流行疾患侵染和扭曲，乃是文字上的养生功夫。

第三，只有一条鲜鱼，就不要用它熬一大锅汤，冲淡了原味。文字贵在凝练，不但在一篇文章中要尽量少说和不说废话，而且在一个句子里也要尽量少用和不用可有可无的字。文字的平淡得力于自然质朴，有味则得力于凝聚和简练了。因为是原味，所以淡，因为水分少，密度大，所以又是很浓的原味。事实上，所谓文字功夫，基本上就是一种删除废话废字的功夫。陀思妥耶夫斯基在谈到普希金的诗作时说："这些小诗之所以看起来好像是一气呵成的，正是普希金把它们修改得太久了的缘故。"梁实秋也是一个极知道割爱的人，所以他的散文具有一种简练之美。世上有一挥而就的佳作，但一定没有未曾下过锤炼功夫的文豪。灵感是石头中的美，不知要凿去多少废料，才能最终把它捕捉住。

如此看来，散文的艺术似乎主要是否定性的。这倒不奇怪，因为前提是有好的感受，剩下的事情就只是不要把它损坏和冲淡。换一种比方，有了真性灵和真体验，就像是有了良种和肥土，这都是文字之前的功夫，而所谓文字功夫无非就是对长出的花木施以防虫和剪枝的护理罢了。

1991.6/1992.4

诗人的执着和超脱

一

除夕之夜，陪伴我的只有苏东坡的作品。

读苏东坡豪迈奔放的诗词文章，你简直想不到他有如此坎坷艰难的一生。

有一天饭后，苏东坡捧着肚子踱步，问道："我肚子里藏些什么？"

侍儿们分别说，满腹都是文章，都是识见。唯独他那个聪明美丽的侍妾朝云说：

"学士一肚子不合时宜。"

苏东坡捧腹大笑，连声称是。在苏东坡的私生活中，最幸运的就是有这么一个既有魅力、又有理解力的女人。

以苏东坡之才，治国经邦都会有独特的建树，他任杭州太守期间的政绩就是明证。可是，他毕竟太富于诗人气质了，禁不住有感便发，不平则鸣，结果总是得罪人。他的诗名冠绝一时，流芳百世，但他的五尺之躯却见容不了当权派。无论政敌当道，还是同党秉政，他都照例不受欢迎。自从身不由己地被推上政治舞台以后，他两度遭到贬谪，从三十五岁开始颠沛流离，在一地居住从来不满三年。你仿佛可以看见，在那交通不便的时代，他携家带眷,风尘仆仆,跋涉在中国的荒野古道上,无休无止地向新的谪居地进发。最后,孤身一人流放到海南岛,他这个一天都离不了朋友的豪放诗人,却被迫像野人一样住在蛇蝎衍生的椰树林里,在语言不通的蛮族中了却残生。

二

具有诗人气质的人,往往在智慧上和情感上都早熟,在政治上却一辈子也成熟不了。他始终保持一颗纯朴的童心。他用孩子般天真单纯的眼光来感受世界和人生,不受习惯和成见之囿,于是常常有新鲜的体验和独到的发现。他用孩子般天真单纯的眼光来衡量世俗的事务,却又不免显得不通世故、不合时宜。

苏东坡曾把写作喻作"行云流水","常行于所当行,常止于不可不止",完全出于自然。这正是他人格的写照。个性的这种不可遏止的自然的奔泻,在旁人看来,是一种执着。

真的,诗人的性格各异,可都是一些非常执着的人。他们的心灵好像固结在童稚时代那种色彩丰富的印象上了,但这种固结不是停滞和封闭,反而是发展和开放。在印象的更迭和跳跃这一点上,谁能比得上孩子呢?那么,终身保持孩子般速率的人,他所获得的新鲜印象不是就丰富得惊人了吗?具有诗人气质的人似乎一旦在孩子时期尝到了这种快乐,就终身不能放弃了。他一生所执着的就是对世界、对人生的独特的新鲜的感受——美感。对于他来说,这种美感是生命的基本需要。富比王公,没有这种美感,生活就索然乏味。贫如乞儿,不断有新鲜的美感,照样可以过得快乐充实。

美感在本质上的确是一种孩子的感觉。孩子的感觉,其特点一是纯朴而不雕琢,二是新鲜而不因袭。这两个特点不正是美感的基本素质吗?然而,除了孩子的感觉,我不知道还有什么别的感觉。雕琢是感觉的伪造,因袭是感觉的麻痹,所以,美感的丧失就是感觉机能的丧失。

可是,这个世界毕竟是成人统治的世界啊,他们心满意足,自以为是,像惩戒不听话的孩子一样惩戒童心不灭的诗人。不必说残酷的政治,就是世俗的爱情,也常常无情地挫伤诗人的美感。多少诗人以身殉他们的美感,就这样地毁灭了。一个执着于美感的人,必须有超脱之道,才能维持心理上的平衡。愈是执着,就必须愈是超脱。这就是诗与哲学的结合。凡是得以安享天年的诗人,哪一个不是兼有一种哲学式的人生态度呢?歌德、托尔斯泰、泰戈尔、苏东坡……他们在某种程度上都同时是哲学家。

三

美感作为感觉,是在对象化的过程中实现自己的。不能超脱的诗人,总是执着于某一些特殊的对象。他们的心灵固结在美感上,他们的美感又固结在这些特殊的对象上,一旦丧失这些对象,美感就失去寄托,心灵就遭受致命的打击。他们不能成为美感的主人,反而让美感受对象的役使。对于一个诗人来说,最大的祸害莫过于执着于某些特殊的对象了。这是审美上的异化。自由的心灵本来是美感的源泉,现在反而受自己的产物——对象化的美感即美的对象——的支配,从而丧失了自由,丧失了美感的原动力。

苏东坡深知这种执着于个别对象的审美方式的危害。在他看来,美感无往而不可对象化。"凡物皆有可观,苟有可观,皆有可乐，非必怪奇伟丽者也。"如果执着于一物，"游于物之内"，自其内而观之，物就显得又高又大。物挟其高大以临我，我怎么能不眩惑迷乱呢？他说，他之所以能无往而不乐，就是因为"游于物之外"。"游于物之外"，就是不要把对象化局限于具体的某物，更不要把对象化的要求变成对某物的占有欲。结果，反而为美感的对象化打开了无限广阔的天地。"江上之清风，与山间之明月，耳得之而为声，目遇之而成色，取之无禁，用之无竭，是造物者之无尽藏也"，你再执着于美感，又有何妨？只要你的美感不执着于一物，不异化为占有，就不愁得不到满足。

诗人的执着，在于始终保持一种审美的人生态度。诗人的超脱，在于没有狭隘的占有欲望。

所以，苏东坡能够"谈笑生死之际"，尽管感觉敏锐，依然胸襟旷达。

苏东坡在惠州谪居时，有一天，在山间行走，已经十分疲劳，而离家还很远。他突然悟到：人本是大自然之子，在大自然的怀抱里，何处不能歇息？于是"心若挂钩之鱼，忽得解脱"。

"人生到处知何似？应似飞鸿踏雪泥，泥上偶然留指爪，鸿飞那复计东西。"诗人的灵魂就像飞鸿，它不会眷恋自己留在泥上的指爪，它的唯一使命是飞，自由自在地飞翔在美的国度里。

我相信，哲学是诗的守护神。只有在哲学的广阔天空里，诗的精灵才能自由地、耐久地飞翔。

1983.12

活着写作是多么美好

一

我爱读作家、艺术家写的文论胜于理论家、批评家写的文论。当然，这里说的作家和理论家都是指够格的。我不去说那些写不出作品的低能作者写给读不懂作品的低能读者看的作文原理之类，这些作者的身份是理论家还是作家，真是无所谓的。好的作家文论能唤起创作欲，这种效果，再高明的理论家往往也难以达到。在作家文论中，帕乌斯托夫斯基的《金玫瑰》(亦译《金蔷薇》)又属别具一格之作，它诚如作者所说是一本论作家劳动的札记，但同时也是一部优美的散文集。书中云："某些书仿佛能迸溅出琼浆玉液，使我们陶醉，使我们受到感染，敦促我们拿起笔来。"此话正可以用来说它自己。这本谈艺术创作的书本身就是一件精美的艺术作品，它用富有魅力的语言娓娓谈论着语言艺术的魅力。传递给我们的不只是关于写作的知识或经验，而首先是对美、艺术、写作的热爱。它使人真切感到：活着写作是多么美好！

二

　　回首往事，谁不缅怀童年的幸福？童年之所以幸福，是因为那时候我们有最纯净的感官。在孩子眼里，世界每一天都是新的，样样事物都罩着神奇的色彩。正如作者所说，童年时代的太阳要炽热得多，草要茂盛得多，雨要大得多，天空的颜色要深得多，周围的人要有趣得多。孩子好奇的目光把世界照耀得无往而不美。孩子是天生的艺术家，他们的感觉尚未受功利污染，也尚未被岁月钝化。也许，对世界的这种新鲜敏锐的感觉已经是日后创作欲的萌芽了。

　　然后是少年时代，情心初萌，醉意荡漾，沉浸于一种微妙的心态，觉得每个萍水相逢的少女都那么美丽。羞怯而又专注的眼波，淡淡的发香，微启的双唇中牙齿的闪光，无意间碰到的冰凉的手指，这一切都令人憧憬爱情，感到一阵甜蜜的惆怅。那是一个几乎人人都曾写诗的年龄。

　　但是，再往后情形就不同了。"诗意地理解生活，理解我们周围的一切——是我们从童年时代得到的最可贵的礼物。要是一个人在成年之后的漫长的冷静岁月中，没有丢失这件礼物，那么他就是个诗人或者作家。"可惜的是，多数人丢失了这件礼物。也许是不可避免的，匆忙的实际生活迫使我们把事物简化、图式化，无暇感受种种细微差别。概念取代了感觉，我们很少看、听和体验。当伦敦居民为了谋生而匆匆走过街头时，哪有闲心去仔细观察街上雾的颜色？谁不知道雾是灰色的！直到莫奈到伦敦把雾画成了紫红色的，伦敦人才始而愤怒，继而吃惊地发现莫奈是对的，于是称他为"伦敦雾的创造者"。

　　一个艺术家无论在阅历和技巧方面如何成熟，在心灵上却永远是孩子，不会失去童年的清新直觉和少年的微妙心态。他也许为此要付出一些代价，例如在功利事务上显得幼稚笨拙。然而，有什么快乐比得上永远新鲜的美感的快乐呢？即使那些追名逐利之辈，偶尔回忆起早年曾有过的"诗意地理解生活"的情趣，不也会顿生怅然若失之感吗？蒲宁坐在车窗旁眺望窗外渐渐消融的烟影，赞叹道："活在世上是多么愉快呀！哪怕只能看到这烟和光也心满意足了。我即使缺胳膊断腿，只要能坐在长凳上望太阳落山，我也会因而感到幸福的。我所需要的只是看和呼吸，仅此而已。"的确，蒲宁是幸福的，一切对世界永葆新鲜美感的人是幸福的。

三

自席勒以来，好几位近现代哲人主张艺术具有改善人性和社会的救世作用。对此当然不应作浮表的理解，简单地把艺术当作宣传和批判的工具。但我确实相信，一个人，一个民族，只要爱美之心犹存，就总有希望。相反，"哀莫大于心死"，倘若对美不再动心，那就真正无可救药了。

据我观察，对美敏感的人往往比较有人情味，在这方面迟钝的人则不但性格枯燥，而且心肠多半容易走向冷酷。民族也是如此，爱美的民族天然倾向自由和民主，厌恶教条和专制。对土地和生活的深沉美感是压不灭的潜在的生机，使得一个民族不会长期忍受僵化的政治体制和意识形态，迟早要走上革新之路。

帕乌斯托夫斯基擅长用信手拈来的故事，尤其是大师生活中的小故事，来说明这一类艺术的真理。有一天，安徒生在林中散步，看到那里长着许多蘑菇，便设法在每一只蘑菇下边藏了一件小食品或小玩意儿。次日早晨，他带着守林人的七岁的女儿走进这片树林。当孩子在蘑菇下发现这些意想不到的小礼物时,眼睛里燃起了难以形容的惊喜。安徒生告诉她,这些东西是地精藏在那里的。

"您欺骗了天真的孩子!"一个耳闻此事的神父愤怒地指责。

安徒生答道:"不,这不是欺骗,她会终生记住这件事的。我可以向您担保,她的心绝不会像那些没有经历过这则童话的人那样容易变得冷酷无情。"

在某种意义上,美、艺术都是梦。但是,梦并不虚幻,它对人心的作用和它在人生中的价值完全是真实的。弗洛伊德早已阐明,倘没有梦的疗慰,人人都非患神经官能症不可。帕氏也指出,对想象的信任是一种巨大的力量,源于生活的想象有时候会反过来主宰生活。不妨设想一下,倘若彻底排除掉梦、想象、幻觉的因素,世界不再有色彩和音响,人心不再有憧憬和战栗,生命还有什么意义?帕氏谈到,人人都有存在于愿望和想象之中的、未在现实生活中得到实现的"第二种生活"。应当承认,这"第二种生活"并非无足轻重的。说到底,在这世界上,谁的经历不是平凡而又平凡?内心经历的不同才在人与人之间铺设了巨大的鸿沟。《金玫瑰》中那个老清扫工夏米的故事是动人的,他怀着异乎寻常的温情,从银匠作坊的尘土里收集金粉,日积月累,终于替他一度抚育过的苏珊娜打了一朵精致的金玫瑰。小苏珊娜曾经盼望有人送她这样一朵金玫瑰,可这时早已成年,远走高飞,不知去向。夏米悄悄地死去了,人们在他的枕头下发现了用天蓝色缎带包好的金玫瑰,缎带皱皱巴巴,发出一股耗子的臊味。不管夏米的温情如何没有结果,这温情本身已经足够伟大。一个有过这番内心经历的夏米,当然不同于一个无此经历的普通清扫工。在人生画面上,梦幻也是真实的一笔。

四

作为一个作家,帕氏对于写作的甘苦有真切的体会。我很喜欢他谈论创作过程的那些篇章。

创作过程离不开灵感。所谓灵感,其实包括两种不同状态。一是指稍纵即逝的感受、思绪、意象等等的闪现,或如帕氏所说:"不落窠臼的新的思想或新的画面像闪电似的从意识深处迸发出来。"这时必须立即把它们写下来,不能有分秒地耽搁,否则它们会永远消逝。这种状态可以发生在平时,便是积累素材的良机,也可以发生在写作中,便是文思泉涌的时刻。二是指预感到创造力高涨而产生的喜悦,屠格涅夫称之为"神的君临",阿·托尔斯泰称之为"涨潮"。这时候会有一种欲罢不能的写作冲动,尽管具体写些什么还不清楚。帕氏形容它如同初恋,心由于预感到即将有奇妙的约会,即将见到美丽的明眸和微笑,即将作欲言又止的交谈而怦怦跳动。也可以说好像踏上一趟新的旅程,为即将有意想不到的幸福邂逅,即将结识陌生可爱的人和地方而欢欣鼓舞。

灵感不是作家的专利,一般人在一生中多少都有过新鲜的感受或创作的冲动,但要把灵感变成作品绝非易事,而作家的甘苦正在其中。老托尔斯泰说得很实在:"灵感就是突然显现出你所能做到的事。灵感的光芒越是强烈,就越是要细心地工作,去实现这一灵感。"帕氏举了许多大师的例子说明实现灵感之艰难。福楼拜写作非常慢,为此苦恼不堪地说:"这样写作品,真该打自己耳光。"陀思妥耶夫斯基发现,他写出来的作品总是比构思时差,便叹道:"构思和想象一部小说,远比将它遣之笔端要好得多。"帕氏自己也承认:"世上没有任何事情比面对素材一筹莫展更叫人难堪、更叫人苦恼的了。"一旦进入实际的写作过程,预感中奇妙的幽会就变成了成败未知的苦苦追求,诱人的旅行就变成了前途未卜的艰苦跋涉。赋予飘忽不定的美以形式,用语言表述种种不可名状的感觉,这一使命简直令人绝望。勃洛克针对莱蒙托夫说的话适用于一切诗人:"对子虚乌有的春天的追寻,使你陷入愤激若狂的郁闷。"海涅每次到卢浮宫,都要一连好几个小时坐在维纳斯雕像前哭泣。他怎么能不哭泣呢?美如此令人心碎,人类的语言又如此贫乏无力……

然而,为写作受苦终究是值得的。除了艺术,没有什么能把美留住。除了作品,没有什么能把灵感留住。普利什文有本事把每一片飘零的秋叶都写成优美的散文,落叶太多了,无数落叶带走了他来不及诉说的思想。不过,他毕竟留住了一些落叶。正如费特的诗所说:"这片树叶虽已枯黄凋落,但是将在诗歌中发出永恒的金光。"一切快乐都要求永恒,艺术家便是呕心沥血要使瞬息的美感之快乐常驻的人,他在创造的苦役中品味到了造物主的欢乐。

五

在常人看来,艺术与爱情有着不解之缘。唯有艺术家自己明白,两者之间还有着不可调和的冲突,他们常常为此面临两难的抉择。

威尼斯去维罗纳的夜行驿车里,安徒生结识了热情而内向的埃列娜,她默默爱上了这位其貌不扬的童话作家。翌日傍晚,安徒生忐忑不安地走进埃列娜在维罗纳的寓所,然而不是为了向他同样也钟情的这个女子倾诉衷肠,而是为了永久的告别。他不相信一个美丽的女子会长久爱自己,连他自己也嫌恶自己的丑陋。说到底,爱情只有在想象中才能天长地久。埃列娜看出这个童话诗人在现实生活中却害怕童话，原谅了他。此后他俩再也没有见过面，但终生互相思念。

巴黎市郊莫泊桑的别墅外，一个天真美丽的姑娘拉响了铁栅栏门的门铃。这是一个穷苦女工，是莫泊桑小说艺术的崇拜者。得知莫泊桑独身一人，她心里出现了一个疯狂的念头，要把生命奉献给他，做他的妻子和女奴。她整整一年省吃俭用，为这次见面置了一身漂亮衣裳。来开门的是莫泊桑的朋友，一个色鬼。他骗她说，莫泊桑携着情妇度假去了。姑娘惨叫一声，踉跄而去。色鬼追上了她。当天夜里她为了恨自己，恨莫泊桑，委身给了色鬼。后来她沦为名震巴黎的雏妓。莫泊桑听说此事后，只是微微一笑，觉得这是篇不坏的短篇小说的题材。

我把《金玫瑰》不同篇章叙述的这两则轶事放到一起，也许会在安徒生的温柔的自卑和莫泊桑的冷酷的玩世不恭之间造成一种对照，但他们毕竟有一点是共同的，就是珍惜艺术胜于珍惜现实中的爱情。据说这两位大师临终前都悔恨了，安徒生恨自己错过了幸福的机会，莫泊桑恨自己亵渎了纯洁的感情。可是我敢断言，倘若他们能重新生活，一切仍会照旧。

艺术家就其敏感的天性而言，比常人更易堕入情网，但也更易感到失望或厌倦。只有在艺术中才有完美。在艺术家心目中，艺术始终是第一位的。即使他爱得如痴如醉，倘若爱情的缠绵妨碍了他从事艺术，他就仍然会焦灼不安。即使他因失恋而痛苦，只要艺术的创造力不衰，他就仍然有生活的勇气和乐趣。最可怕的不是无爱的寂寞或失恋的苦恼，而是丧失创造力。在这方面，爱情的痴狂或平淡都构成了威胁。无论是安徒生式的逃避爱情，还是莫泊桑式的玩世不恭，实质上都是艺术本能所构筑的自我保护的堤坝。艺术家的确属于一个颠倒的世界，他把形式当作了内容，而把内容包括生命、爱情等等当作了形式。诚然，从总体上看，艺术是为人类生命服务的。但是，唯有以自己的生命为艺术服务的艺术家，才能创造出这种为人类生命服务的艺术来。帕氏写道："如果说，时间能够使爱情……消失殆尽的话，那么时间却能够使真正的文学成为不朽之作。"人生中有一些非常美好的瞬息，为了使它们永存，活着写作是多么美好！

1988.3

自己的读者

我一直是别人的读者,不曾想到有一天我会拥有自己的读者,更不曾想到拥有自己的读者会成为我生活中一件多么重要的事情。

事实上,在写我的第一本书时,我脑中还没有"自己的读者"这个概念。至于畅销、轰动、成功、出名,更是一丝影子也没有。在想象中看到手稿印成铅字,仅此就令我十分愉快了。我甚至连这也不敢多想。在想象中看到一堆完成了的手稿,仅此就足以鼓舞我不停地写下去了。

书终于出版,正赶上书市。我混在人群里,偷偷看我的书一本本售出,心里充满欣喜之感。当时的心情是,恨不能偷偷跟这些买了我的书的人回家,偷偷看他们读,偷偷观察他们读时脸上的表情。

不久,收到读者的信了。一开始我很惊奇,仿佛这是一件意外的事。我知道有的书会产生社会反响,表现为专家权威的评论、新闻媒介的宣传、获奖等,不过总疑心背后有作者或作者的朋友在活动,与读者关系并不大,真的没想到读者和作者之间可以有如此直接的交流。后来发现,其实这很平常,几乎每个作家都会收到欣赏者或崇拜者的来信。然而,尽管平常,每收到读者的信,我仍然感到快乐,因为借此我知道我有了自己的读者。

作为读者,我也有若干自己偏爱的作者,但我并不觉得我的偏爱对这些作者有什么重要。要知其重要，自己必须是处在作者的位置上。对于一个作家来说，拥有一个偏爱其作品的读者群——这便是我所说"自己的读者"的含义——乃是第二等重要的事情。不言而喻，头等重要的事情当然是作家本身的才华和创作。在此前提下，有了自己的读者，他的才华便有了知音，他的创作便有了对象。作品层次有高低，读者群的层次与之相应。曲高和寡，但和寡绝非作曲者的目标。哪怕是旷世天才，他所希望的也不是一片沉默，而是更多的理解。当你知道世上有一些偏爱你的读者期待着你的新作品时，你的创作无疑会受到非常有力的鼓舞。

有些作家喜欢和读者直接见面，接受他们的欢呼和仰慕。我在这方面很不自信。我没有吸引人的风度和口才，讲演往往不成功。即使是某些读者要求的个别会面，我也尽量回避，以免他们失望，让我怪内疚的。这不是傲慢，实在是自卑。比较适合我的交流方式还是通信，从中我获得了一些挺好的朋友。奇怪的是，一成朋友，即使未曾晤面，我也没法再把他们当读者了。我出了新书，他们也谈感想、评得失，但那已是朋友的表态，不复是读者的反响。只有不知来自何处的陌生读者的来信，才能真正把读者的感应带给我，才能如实告诉我，我是否还继续拥有自己的读者。

有一段时间，读者的来信源源不断，数量相当多，我渐渐习以为常了。我想反正我会一本接一本地写下去，读者的感应也会一浪接一浪地涌过来，这种日子长着呢。然而，曾几何时，一个长长的间隙出现了。偏偏在这时，又有一些昨天的声音，对我的第一本书的反响的余音，传到了我的耳中。我写这篇文章完全是受了它们的触动，请允许我记录下来——

"那时候我正读大学本科，"一位专攻法国文学的研究生初次见面时对我说，"宿舍里只有一本你的书，我们排了次序，限定时间，夜晚熄灯后就打着手电看。"

有位女记者也是初次见面时告诉我，她认识一个在英国长大并且嫁了英国丈夫的少妇，那少妇在飞机上偶然地读到我的书，爱不释手地说这是她最喜欢的一本书。"真奇怪，"女记者诧异地议论，"按理说她的文化背景很不同……"

某校有个研究生在一次事故中丧命，向我提到他的那位陌生朋友说："他是我一个同学的哥哥，上回我来北京，他谈起你的书，非常兴奋，我还答应带他来见你呢。"

我黯然无言。这些零星传到我耳中的声音甚至比最热情的读者来信更使我感动，若不是有人因偶然机遇向我谈到，我永远不会知道我还有过那样一些可爱的读者。现在我才发现我是多么想念我的读者……

是的，一个作家拥有自己的读者，乃是极大的幸运。这个偏爱他的读者群，他从来信和传闻中可揣摩一二，在整体上却是看不见摸不着的，必然也是不固定的，但它确确实实存在着，成为他的一个无形的精神家园。

常有人问我为什么不出国。若有机会出去看看，我何乐而不为。然而，我的确从未有过也永远不会有到国外久居乃至定居的念头，理由很简单，我认为也很充足，便是我不能失去自己的读者。

1992.5

也重读安徒生

之所以在"重读安徒生"前加上一个"也"字，是因为在《济南日报》上看到一篇文章:《重读安徒生》。那篇文章是叶君健先生写的，众所周知，中国读者是因了叶先生的译文而认识安徒生的。

在看到叶先生的这篇文章前不久，我恰好重读了安徒生，当然读的是叶先生翻译过来的安徒生。我已经在一篇文章中谈了安徒生童话对我的精神启示，现在我想说说我对安徒生的语言艺术的钦佩。

万事开头难，文章亦然。可是你看看安徒生那些童话的开头，好像一点儿不难，开得非常自然，朴实，往往直截了当，貌似平淡，其实极别致，极耐人寻味，一丝不落俗套。"公路上有一个兵在开步走——一，二！一，二！"这个兵的奇遇就从这最平常的开步走开始了。(《打火匣》)名篇《丑小鸭》的开头是一个朴素得不能再朴素的短句:"乡下真是非常美丽。"《老头子做的事总是对的》讲了一对老年夫妇相亲相爱的故事，故事是安徒生在小时候听到的，他每逢想起就倍觉可爱，于是在开头议论说:"故事也跟许多人一样，年纪越大，就越显得可爱。这真是有趣极了！"这看似随意的议论有一种魔力，伴随着整个阅读过程，使你觉得不但故事本身，而且讲故事的人，故事里的人，都那么可爱而有趣。

安徒生的确可爱。所以，他能发现和欣赏孩子的可爱。那个穿了新衣服的小女孩"朝上望了望自己的帽子，朝下望了望自己的衣服"（多么传神！），幸福地对妈妈说："当那些小狗看见我穿得这样漂亮的时候，它们心里会想些什么呢？"另一个四岁的小女孩念主祷文时，总要在"您赐给我们每天的面包"后面加上别人听不清的一点什么，在妈妈的责问下，她不好意思地说："我只是祈求在面包上多放点黄油。"读到这里，谁能不为小女孩和安徒生的可爱而微笑呢？

安徒生的童话往往构思巧妙，想象奇特，多在意料之外，而叙述起来却又非常自然，似乎全在情理之中。《皇帝的新装》里的皇帝不是一上来就愚蠢得连自己穿没穿衣服也不知道的，他对那件正在制作中的新衣充满好奇，可是当他想到织工曾说愚蠢的人看不见这布的时候，"他心里的确感到有些不大自然"（多么准确！）。尽管他很自负，他内心还是怕万一证实了自己是个愚蠢的人，于是决定先派别人去看制作的进展情况。这心理多么正常，而正是这似乎很可理解的虚荣心理导致他一步步展现了他的不可思议的愚蠢。世上不会有一个公主，竟然因为二十床垫子和二十床鸭绒被下面的一粒豌豆而失眠。可是，在《豌豆上的公主》中，安徒生在讲完这个故事后从容地告诉我们："现在大家就看出来了，她是一个真正的公主，因为……除了真正的公主外，任何人都不会有这么嫩的皮肤的。"其叙述的口吻之平静，反使故事的夸张有了一种真实的效果。

重读安徒生，我折服于安徒生的语言技巧。他的表达异常质朴准确，文字异常简洁干净，不愧是语言艺术的大师。可是，我读的不是叶君健先生的译本吗？那么，我同时也是折服于叶先生的语言技巧。叶先生在文章中批评了国内的翻译现状，我很有同感。从前的译家之翻译某个作家的作品，多是因为真正酷爱那个作家，不但领会其神韵，而且浸染其语言风格，所以能最大限度地提供汉语的对应物。叶先生于四十年前翻译的安徒生童话就是如此。这样的译著成功地把世界名著转换成了我们民族的精神财富，必将世代流传下去。相反，为了占领市场而组织一批并无心得和研究的人抢译外国作品，哪怕译的是世界名著，如此制作出来的即使不是垃圾，至多也只是迟早要被废弃的代用品罢了。

1996.10

简洁的力量

不同的书有不同的含金量。世上许多书只有很低的含金量，甚至完全是废矿，可怜那些没有鉴别力的读者辛苦地去开凿，结果一无所获。含金量高的书，第一言之有物，传达了独特的思想或感受；第二文字凝练，赋予了这些思想或感受以最简洁的形式。这样的书自有一种深入人心的力量，使人过目难忘。在这方面，法国作家儒勒·列纳尔的作品堪称典范。

《胡萝卜须》是儒勒·列纳尔的代表作，他在其中再现了自己辛酸的童年生活。记得第一次读这本书时，我常常情不自禁地流泪，又常常情不自禁地破涕为笑。书中那个在家里饱受歧视和虐待的孩子，他聪明又憨厚，淘气又乖顺，充满童趣却被逼得少年老成，真是又可爱又可怜。他清楚地意识到自己在家里的地位，因此万事都不敢任性，而是努力揣摩和迎合大人的心思，但结果总是弄巧成拙，遭受加倍的屈辱。当然，最后他反抗了，反抗得义无反顾。我相信，列纳尔的作品以敏锐的观察和冷峭的幽默见长，是与他的童年经历有关的，来自亲人的折磨使他很早就养成了对世界的一种审视态度。《胡萝卜须》由一些独立成篇的小故事组成，每一篇的文字都十分干净，读起来毫无窒碍，我几乎是一口气把它们读完的。

列纳尔的观察之细致和文风之简洁是公认的，《不列颠百科全书》说他的散文到了无一字多余的地步。试看他在《自然记事》中对动物的描写：

蝙蝠——"枝头上一簇簇破布"；

喜鹊——"老穿着那件燕尾服，真是最有法国气派的禽类"；

跳蚤——"一粒带弹簧的烟草种子"；

蛇——"太长了"；

蜗牛——"他只会用舌头走路"。

列纳尔的眼力好，笔力也好。他非常自觉地锤炼文字功夫，要求自己像罗丹雕塑那样进行写作，凿去一切废料。他认为，风格就是仅仅使用必不可少的词，绝对不写长句子，最好只用主语、动词和谓语。拉马丁思考五分钟就要写一小时，他说应该反过来。他甚至给自己规定，每天只写一行。他的确属于那种产量不太高的作家。我所读到的他最精辟的话是："我把那些还没有以文学为职业的人称作经典作家。"以文学为职业的弊病是不管有没有想写的东西都非写不可，于是难免写得滥。当然，一个职业作家仍然可以用非职业的态度来写作，只写自己真正想写的东西，就像列纳尔那样。对于一个作家来说，节省语言是基本的美德。所谓节省语言，倒不在于刻意少写，而在于不管写多写少，都力求货真价实。这一要求见之于修辞，就是剪除一切可有可无的词句，达于文风的简洁。由于惜墨如金，所以果然就落笔成金，字字都掷地有声。

在印刷垃圾泛滥的今天，我忽然怀念起列纳尔来，于是写了上面这些感想。

1997.8

小散文模式

有若干很畅销的刊物向我约稿,我把稿子寄去,却往往不符合要求。编辑指点说,每篇文章应该有一个小故事,然后从中引出道理来,这样的文章深入浅出,最受读者欢迎。好玩也不好玩的是,几种不同刊物的编辑都不约而同地给我指点迷津。

我明白他们的意思。这是现在极其流行的小散文模式:小故事 + 小情调 + 小哲理。那小故事一定是相当感人的,包含着纯洁的爱情、亲情或友情之类要素,读了会使人为人性的善良和人生的美好而沁出泪花。在重功利轻人情的现代生活中,这类小散文讴歌并且证明着古老的温情,给人以一种廉价的安慰。也许因为这个原因,它们便成了最雅俗共赏的文化快餐,风行于各类大众刊物,并且为许多文摘类刊物所乐于转载。

然而,这种东西岂不也像微量的鸦片一样,在对人心悄悄产生着麻醉作用?我不否认生活中有一些称得上美好的小遭遇和小场景,它们会使人产生某种温馨的感觉。可是,人生有其更深刻亦更严峻的一面,社会也有其更复杂亦更冷酷的一面,而这类小散文的泛滥则明白无误地昭示了一种逃避。凡模式化的东西都是最容易写的,小散文也不例外。读多了这类东西,你就会发现,它们实在是惊人地相似,以至于你对其中任何一篇都留不下确切的印象,留下的只是一点儿似是而非的小感动,一点儿模糊不清的小感悟。我确信这种东西是有害的,它们会使读者的感觉和理解力趋于肤浅,丧失了领悟生活实质和社会真相的能力。

基于上述理由,我拒绝加入今日的小散文合唱。

1997.10

作为读者的批评家

每逢必须对我不熟悉的事情说话的场合,我就感到惶恐。现在的情形就是这样。萧元先生是一位文学批评家,他的关注领域主要是中国当代小说,而我偏偏很少读中国当代的小说作品,几乎不读中国当代的文学批评文章。因此,当他如此恳切地请我给他的文学评论选集《自言自语》写序,我则因为盛情难却应诺了下来以后,心里一直发虚。幸亏他的这本书不像我在刊物上时常瞥见的那些批评文章那样艰涩,我居然比较轻松地读完了,在读的过程中还被激发了一些感想式的思考。那么,我就来说说我的这些感想式的思考。

我之所以少读中国当代小说,主要是因为精力有限,只能满足于偶然翻翻。在这偶然的阅读中,有过少许幸运的相遇,也肯定会有若干遗憾的错过——我相信其数量同样不会多。我之不读中国当代文学批评,则是出于一种偏见。我偏执地认为,中国现在没有真正的文学批评。批评的阵地被两样东西占据着。一是商业性的新闻炒作,往往作品未出便先声夺人,广告式宣传铺天盖地,制造出一个个虚假的轰动效应。另一是伪学术的术语轰炸,所谓的批评文章往往只是一知半解地贩卖西方批评理论,堆砌一些"话语权力""文化霸权"之类的时髦术语,千篇一律而又不知所云。两者的共同特点是对作品本身不感兴趣,更谈不上悉心解读,所关心的都是文学以外的东西。

批评理论如今在西方的确成了一个非常热闹的领域,文学以外的各个学科,包括哲学(尤其是结构主义和后结构主义)、心理学(例如精神分析学)、人类学等,都纷纷涌入其中,自命为最合理的方法,要求拥有对文学的最高批评权。这种情形对于文学究竟是福音还是灾难,实在是值得怀疑的。我至少敢肯定一点:一个人仅仅做了这些理论中的一种的追随者和零售商,甚至做了所有这些理论的追随者和批发商,他还完全不是一个批评家。我们这里有许多人却正是这样,他们把遇到的任何一部作品都当作一个例证,在其上煞有介事地演绎一番某个贩运来的理论,便自以为是在从事文学批评了,接着也就以一个前卫的批评家自居了。可是,读他们的所谓批评文章,你对他们所评论的那部作品绝对增进不了理解,获得的全部信息不过是他们在费力地追随某个理论罢了。

我对批评家的看法要朴素得多。在我看来,一个批评家应该首先是一个读者。作为读者,他有自己个人的趣味,读一部小说时知道自己是不是喜欢。一个人如果已经丧失了做读者的能力,读作品时不再问也不再知道自己是不是喜欢,只是条件反射似的产生应用某种理论的冲动,那么,他也许可以勉强算一个理论家,但肯定不是批评家。做批评家的第一要求是对文本感兴趣,这种兴趣超出对任何理论的兴趣,不会被取代和抹杀。一个在自己不感兴趣的文本上花工夫的批评家终归是可疑的。当然,做批评家不能停留在只是一个读者,他还应该是一个学者。作为学者,他对于自己感兴趣的文本具有进行理论分析的能力,这时候他所创建的或所接受的理论便能起到一种框架和工具的作用了。首先是读者,然后才是学者。首先是直接阅读的兴趣,然后才是间接阅读的能力。这个次序决定了他是在对文本进行批评,还是在借文本空谈理论。更进一步,一个好的批评家不但是学者,还应该是一个思想者,他不但研究作品,而且与作品对话,他的批评不只是在探求文本的意义,而且也是在探求生活的真理。具体到批评家个人,因为气质、兴趣的不同,对作品的关注方向也会不同,有的是学者型的,更关注其形式的和知识的方面,有的是思想者型的,更关注其内容的和价值的方面。还有一种是作家型的,长于描绘对作品的主观感受和联想,写出的评论更像是独立的文学作品,不是严格意义上的批评。不论属于哪一类,做一个好读者都是前提。一个人只要真正喜欢一本书、一个作家,不管他以何种方式谈论这本书、这个作家,都必能说出一些精彩的话。

我的以上议论看似与萧元的这本集子无关,其实正是由之引发的。读了这本集子,我在萧元身上首先辨认出的便是一个真诚的读者。可以感觉到,他只是因为喜欢文学,喜欢读中外文学作品,才走上文学批评这条路的。他读残雪读进去了,读得入迷了,于是不由自主地要解开其魅力之谜,结果便有了那一组分析残雪作品中的艺术要素和精神内涵的系列文章。除了对作品的评论外,集子里还收进了一些批评当今文学现象尤其是文学世俗化倾向的文章,其疾恶如仇的鲜明立场给人印象至深。其实,在任何时代,文学在产生少许精品的同时总是制造出大量垃圾,只是两者的比例在今天显得愈发悬殊罢了。大多数读者向文学所要求的只是消费品,而期待着伟大作品也被伟大作品期待着的那种读者必定是少数,不妨把他们称作巴赫金曾经谈到过的"高级接受者"。这少数读者往往隐而不显,分散在不同的角落里,但确实存在着。如果说批评家负有一种责任的话,这责任便是为此提供证据,因为批评家原本就应该是这少数读者的发言人,一个公开说话的"高级接受者"。

1998.6

哲学与文学批评（论纲）

1

关于哲学与批评的关系，我们可以听到两种相反的意见。一种意见认为，批评应该完全立足于艺术，排除一切哲学观点的干扰。另一种意见认为，任何批评必定受某一种或某一些哲学观点的支配，在本质上是应用哲学。

我认为，批评之与哲学发生关系是一个不言而喻的事实。凡学院派批评家往往建立或者运用一定的批评理论，由这些批评理论固然可以追溯到相应的哲学理论。即使是那些非学院派的所谓业余批评家，在他们的印象式批评中也不难发现一种哲学态度。因此，真正的问题不是哲学在批评中的存在是否合法，而是以怎样的方式存在才合法。也就是说，我们所要寻求的是哲学与批评的正确关系。

2

当今批评界的时髦做法是，在批评文章中食洋不化地贩运现代西方某些哲学性批评理论，堆砌各种哲学的、准哲学的概念。这类文章的共同特点是对所要批评的作品本身不感兴趣，读了以后，我们丝毫不能增进对作品的了解，也无法知道作者对作品的真实看法和评价是什么。在多数情况下，它们只是把作品当作一个实例,用来对某一种哲学理论做了多半是十分生硬的转述和注解。在我看来,这样的批评既不是哲学的,更不是艺术的,甚至根本就不是批评,不过是冒充成批评的伪哲学和冒充成哲学的伪批评罢了。

这种情形的发生恐怕并非偶然。透过现代西方文学批评理论的繁荣景象,我们看到的也是文学批评的阙如。在文学批评的名义下,真正盛行的一方面是文化批评、社会批评、政治批评、性别批评等,另一方面是语言学、符号学、人类学、神话学、知识社会学的研究等。凡是不把作品当作目的,而仅仅当作一种理论工具的批评,其作为文学批评的资格均是可疑的。

3

批评总是对某一具体作品的批评。因此,一切合格的批评的前提是,第一,批评者对该作品本身真正感兴趣,从而产生了阐释和评价它的愿望。他的批评冲动是由作品本身激发的,而不是出自应用某种理论的迫切心情。也就是说,他应该首先是个读者,知道自己究竟喜欢什么。第二,批评者具有相当的鉴赏力和判断力,他不是一个普通读者,而是巴赫金所说的那种"高级接受者",即一个艺术上的内行。作为一个专家,他不妨用理论的术语来表述自己的见解,但是,在此表述之前,他对作品已经有了一种直觉的把握,知道是作品中的什么东西值得自己一评了。

一个批评者对作品有无真正的兴趣,他是否具有鉴赏力和判断力,这两者都必然体现在他的批评之中,因此是容易鉴别的。人们可以假装自己懂某种高深的理论,却很难在这两方面作假。

4

现代哲学对于批评的作用,最明显地表现于推动各种批评理论之建立。批评若要不停留于批评家们的个别行为，而试图成为一门在同行之间可以交流的普遍性学科，就有必要对批评的概念、原则、任务、标准、规范、方法等问题进行探讨，这种探讨构成了批评理论的基本内容。很显然，对于这些问题的解答皆取决于对文学之本质的认识，因而可以追溯到某种美学和哲学的立场。凡是系统的、亦即真正具备理论形态的批评理论，无不都是自觉地以一种哲学理论为其出发点，是那种哲学理论向批评领域的伸展。本世纪最流行的批评理论，包括马克思主义、存在主义、精神分析、形式主义、结构主义、现象学和解释学各家，皆自报家门，旗帜鲜明地亮出了它们的哲学谱系。

然而，哲学之能够指导批评理论的建立，并不表明它能够指导成功的批评实践。批评是批评家的整体素质作用的产物，在具体的批评实践中，理论教条所起的作用十分有限。每一次真正有价值的批评都是一个独立的事件，是批评家与作品之间的一种独特的感应和一次幸运的相遇，而绝非某个理论的派生物。对于一个素质良好的批评家，合适的理论或许可以成为有效的表述工具。可是，倘若一个批评家缺乏此种素质，对于作品并无自己的感觉和见解，仅靠某种批评理论来从事批评，那么，他实际上对作品本身无话可说，他的批评就必定不是在说作品，而是在借作品说这种理论。事实上，研究批评理论的学者很少是好的批评家，就像研究文学理论的学者很少是好的作家一样，这种情形肯定不是偶然的。

5

批评的任务是阐释作品的意义和判断作品的价值。有一些批评理论主张批评应该排除评价，仅限于阐释。然而，一个批评家选择作品中的什么成分作为自己所要阐释的意义之所在，其实已经包含了一种价值立场，他事实上按照作品满足他对意义的理解的程度对作品进行了评价。对意义的理解是一个真正的哲学问题，它基本上决定了一个批评家对作品的阐释的角度和评价的标准。

文学作品中的什么成分构成了意义，对这个问题的回答取决于对文学的本质的认识，在相当程度上还取决于对世界和人性的认识。每一部作品皆涉及作者、所言说的事物、读者三个方面。意图说和传情说曾经十分盛行，前者把作者的意图当作意义的源泉，后者把读者所获得的教诲、感动、娱乐视为意义的真正体现，这两种立场皆因明显地脱离文本自身的阐释而显得陈旧。但是，同样是从作品本身的内容中寻找意义，站在不同的哲学立场上，也会认为作品是在言说不同的事物。例如，马克思主义者会认为这事物是社会生活，弗洛伊德主义者会认为是作者个人或人类的深层心理，存在主义者会认为是对人的生存境遇的体验和思考。这些立场所关注的方向虽然各异，但仍然是试图用文学之外的东西来阐释文学作品的意义，因而在当代也受到了特别激烈的批判。倘若仅仅根据这些立场从事阐释，这样的阐释是否还是文学批评的确就成了问题，毋宁说更是社会学、心理学、哲学的批评等。

然而，作品的内容无非就是作品所言说的事物之总和，撇开了所有这些社会的、心理的、思想的内容等，作品所剩下的便只有语言形式了。这样一来，对意义的阐释只有两条路可走。一是分析作品中的语词和句子的逻辑意义，如英美语义分析学派之所为，其不属于文学批评的性质当是不言而喻的。另一是分析作品的形式结构，目的不是阐释某一具体作品的意义，而是以这一具体作品为标本来建立语言符号如何由其组合方式而产生意义的一般模型，如结构主义学派之所为。这种批评是否属于文学批评也是值得怀疑的，毋宁说它更是一种对文学作品的语言学的和符号学的研究。一种更彻底的立场是否认文学作品中意义的存在，断然拒绝释义。一步步排斥所指，最后能指就必然会成为不问意义的符号游戏，因此结构主义之发展为解构主义几乎是不可避免的。解构主义批评声称要排除与文本无关的一切因素，然而，事实上，它在文本上进行的随心所欲的嬉戏并不比印象主义的主观批评离文本更近。还有一些批评理论也倾向于拒绝释义，而主张把批评的任务限制于研究作品的艺术技巧。这种研究在技术上的细致入微足以使人惊叹，但因撇开作品的精神内涵而不免流于琐碎。

6

批评涉及某些重要的哲学难题，有必要检视一下现代哲学及其指导下的批评理论所提出的解决这些难题的方案。

例如，文本有无它本来的意义，如果有，如何划清该"客观"的意义与批评者的"主观"的理解之间的界限？这一主观与客观的关系问题始终纠缠着批评理论。现代许多批评理论（如俄国形式主义、结构主义、美国新批评派、现象学批评）都试图建立起一套分析的技术或标准，以求排除批评者的"主观"之干扰，使"客观"意义的获取成为可操作和可检验的科学程序。但是，这样做的代价必定是缩减意义的范围，事实上把它限制在那些可以形式化的东西上了。我认为，到目前为止，哲学解释学为此问题的解决指出了最可取的方向。哲学解释学对理解的本体论结构的揭示表明，理解必定是理解者视域与文本视域的融合。因此，批评不必再纠缠于主观与客观之区分，反而应以两者视域的最大限度的融合为目标，使批评成为一种富有成果的对话。

批评者所要阐释的意义是在作品的内容之中，还是在形式之中？这一内容与形式的关系问题是纠缠着批评理论的另一个难题。如果撇开艺术形式而只看思想内容，批评就不再是文学性质的了。如果撇开思想内容而只看艺术形式，批评就不再是意义的阐释而只成了技巧的分析。在这个问题上，结构主义的方略是破除内容与形式的二分法，将两者融入结构的概念。它不再问作品的一个成分是内容还是形式，只问是否为审美的目的服务，所有为审美目的服务的成分都依照不同的层次组织成一个完整的符号体系。我认为，结构主义把一切内容都形式化了的做法未必可取，但破除内容与形式的二分法无疑是解决这一难题的正确方向。在文学作品中，唯有被艺术地言说的事物才真正构成为内容，而事物之被艺术地言说即所谓形式，两者所指的原是同一件事，本来就不可截然分开。

7

哲学与文学都是人类精神生活的形式，在本质上是相通的。因此，哲学之进入文学作品的权利是不容置疑的，问题仅在进入的方式。有不同的进入方式，例如：一，在文学作品中插入哲学的议论，这些议论与作品的文学性内容（情节等）只在主题上相关，在形式上却彼此脱节，如同一种拼贴；二，用文学的形式表达哲学性的思考和体悟，此种意图十分明确，因而譬如说可以用哲理诗、玄学诗、哲学小说、思想小说等来命名相关的作品；三，自觉地应用某种新潮的哲学思想来创作文学作品，从事文体的实验，譬如罗伯-格里耶的新小说之于结构主义哲学；四，作品本身完全是文学性的，哲学并不在其中的任何部分出场，但作品的整体却有一种哲学的底蕴，传达了对世界和人生的一种基本理解或态度。

一般来说，哲学应该以文学的方式存在于文学作品之中，它在作品中最好隐而不露，无迹可寻，却又似乎无处不在。作品的血肉之躯整个儿是文学的，而哲学是它的心灵。哲学所提供的只是一种深度，而不是一种观点。卡夫卡的作品肯定是有哲学的深度的，但我们在其中找不到哪怕一个明确的哲学观点。哲学与文学的最差的结合是，给文学作品贴上哲学的标签，或者给哲学学说戴上文学的面具。不能排除还存在着像《查拉图斯特拉如是说》这样的作品，几乎无法给它归类，从外到里都是哲学也都是文学，既是哲学著作又是文学精品。所以，说到底，哲学与文学的区分也不是那么重要，一切伟大的作品必定是一个精神性的整体。

8

据此我们可以来探讨哲学与批评相结合的方式了。依据某种哲学观点从事批评，热衷于在作品中寻找这种观点的相似物，或者寻找合适的作品来阐释这种观点，这肯定是最糟糕的结合方式。在最好的情形下，这种批评也只能算作哲学批评而非文学批评。一个批评家或许也信奉某种哲学观点，但是，当他从事文学批评时，他绝不能仅仅代表这种观点出场，而应力求把它悬置起来，尽可能限制它的作用。他真正应该调动的是两样东西，一是他的艺术鉴赏力和判断力，一是他的精神世界的经验整体。文学首先是语言艺术，因此，不言而喻，从事文学批评的人必须能够欣赏语言艺术。判断力的来源，除了艺术直觉之外，还有艺术修养，即对于人类共同艺术遗产的真正了解，因此有能力判断当下这部作品与全部传统的关系，善于发现那种改变了既有经典所构成的秩序从而自身也成为经典的作品。但文学不仅仅是语言艺术，在最深的层次上也是人类精神生活的形式。正是在这一层次上，文学与哲学有了最深刻的联系。也是在这一层次上，哲学以最自然的方式参与了批评。当批评家以他的内在经验的整体面对作品时，哲学已经隐含在其中，这个哲学不是他所信奉的某一种哲学观念，而是他的精神整体的基本倾向，他的真实的世界观和生活态度。批评便是他的精神整体与作品所显示的作者的精神整体之间的对话，这一对话是在人类精神史整体的范围里展开的，并且成了人类精神史整体的一个有机部分。

9

本论纲对于文学批评所做的思考，在基本原则上也适用于一般的艺术批评。

1998.9

一个文学家眼中的哲学

高尔基有一回生动地谈到他对哲学的观感。他说,世界刚刚开始,正要形成起来,而哲学却在它头上打了一巴掌,喝问道:"往哪儿去?为什么去?"或者命令:"站住!"

读到这段话,我的第一个感觉是:真精彩!我立刻想起当今的许多文学家、作家、艺术家,他们恰好相反,都在争先恐后地朝世界头上打巴掌和喝问,并且以此证明自己和哲学一样聪明,甚至比哲学更聪明。

我应该承认,作为一个哲学家,我还有第二个冲动,就是替哲学辩护。例如,我想说,世界并非刚刚开始,而是早已存在了,甚至是永恒存在着的,却始终没有一个目标,没有一种意义。所以,哲学的掌击和喝问是完全有道理的。我还想说,哲学现在也已经有了改变,它发现世界完全不理睬它的喝问,继续毫无目标地朝前走去,于是幡然悔悟,明白了世界本来就没有什么目标,所谓目标是哲学自己的杜撰。所以,今日的哲学不再向世界喝问,现在它只做一件事,就是没完没了地自我检讨,追究自己从前向世界问那样愚蠢的问题的原因。

不过,在做了这些辩护之后,我的第一个感觉依然鲜明:高尔基的话真精彩!我想说的是,不管哲学是在朝世界的头上打巴掌,还是在朝自己的脸上打巴掌,文学和艺术都不必去理会,更不要去模仿,而只需让自己融入世界之中,与世界一同朝前走去。

2006.2

青春不等于文学

时下流行青春文学。韩寒和郭敬明创造了令人惊叹的畅销奇迹,新概念作文大赛顿时成为耀眼的品牌,小作家如雨后春笋般在祖国各地破土而出。

青春拥有许多权利,文学梦是其中之一。但是,我不得不说,青春与文学是两回事。文学对年龄中立,它不问是青春还是金秋,只问是不是文学。在文学的国度里,青春、美女、海归、行走都没有特权,而人们常常在这一点上产生误会。问你会不会拉提琴,如果你回答也许会,但还没有试过,谁都知道你是在开玩笑。然而,问你会不会写作,如果你做同样的回答,你自己和听的人就都会觉得你是严肃的。指出这一点的是托尔斯泰,他就此议论道:任何人都能听出一个没有学过提琴的人拉出的音有多难听,但要区分胡写和真正的文学作品却须有相当的鉴别力。

我读过一些青春写手的文字,总的感觉是空洞、虚假而雷同。有两类青春模式。一是时尚,背景中少不了咖啡厅、酒吧、摇滚,内容大抵是臆想的爱情,从朦胧恋、闪电恋、单恋、失恋到多角恋、畸恋,由于其描写的苍白和不真实,读者不难发现,这一切恋归根到底只是自恋而已。而是装酷,夸张地显示叛逆姿态,或者刻意地编造惊世骇俗情节。文字则漫无节制,充斥着没有意义的句子,找不到海明威所说的那种"真实的句子"。我们从中看到的是没有实质的情调，没有内涵的想象，对虚构和臆造的混淆，一句话，对文学的彻底误解。所有这些东西与今日普通人的真实生活相去甚远，与作者们的真实生活更相去甚远，因为作者们虽然拥有青春，也仍然只是普通人罢了。也是托尔斯泰说的：在平庸和矫情之间只有一条窄路，那是唯一的正道，而矫情比平庸更可怕。据我看，矫情之所以可怕，原因就在于它是平庸却偏要冒充独特，因而是不老实的平庸。

当然，在被归入青春文学范畴的作品之中，也有一些好的作品。我喜欢的作品，共同之处是有自己的真实感受，在这片土壤上面，奇思、异想、幽默、荒诞才不是纸做的假花。对于写作来说，最重要的是把自己真正感受到的东西写出来，文字功夫是在这个过程之中，而不是在它之外锤炼的。因此，我主张写自己真正熟悉的题材，自己确实体验到的东西，不怕细小，但一定要真实。这是一个积累的过程，到一定的程度，就能从容对付大的题材了。

世上没有青春文学，只有文学。文学有自己的传统和尺度，二者皆由仍然活在传统中的大师构成。对于今天从事写作的人，人们通过其作品可以准确无误地判断，他是受过大师的熏陶，还是对传统全然无知无畏。如果你真喜欢文学，而不只是赶一赶时髦，我建议你记住海明威的话。海明威说他只和死去的作家比，因为"活着的作家多数并不存在，他们的名声是批评家制造出来的"。今日的批评家制造出了青春文学，而我相信，真正能成大器的必是那些跳出了这个范畴的人，他们不以别的青春写手为对手，而是以心目中的大师为对手，不计成败地走在自己的写作之路上。

2004.11

精神拾荒三步曲

"学而不思则罔,思而不学则殆。"这是孔子的名言。意思是说,只读书不思考,后果是糊涂;只思考不读书,后果是危险。前一句好理解,"罔"即惘然,亦即朱熹所解释的"昏而无得"。借用叔本华的譬喻来说,就好像是把自己的头脑变成了别人的跑马场,任人践踏,结果当然昏头昏脑。可是后一句,思而不学怎么就危险了呢?不妨也作一譬喻:就好像自己是一匹马,却蒙着眼睛乱走,于是难免在别人早已走通的道路上迷途,在别人曾经溺水的池塘边失足,始终处在困顿疲惫的状态了。句中的"殆"字,前人确有训作困顿疲惫的,而倘若陷在这种状态里出不来,也真是危险。

孔子当然不是无的放矢,"学而不思"和"思而不学"是好些聪明人也容易犯的毛病。有一种人,读书很多,称得上博学,但始终没有真正属于自己的见解。还有一种人,酷爱构筑体系,发现新的真理,但拿出的结果往往并无价值,即使有价值也是前人已经说过而且说得更好的。遇见这两种人,我总不免替他们惋惜。我感到不解的是,一个人真正好读书就必定是有所领悟,真正爱思考就必定想知道别人在他所思问题上的见解,学和思怎么能分开呢?不妨说,学和思是互相助兴的,读书引发思考,带着所思的问题读书,都是莫大的精神享受。

如此看来，学和思不可偏废。在这二者之外，我还要加上第三件也很重要的事——录。常学常思，必有所得，但如果不及时记录下来，便会流失，岂不可惜？不但可惜，如果任其流失，还必定会挫伤思的兴趣。席勒曾说，任何天才都不可能孤立地发展，外界的激励，如一本好书、一次谈话，会比多年独自耕耘更有力地促进思考。托尔斯泰据此发挥说，思想在与人交往中产生，而它的加工和表达则是在一个人独处之时。这话说得非常好，但我要做一点修正。根据我的经验，思想的产生不仅需要交往亦即外界的激发，而且也需要思想者自身的体贴和鼓励。如果没有独处中的用心加工和表达，不但已经产生的思想材料会流失，而且新的思想也会难以产生了。黄山谷说，三日不读书，便觉得自己语言无味，面目可憎。我的体会是，三天不动笔，就必定会思维迟钝，头脑发空。

灵感是思想者的贵宾，当灵感来临的时候，思想者要懂得待之以礼。写作便是迎接灵感的仪式。当你对较差的思想也肯勤于记录的时候，较好的思想就会纷纷投奔你的笔记本了，就像孟尝君收留了鸡鸣狗盗之徒，齐国的人才就云集到了他的门下。

所以，不但学和思是互相助兴的，录也是助兴行列中的一个重要角色。学而思，思而录，是愉快的精神拾荒之三部曲。

2002.6

答《诗刊》杂志问

1. 您是什么时候开始阅读《诗刊》的，现在还读吗？

答：坦率地说，我从来没有认真地读过《诗刊》，最多只是偶然碰到了，就翻一翻。不只是《诗刊》，别的文学杂志我也很少读。因为精力有限，我不是搞中国当代文学研究的。我的阅读分两部分，一部分是专业阅读，围绕我所从事的哲学研究，另一部分是出于兴趣的广泛涉猎，以中外人文经典为主。至于杂志，只限于翻看一下赠阅的，那已经很费时间了。

2. 您对《诗刊》办刊有何建议和希望，认为应从哪些方面进行改革？

答：由于我读得太少，所以提不出什么具体看法，只能笼统地说一说。中国是一个诗歌大国，写诗的人很多，《诗刊》应该大有可为。我认为，最重要的是要打破门户之见，别管老诗人还是新诗人，传统还是前卫，知识分子味还是乡土味，这个圈子还是那个圈子，眼睛只盯着好诗。要有一个野心，就是把各个角落正在产生的最好的诗都抓到手。办好任何刊物的前提是自爱，有以发表佳作为荣、以发表平庸之作为耻的荣誉心。《诗刊》本应成为中国诗歌界的权威刊物，得到不同风格和流派的优秀诗人的公认，人们以在其上发表作品为荣。现在离这个标准差得很远。当然，这不是光靠编辑的努力就能达到的，还必须改革现有的体制。

3. 您最早接触的新诗作品是什么？在中国新诗领域里，您最喜欢哪些诗人的作品？

答：我最早读的是郭沫若的《女神》等作品，那是在中学里。后来读了戴望舒，很喜欢。上大学时，通过郭世英认识了张鹤慈，他那时不到二十岁，在小圈子里以诗见长，写的诗朦胧而唯美，与当时的主流诗歌截然不同，给我以全新的感觉。我保留着他的几首短诗，即使用现在的眼光看，他也是很有诗才的。可惜的是，不久后他就被打成"反动学生"，送去劳教，他的创作生涯从此中断。20世纪70年代后期，朦胧诗浮出，我有一种似曾相识的惊喜之感。北岛、顾城的诗，我都喜欢，但最喜欢的是芒克。后来读诗就少了，韩东、于坚的若干作品给我留下了好印象。

4. 在翻译成中文的外国诗作中，您最喜欢哪些诗人的作品？

答：上大学时，我喜欢海涅、莱蒙托夫、普希金、雪莱、洛尔伽、马雅可夫斯基，他们的作品始终放在我的手边。后来还喜欢过庞德、茨维塔耶娃等，最喜欢的则是里尔克。

5. 有哪些中外诗人对你的创作产生了影响？

答：我不是诗人，写诗只是在某一时期里受某种心情的驱使，可以说是偶尔为之。读诗也往往是受心情的驱使，在诗歌中寻找一种莫名的寄托或感应。当然，潜移默化的影响是有的，但难以捋清。有些专业诗人也许会有意识地向某一位大师学习，我肯定不是这样。通常是在读诗的时候，会有某一句诗跳了出来，我看到了一种表达的可能性，过后甚至那一句诗也遗忘了，但那种可能性留下了。这样日积月累，诗的感觉就越来越丰富了。从诗艺的角度看，我最欣赏的是，极新奇同时却让你感到是唯一准确的表达，极含蓄同时却让你感到是本质的完整呈现。

6. 您的第一首诗是什么，创作时有怎样的感觉？

答：忘记了。幼儿常常口吐妙语，但都随风飘逝，没有人长大后能够回忆起来。等到在老师家长的教诲下开始写分行的句子时，写出的多是幼稚的模仿。自发的写诗也是始于模仿，但不再是按照老师家长的教诲，而是缘于自己的阅读。最有意义的模仿不是对技巧的模仿，而是产生了一种冲动，渴望像正在阅读的诗人那样，用诗歌来说自己的心事。在这个时刻，一个可能的诗人诞生了。我的这个时刻发生在中学时期，在一个暑假里，读了唐诗宋词之后，心醉神迷地写了许多悲观的诗词。

7. 您是研究哲学的，您认为诗歌与哲学的关系是怎样的？

答：从历史上看，诗歌和哲学都诞生于神话的母腹，有亲密的血缘关系。在性格上，哲学近于男性，诗歌近于女性。后来，这兄妹（或姐弟）俩分了家，疏远了，甚至互不相认。但是，在所有大诗人和一部分大哲学家身上，我们仍可辨认出鲜明的血缘联系。一切伟大的诗歌作品必有哲学的深度，都以独特的方式对存在有所言说。不过，在诗歌中，哲学是含而不露的，是底蕴而不是姿态。在我看来，凡在诗歌中从事说教、玩弄玄虚、堆积概念的都是坏诗人，而没有一个坏诗人会是一个好哲学家。

8. 我们缺乏大诗人的原因何在，您对中国新诗的未来有何估计？

答：我们不只缺乏大诗人，也缺乏大哲学家、大科学家、大作曲家等，所以，原因恐怕不能只从诗坛上寻找。我认为，原因很可能在于我们的文化传统的实用品格，对纯粹的精神性事业不重视、不支持。一切伟大的精神创造的前提是把精神价值本身看得至高无上，在我们的氛围中，这样的创造者不易产生，即使产生了也是孤单的，很容易夭折。现在的开放是一个契机，我希望我们不要只看到经济上的挑战，更深刻长远的挑战是在文化上。中国要真正成为有世界影响的文化大国，就必须改变文化的实用品格。一个民族拥有一批以纯粹精神创造为乐的人，并且以拥有这样一批人为荣，在这样的民族中最有希望产生出世界级的文化伟人。

2002.3.7

诗歌创新和诗人使命

——在一次研讨会上的书面发言

一 创新不是主要目标

我相信曾经有诗歌创新这样的事发生，文学史家和文艺理论家不妨对之进行研究。我也相信还会有诗歌创新这样的事发生，但无论什么专家都无法对之预先做设计。诗歌中一种新的形式、风格、流派的诞生，总是事实在先，个别人已经做出来了，然后才成为讨论的对象。诗歌史上也有结派造势的情形，但和诗歌的关系不大。最后起作用的是诗歌本身，许多热闹一时的潮流烟消云散了，唯有真正的好作品才能长久流传。

艺术当然要创新，但是，把创新当作主要的甚至唯一的目标，就肯定有问题。对于一个真正的诗人来说，诗歌是灵魂的事业，是内在的精神过程的表达方式。一个人灵魂中发生的事情必是最个性、最独特的，不得不寻求相对应的最个性、最独特的表达，创新便有了必要。所以，首要的事情是灵魂的独特和丰富。

在我看来，中国当代诗人的主要问题是灵魂的平庸和贫乏。这个批评同样适用于其他的文化从业者，包括小说家、画家、理论家、学者等。人们都忙于过外在生活，追求外在目标，试问有多少人是有真正的内在生活的？这个问题不解决，所谓创新不过是又一个外在目标而已，是用标新立异来掩盖内在的空虚，更坏的是，来沽名钓誉。

二　诗人没有社会使命

我不怕危言耸听，宁愿把话说得极端一些：我认为诗人没有社会使命。当然，一个人除了做诗人之外，还可以有别的抱负，例如做革命家、改革家、社会批评家等等。但是，在那种情况下，他所承担的社会使命属于他的后面这些角色，而不属于他的诗人角色。当然，一个诗人也可以把诗作为武器，用来唤起民众，打击敌人，或者捍卫道统，迫害异端。但是，在那种情况下，他已经不是在写诗，而是在做别的事情了。

之所以要把界限划得这样清楚，是为了给诗留出属于它自己的位置。中国的传统是"文以载道""诗言志"，诗和一切艺术没有独立的地位。在今天，"文以载道"好像不太香了，"诗言志"却仍被视为天经地义。其实，诗所言之"志"和文所载之"道"是一回事，都是指儒家的道德理想，区别仅在于，"志"侧重于主观态度，"道"侧重于客观秩序。我的怀疑是，今日之强调诗人的社会使命，背后都有强烈的道德动机。可是，诗是超越于善恶的，诗人不是道德教师。

如果一定要说使命，诗人只有精神使命和艺术使命。在精神上，是关注灵魂，关注存在，关注人生最根本的问题。在艺术上，是锤炼和发展语言的艺术。简言之，诗人的使命就是写出有深刻精神内涵和精湛语言艺术的好作品。毫无疑问，这样的作品一定能在社会上产生有益影响，但是，这不是诗人刻意追求的目的，而只是自然的结果。而且，这种影响绝非局限于狭义的道德教化。

2002.6

经典作家的处女作

——简评小说《追风筝的人》

列纳尔把那些还没有以文学为职业的人称作"经典作家",《追风筝的人》的作者卡勒德·胡赛尼就是这样一个经典作家。他是阿富汗难民,逃到美国后学医并以医生为业,这是他的第一部作品。我发现,近些年来,西方许多优秀小说都属于这种情况,是某一位业余作家的处女作。这不是偶然的,因为第一,这样一位作家尚未被职业的文学写作败坏,列纳尔正是在这个意义上称之为经典作家的,第二,在创作处女作时,这个作家往往调动了自己迄今为止生活中最重要也最真实的储备,因而言之有物。

本书也是这样。它是一本好看的小说,故事情节曲折,常常出人意料但又合乎情理,叙述紧凑而流畅,不玩文学的技巧和噱头,能够吸引读者一口气读下来。同时,我们可以感觉到,作者在这部处女作中充分调动了他的生活储备,虚构的情节处处有真实的经历作为支撑。这种真实的经历,一方面是阿富汗二十多年间从苏军入侵到塔利班屠杀的政治动乱,另一方面是在此背景下作者个人的巨大生活变迁和复杂心路历程,二者交织在一起,组成了一幅当今世界中一个边缘民族令人心碎的命运图画。阿富汗的动乱尚未结束,塔利班正在东山再起,本书的描绘无疑有助于我们对世界那个角落里发生的事情获得感性的了解。

当然,作为小说,本书的更重要价值是对人性的描写和揭示。故事围绕着从小一起长大的少爷阿米尔和仆人的儿子哈桑展开。小说的前半部是哈桑的善与阿米尔的恶的对比，所谓恶是人性中可理解的弱点，包括软弱和嫉妒，但阿米尔为此感到深深的良心责备。后半部则是阿米尔惊心动魄的赎罪过程，在这个过程中，他发现已被塔利班杀害的哈桑其实是他的同父异母兄弟。所以，在深层次上，可以把这本书看作一部道德小说，但它丝毫没有说教的气息，而是表达了对人性的真切的体察。

顺便说一说，有些评论刻意琢磨"风筝"象征什么，我认为毫无必要。书名"追风筝的人"明里指的就是追风筝的能手哈桑，暗里寄托了作者的怀念，怀念被动乱毁灭掉的阿富汗的传统风俗和善良生灵。

2006.7

论诗

1

诗的使命是唤醒感觉，复活语言。内感觉的唤醒即捕捉情绪，外感觉的唤醒即捕捉意象。复活语言，就是使寻常的词在一种全新的组合中产生不寻常的魅力。

所以，诗就是通过语言的巧妙搭配把情绪翻译成意象。

它有三重魅力：感觉的魅力，意象的魅力，语言本身的魅力。三者缺一，你就会觉得这首诗有点遗憾。

2

为什么要把情绪翻译成意象呢？

情绪本身缺乏语言，直接表述情绪的词都过于一般化或极端化，抹杀了其中丰富的细微差别。直抒情绪的诗，听起来不是空泛，就是浮夸。语言表达意象的可能性却要宽广得多。因此，诗人就通过设计一个独特的意象，来间接地再现和唤起一个独特的情绪。

3

诗的材料（词）和哲学的材料（范畴）都基本上是现成的。在诗中，借词的新的组合表达出对世界的一种新的感觉，在哲学中，借范畴的新的组合表达出对本体（道、绝对、终极价值）的一种新的领悟，都可算作创造了。

4

神是人类童年时代的梦，诗是人类青年时代的梦。

可是，对于个体来说，事情似乎倒了过来：诗是青年人的梦，神是老年人的梦。

5

诗人是守墓人兼盗墓人，看守着也发掘着人类语言的陵墓。

诗人用语言锁住企图逃逸的感觉，又在语言中寻找已经逃逸的感觉。他敲击每一块熟悉的语词的化石，倾听远古时代的陌生的回声。

6

在语言之家中，一切词都是亲属。然而，只有诗人才能发现似乎漠不相干的词之间的神秘的血缘关系。

7

音乐用天国的语言叙说天国的事情，诗用人间的语言叙说天国的事情。诗人痛苦了，因为俗人根据人间的事情来理解人间的语言，总是误解了诗人。音乐家可以免于此患，反正俗人听不懂天国的语言。

8

诗是语言的万花筒。

9

诗人也有他的调色板,词就是他的颜料。他借词的重新搭配创造出新的色彩。

单色总是有限的,本领在于调配。

诗才的测验:给你一百个最常用的词,用它们搭配出全新的效果。

10

诗的最大优点是凝练。它舍弃了一切过渡。它断裂、浓缩、结晶,在太阳下闪烁奇异的光。你给它不同的光源,它就闪射不同的光彩。每一双眼睛都是一个不同的光源。

11

诗应当单纯。不是简单,不是浅显,是单纯。单纯得像一滴露水,像处女的一片嘴唇。

12

诗直接诉诸感觉,太复杂了,就必须借助思维来分析,失去了鲜明的第一眼印象。

现在有些青年诗人的诗越写越复杂了,写诗时思维喧宾夺主,挤掉了感觉。也许原本就没有感觉。其末流只是在玩文字游戏,而且玩得不高明,游戏得无趣味。

13

我不是否定文字游戏。在某种意义上,诗的确是一种文字游戏。

健全的直觉是从事一切艺术活动的先决条件。在不同的人身上，它可以催放不同的艺术花朵，但也可能毫无结果。一个诗人除了这种直觉外，还必须具备对于语言本身的特殊兴趣，迷于搭配词句的游戏，否则绝不能成为诗人。

14

我觉得长诗是一个误会。诗要捕捉的是活的感觉，而活的感觉总是很短的，稍纵即逝的，一长，难免用思想取代、冲淡这一点感觉。

15

写诗是一种练习把话说得简洁独特的方法。

16

我对散文吝啬了。诗是金币，散文是纸钞，哪个守财奴不想把他的财产统统兑成金币珍藏起来呢？

17

诗是找回那看世界的第一瞥。诗解除了因熟视无睹而产生的惰性，使平凡的事物恢复到它新奇的初生状态。

18

诗无朦胧诗和清晰诗之分。是诗，就必然朦胧。人的感觉和情绪原本就朦胧，清晰是逻辑化、简化的产物。诗正是要从逻辑的解剖刀下抢救活生生的感觉和情绪，还它们一个本来面貌。

当然，朦胧不是刻意追求晦涩。朦胧是再现真实的感受，晦涩是制造虚假的感觉。刻意追求晦涩的诗人往往并无真情实感，故意用非逻辑化的杂乱掩盖他的感觉的贫乏。他的真正家底不是感觉，而是概念，所以晦涩只是化了装的清晰。

19

诗不得不朦胧。诗通过词的搭配表达感觉，活的感觉都是一次性的，原则上不可复制，诗勉为其难，只好通过词的异乎寻常的搭配，借多义性暗示、包容这独一无二的感觉，借朦胧求准确。为了使不确定者（感觉）确定，只好使确定者（词）不确定。

20

诗贵朴实。许多新诗人的最大毛病是不朴实，他们在卖弄和显示，而不是在流露，想用标新立异的姿势、眼神、语调引人注意，这是小家子相。

21

有一天，毫无诗意的干燥的晴空倾倒下阵雨一般的无数诗人。

22

我不知道写诗有什么诀窍。也许，最好的诀窍就是，不要以为你是个诗人。

23

每当我在灯下清点我的诗的积蓄时，我的心多么平静，平静得不像诗人。

我是我感觉的守财奴。

24

这时代什么也不是，我永远是诗人。

25

我一无所有,但我有语言。

26

许多美丽的灵魂在世上昙花一现,留下了诗和艺术的花瓣。

27

诗属于天才,歌属于大众。根本不可能有大众喜闻乐见的诗。

28

台风的中心,喧嚣中的寂静,那里放置着诗和思想的摇篮。

29

诗人的灵感多半得自女人,可是懂他的作品的往往是男人。

诗人寻求什么?一个偶像,一个幻影,一个可以把内心的美感凝聚起来的光斑。碰巧这个偶像活起来,能够发出呼应,领会并且喜欢他的诗,这就是天赐的际遇了。

30

你为了表达情绪而写诗,后来就为了写诗而寻找情绪,制造情绪。你整天生活在情绪中,离开情绪就活不了。小心,别宠坏了你的情绪,别让情绪宠坏了你。

31

在你的诗里有太多的感情的下脚料。

32

看了我的诗,你就了解我了吗?我的诗都那样忧郁,我就是一个忧郁的人了吗?在快乐的时候,我是不写诗的,你永远不能知道我的快乐有多么疯狂!

33

诗必须有哲学的深度。注意,是深度,而不是表象和姿态。我们爱善解男人心意的女子,可是谁爱一副男人相的女人呢?

34

很久不写诗了。仔细想想,这是一种损失。写诗会促使人更细腻地观察眼前的景物,寻找最确切的语词表达自己的感觉。一种景物,往往会唤起许多生动的比喻和象征。不写诗的人,语言是贫乏的、粗糙的,而这也导致了感觉的一般化。

论创作

1

无所事事的独处是写作者的黄金时刻。

写作者需要闲散和孤独,不但是为了获得充足的写作时间,更是为了获得适宜的写作心境。灵感是神的降临,忌讳俗事搅扰和生人在场。为了迎接它,写作者必须涤净心庭,虚席以待。

完整充实的自我是进入好的写作状态的前提。因为完整反而感到了欠缺,因为充实反而感到了饥渴,这便是写作欲。有了这样的写作欲,就不愁没有题材,它能把碰到的一切都化为自己的食物并且消化掉。可是,当我们消散在事务和他人之中时,我们的自我却是破碎虚弱的。烦扰中写出的作品必有一种食欲不振的征兆。

2

写作中最愉快的时刻是,句子似乎自动装束停当,排成队列,向你走来。你不假思索,只是把这些似乎现成的美妙句子记录到纸上。大约这就是所谓灵感泉涌、才思敏捷的时刻了。你陶醉在收获的欣喜中,欣喜之余又有些不安,不敢相信这么多果实应当归你所有,因为那播种、耕耘、酝酿的过程本是无意识的,你几乎觉得自己成了一个窃取者。

3

一篇文章有无数种写法。不论写作前的构思多么充分,写作时仍会有种种似乎偶然的字句浮上心头,落在纸上。写作过程的每一次打断都必然会使写法发生某些变化。所以,我不相信有所谓不可改动一字的佳作,佳作的作者自己也一定不相信。

4

我抓住一条思绪,于是它自己开始工作,去联结、缠绕、吸附,渐渐变得丰厚,一篇文章就诞生了。

许多未被抓住的思绪却飘失了。

5

朋友相聚,欢声笑语,当时觉得趣味无穷。事后追记,为什么就不那么有趣了?肯定是遗忘了一点什么:情境、心境、气氛……

时过境迁,记录事实是困难的。不存在纯粹的事实。如果不能同时传达出当时的意味,写出的就不是当时的事实了。

6

任何一部以过去为题材的作品,都是过去与当下的混合。

7

当一个思绪或感觉突然浮现时,写作者要善于随时随地把自己从周围的环境中隔离出来。这时候,一切人、一切事物都不复存在,只有他自己和他的思绪、感觉构成了一个独立的世界。

8

一首好诗写出来之前,往往会有一种焦虑不安的感觉,似乎知道已经有某种东西产生了，存在了，必须立即把它找到，抓住，否则就会永远消失。甚至有一种信念：连词句也已经存在于某个地方，那是独一无二、非此不可的词句，它躲藏着，问题是要把它找出来。最贴切的词句是找出来的，而不是造出来的。你一再尝试，配上不同的词眼，还是觉得不对劲。突然，你欣喜若狂了，一个准确无误的声音在你心里喊道："对，这就是我要找的！"

9

我用语词之锁锁住企图逃逸的感觉，打开锁来，发现感觉已经死去。

10

文字与眼前的景物、心中的激情有何共同之处呢？所以，写作是一件多么令人绝望的工作。

11

愈是酣畅的梦，醒后愈是回忆不起来。愈是情景交融的生活，文字愈是不能记叙。

12

当我从别人的诗中发现一个我熟悉的但没有捕捉到的感觉或意象时，我嫉妒了——我失落了的，却被别人捕捉住了，就像垂钓时从我的钓钩上逃脱的鱼被别人钓到手了一样。

13

在西方，现代艺术（诗、画、音乐）的大师，往往曾一度是古典艺术的高手。可是据说在我们这里有许多天生的现代派。

14

有时候,艺术创作中的败笔反能提供一个契机,启示新的发现,发展出一种新的风格或流派来。有意写实,结果失败了,然而谁知道失实之处会不会是一种成功的变形呢?

也许,意识的失误,其实源于无意识中的真实。

那么,写实成功之作就是古典派作品,不成功之作就是现代派作品吗?别开玩笑!

15

写作如同收获果实,有它自己的季节。太早了,果实是酸涩的。太迟了,果实会掉落和腐烂。

那么,我大约总是掌握不好季节:许多果实腐烂了,摘到的果实又多是酸涩的。

16

有的人非得在课堂上,有个老师,才能学习。我非得离开课堂,独自一人,才学得进去。

有的人非得打草稿,才能写东西,哪怕是写信。我写东西不能打草稿,那样会觉得现在写的东西是不算数的,因而失去了写的兴致。

17

海明威的启发:写景,要写自己真正看到的,如此写出的往往不华丽。那些写得华丽的,其实是写自己认为应该看到的,而非真正看到的,是用辞藻填补和掩饰自己没有看到。

18

叔本华说：形容词是名词的敌人。我说：名词是动词的尸体。

19

每当结束一篇文稿，便顿觉轻松。这种感觉，大约只有一朝分娩、走下产床的产妇才能领略，她又可以在户内户外到处走走，看看天空、太阳、街道和行人了。我就带着这种轻松感，在街上慢悠悠地闲逛，让人看看我也有无所事事的时候，为此感到一种可笑的自豪。

论风格

1

好的文字风格如同好的仪态风度一样,来自日常一丝不苟的积累。

无论写什么,哪怕只是写信,写日记,写一个便笺,下笔绝不马虎,不肯留下一行不修边幅的文字。这样做的人日久必能写一手好文章。

2

文字平易难,独特也难,最难的是平易中见出独特,通篇寻常句子,读来偏是与众不同。如此只可意会不可言传的独特,方可称作风格。

3

刻意求来的独特是平庸的另一副面孔,你会发现,它其实在偷偷地模仿,而它本身也是很容易被模仿和复制的。

真正的独特是不可模仿的。它看不见,摸不着,而你却感觉到它无处不在。它不是某些精心做出的姿态,而是贯穿作者全部作品的灵魂。这便是我所理解的风格。

4

一个好的作者，他的灵魂里有音乐，他的作品也许在谈论着不同的事物，但你仿佛始终听到同一个旋律，因为这个旋律而认出他，记住他。

5

好的作家生活在自己的韵律之中，因此能够不断地唱出自己的新的歌曲。那些没有自己的韵律的作家，他们唱不成调，唱得最好时是在模仿别人。

6

语言是一个人的整体文化修养的综合指数。凡修养中的缺陷，必定会在语言风格上表现出来。

7

写得明白易懂的诀窍是，只写自己懂的东西，不写自己不懂的东西。

世上读不懂的书，作者自己也不懂的占大半。

8

质朴是大师的品格，它既体现在日常举止中，也体现在作品中。这是一种丰富的简洁，深刻的平淡，自信的谦虚，知道自己无须矫饰。相反，那些贫乏浅薄之辈却总是在言谈和作品中露出浮夸高深狂妄之态，因为不如此他们就无法使自己和别人相信他们也是所谓艺术家。

9

只有质朴的东西才能真正打动心灵。浮夸的东西只会扰乱心灵。

10

把简单的事情说得玄妙复杂，或把复杂的东西说得简单明白，都是不寻常的本领。前者靠联想和推理，后者靠直觉和洞察。前者非聪明人不能为，能为后者的人则不但要聪明，而且要诚实。

11

托尔斯泰的伟大在于他那种异乎寻常的质朴和真实。与他相比，许多作家都太知识分子气了，哪怕写起平民来也是满口知识分子语言。托氏相反，他笔下的知识分子说的仍然是普通的语言，日常生活的语言。

事实上，人们历来用生活语言说话，用书本语言写书，已沿成习惯。用书本语言说话和用生活语言写书都是难事，前者非不可救药的书呆子不能为，后者非不可企及的大师不能为。

12

有的人用平平淡淡的语言说出不同凡响的见解和朴实的真理（两者往往是一回事），有的人满怀激情地说些老生常谈。据说他们写的都是哲理散文。

13

对于一个作家来说，节省语言是基本的美德。要养成一种洁癖，看见一个多余的字就觉得难受。

14

一种人用平淡朴实的口气说出独特的思想,另一种人用热烈夸张的口气说出平庸的思想。

15

贤哲用朴实的文字说出深刻的思想,到了模仿者口中,就变成用夸张语调说出的平庸的思想了。

16

格言是天神们私下议论人类隐情的悄悄话,却被智者偷听到了。

17

世上根本就没有所谓格言家。格言乃神的语言,偶尔遗落在世间荒僻的小路上,凡人只能侥幸拾取,岂能刻意为之。

18

俏皮话机智,大实话中肯。好的格言既机智,又中肯,是俏皮的大实话。

19

那些在市场上兜售,内容大同小异,少男少女们买去填在赠言册、生日卡、贺年卡上的东西,也配称作格言吗?

20

只有聪明人才能写出好格言,但只读格言的人是傻瓜。

21

我的目标是写得流畅质朴而且独特,而不是写得艰涩玄妙以造成独特的外观。

22

有的文字用朴素的形式表达深刻的内容,有的文字用华丽的形式掩盖肤浅的内容。然而,人们往往把朴素误认作浅显,又把华丽误认作丰富。

23

我的人格理想:成熟的单纯。我的风格理想:不张扬的激情。

24

别人说过的话尽量少说,自己想说的话尽量说透。

25

一段表达精当的文字是一面旗帜,在它下面会集合起共鸣者的大军。

26

浪漫主义的可笑在于失去了欣赏者。

27

文人最难戒的毛病是卖弄。说句公道话,文字本身就诱惑他们这样做。他们惯于用文字表达自己,而文字总是要给人看的,这就很容易使他们的表达变成一种表演,使他们的独白变成一种演讲。他们走近文字如同走近一扇面向公众的窗口,不由自主地要摆好姿势。有时候他们拉上窗帘,但故意让屋里的灯亮着,以便把他们的孤独、忧伤、痛苦等适当地投在窗帘上,形成一幅优美的剪影。即使他们力戒卖弄,决心真实,也不能担保这诉诸文字的真实不是又一种卖弄。

28

车尔尼雪夫斯基反对艺术仅仅表现狭义的美即激情,而要求表现广义的美即全部生活。站在这一立场上,他精彩地抨击了雨果式的浪漫主义,包括浮夸的语言,狂暴的激情,虚构的性格,诡谲的情节,悲惨的境遇,兴奋的调子,"做作地把幻想刺激到病态地紧张的地步",等等。所有这些与尼采对浪漫主义的抨击十分相似。我相信,这里显示了他的"美是生活"与尼采的"美是生命"这两个命题的相通之处。浪漫主义之所以令人反感,就因为它既是做作(反生活)的,又是病态(反生命)的。

幽默与自嘲

1

幽默是凡人暂时具备了神的眼光,这眼光有解放心灵的作用,使人得以看清世间一切事情的相对性质,从而显示了一切执着态度的可笑。

有两类幽默最值得一提。一是面对各种偶像尤其是道德偶像的幽默,它使偶像的庄严在哄笑中化作笑料。然而,比它更伟大的是面对命运的幽默,这时人不再是与地上的假神开玩笑,而是直接与天神开玩笑。一个在最悲惨的厄运和苦难中仍不失幽默感的人的确是更有神性的,他借此而站到了自己的命运之上,并以此方式与命运达成了和解。

2

幽默是心灵的微笑。最深刻的幽默是一颗受了致命伤的心灵发出的微笑。

受伤后衰竭、麻木、怨恨,这样的心灵与幽默无缘。幽默是受伤的心灵发出的健康、机智、宽容的微笑。

3

幽默是一种轻松的深刻。面对严肃的肤浅,深刻露出了玩世不恭的微笑。

4

幽默是智慧的表情,它教不会,学不了。有一本杂志声称它能教人幽默,从而轻松地生活。我不曾见过比这更缺乏幽默感的事情。

5

幽默是对生活的一种哲学式态度,它要求与生活保持一个距离,暂时以局外人的眼光来发现和揶揄生活中的缺陷。毋宁说,人这时成了一个神,他通过对人生缺陷的戏侮而暂时摆脱了这缺陷。

也许正由于此,女人不善幽默,因为女人是与生活打成一片的,不易拉开幽默所必需的距离。

6

有超脱才有幽默。在批评一个无能的政府时,聪明的政客至多能讽刺,老百姓却很善于幽默,因为前者觊觎着权力,后者则完全置身在权力斗争之外。

7

托尔斯泰有一种不露声色的幽默。他能发现别人容易忽略的可笑现象,然后叙述出来。是的,他只是叙述,如实地叙述,绝不描绘,绝不眉飞色舞,绝不做鬼脸。可是那力量却异常之大,这是真实的力量。

8

幽默源自人生智慧,但有人生智慧的人不一定是善于幽默的人，其原因大概在于，幽默同时还是一种才能。然而，倘若不能欣赏幽默，则不仅是缺乏才能的问题了，肯定也暴露了人生智慧方面的缺陷。

9

自嘲就是居高临下地看待自己的弱点，从而加以宽容。自嘲把自嘲者和他的弱点分离开来了，这时他仿佛站到了神的地位上，俯视那个有弱点的凡胎肉身，用笑声表达自己凌驾其上的优越感。

但是，自嘲者同时又明白并且承认，他终究不是神，那弱点确实是他自己的弱点。

所以，自嘲混合了优越感和无奈感。

10

自嘲使自嘲者居于自己之上，从而也居于自己的敌手之上，占据了一个优势的地位。自嘲使敌手的一切可能的嘲笑丧失了杀伤力。

11

通过自嘲，人把自己的弱点变成了特权。对于这特权，旁人不但不反感，而且乐于承认。

12

傻瓜从不自嘲。聪明人嘲笑自己的失误。天才不仅嘲笑自己的失误，而且嘲笑自己的成功。看不出人间一切成功的可笑的人，终究还是站得不够高。

13

幽默和嘲讽都包含某种优越感，但其间有品位高下之分。嘲讽者感到优越，是因为他在别人身上发现了一种他相信自己绝不会有的弱点，于是发出幸灾乐祸的冷笑。幽默者感到优越，则是因为他看出了一种他自己也不能幸免的人性的普遍弱点，于是发出宽容的微笑。

幽默的前提是一种超脱的态度，能够俯视人间的一切是非包括自己的弱点。嘲讽却是较着劲的，很在乎自己的对和别人的错。

14

讽刺与幽默不同。讽刺是社会性的，幽默是哲学性的。讽刺人世，与被讽刺对象站在同一水平上，挥戈相向，以击伤对手为乐。幽默却源于精神上的巨大优势，居高临下，无意伤人，仅以内在的优越感自娱。讽刺针对具体的人和事，幽默则是对人性本身不可避免的弱点发出宽容且悲哀的微笑。

15

幽默与滑稽是两回事。幽默是智慧的闪光，能博聪明人一笑。滑稽是用愚笨可笑的举止逗庸人哈哈。但舞台上的滑稽与生活中的滑稽又有别：前者是故意的，自知可笑，偏要追求这可笑的效果；后者却是无意的，自以为严肃正经，因而更可笑——然而只有聪明人能察觉这可笑。所以，生活中的滑稽的看客仍是聪明人。当滑稽进入政治生活而影响千百万人的命运时，就变成可悲了。当然，同时还是可笑的。因此，受害者仍免不了作为看客而开颜一笑，倒也减轻了受害的痛苦。

16

西方人在危险当头时幽默,中国人在危险过去后幽默。

17

那种毫无幽默感的人,常常把隐蔽的讽刺听作夸奖,又把善意的玩笑听作辱骂。

18

爱智慧的人往往会情不自禁地欣赏对手的聪明的议论,即使听到骂自己的俏皮话也会宽怀一笑。

但世上多的是相反类型的人,他们在争论中只看见意见,只想到面子,对智慧的东西毫无反应。

第四辑

纯粹的写作

纯粹的写作

最近读到韩东谈论诗、小说、写作的一些文章，其中表达了一位写作者的一种相当纯粹的写作立场，趁着印象新鲜，我来说一说我在这方面的感想。

我相信，凡真正的诗人、小说家、文学写作者都是作品至上主义者，他的野心仅到作品止，最大的野心便是要写出好作品。这就是我所说的纯粹的写作立场。当然，除了这个最大的野心之外，他也许还会有一些较小的非文学性质的野心，例如想获得社会上的成功。有时候，这两种野心彼此混杂，难以分清，因为写出的究竟是否是好作品，似乎不能单凭自己满意，往往还需要某种来自社会的承认。然而，自己满意始终是第一位的，如果把社会承认置于自己满意之上，社会野心超过甚至扼杀了文学野心，一个写作者就会蜕变成一个世俗角色。

写作者要迅速获得社会上的成功，通常有两个途径，一是向大众献媚，通过迎合和左右公众趣味而成为大众偶像，二是向权威献媚，以非文学的手段赢得某个文学法庭的青睐。前者属于商业行为，后者则多半有政治投机之嫌。当然，世上并无文学法庭，一切自以为有权对文学做出判决的法庭都带有公开或隐蔽的政治性质。同样，凡是以某种权威力量（包括诺贝尔奖）的认可为目的的写作，本质上都是非文学的。这些追求的功利意图是显而易见的，作为文学圈中的人，韩东对之有着清醒的观察。在此之外，还有一些表面看来不那么功利，甚至好像非常崇高的意图，韩东的清醒更在于看出了它们的非文学性质。譬如说，有些人为了进入文学史而写作，他认为这是很可笑的，并讥笑那些渴望成为大师的人是给自己确立了一个平庸的人生目标，其平庸的程度丝毫不亚于一心要当科长局长的小公务员。另一种可笑是以神圣自居，例如把海子封作诗歌烈士，同时也借此确认了自己的一种神圣身份。他尖锐地指出，在这些奢谈神圣者那里，我们看不到对神圣之物的谦卑和诚信，看到的只是僭越的欲望。其实，进入文学史和以神圣自居往往是现实的功利欲求受挫后的自我安慰，在想象中把此种欲求的满足放到了未来或者天国。正如韩东所说，这些人过于自恋，宁愿使自己的形象更唬人些，也不愿把作品写得更好些。一个专注于作品本身的人，即使在现实生活中不甚得志，也仍然不需要这类安慰的。

所谓传统的问题好像使许多文学青年（当然不只是文学青年）感到困扰。这个问题有两层意思。一是传统与创新的关系，由经典作品所代表的文学传统如此强大，而后来者的价值却必须体现为创新，于是标新立异成了一种雷同的追求，因其雷同而又成了一种徒劳的努力。另一是中国传统与西方传统的关系，面对似乎在世界上占据主流地位的西方文化，一些人以国粹相对抗，另一些人企图嫁接于其上。我觉得韩东对于这个问题的看法也是单纯而深刻的。他的立足点是生命现实，每个人的生命都是具有开放性和无限可能性的空无，而任何一种传统，不论本民族传统还是异族传统，都只是这个生命所遭遇的现实之一。由于生命的共通奥秘，不同的传统是可以彼此沟通的，但沟通不是趋同，而是以阻隔相互刺激，形成想象的空间，从而"让目光落向彼此身后的空无或实在，那无垠而肥沃的绝对才是我们共同的归宿"。因此，对于纯粹的写作者来说，国粹、西化、标新立异皆非目的，真正有意义的事情是表达他对生命本质的领悟，这生命本质既是永恒而普遍的，又是通过他所遭遇的生命现实而属于他的。

作为诗人和小说家，韩东对于诗和小说皆有独到的心得。例如，他强调诗的天赋性和纯粹性，诗人对于诗只能"等待和顺应"，反对长诗、诗意的散文等；认为小说的本质是"虚构"，其使命是面对生活按其本性来说固有的无限可能性，而不是现实主义地反映、浪漫主义地故意背离或者巫术式地预言"现实"，因为所谓"现实"只是生活的零星实现了的有限部分罢了。这些见解使我感到，他在文学上的感觉十分到位，而这大约不只是才能使然，和他坚持纯粹写作的立场也是分不开的。他的文论中贯穿着这一不言而喻的认识：作品是一个作家得以表明自己对文学的理解的唯一手段，也是他可以从文学那里得到的最高报偿，作品之外的一切文学名义的热闹皆无价值。在我看来，一个写作者真正需要的除了才能之外，便是这种作品本位的信念，谁若怀着这样的信念写作，便一定能够走到他的才能所许可到达的最远方。

1997.12

首先是思想者

——《思想者文丛》编者的话

近数十年间,散文在中国呈蓬勃发展之势。若按写作者的身份划分,大致可分为作家散文和学者散文。一般来说,前者长于叙事、咏物、抒情,后者长于说理、讲学、论道,均反映了各自的职业特征。然而,我们发现,不论在作家中,还是在学者中,都有为数不多的若干作者,他们的散文显现出了某种共同的品格,使我们难以根据职业将之归入作家散文或学者散文之列。他们往往是一些学者型的作家,或作家型的学者。但是,如果要对他们的共性做一个更确切的概括,也许可以说,无论身为作家还是学者,他们首先是思想者。

所谓思想者是指:第一,拥有既具根本性又真正属于自己的问题。由于个人禀赋和经历的不同,他们所关注的问题也会不同,或社会、或文化、或人生,但必是一些具有重要精神意义的问题。同时,因为这些问题生长于他们生命历程的某个关键时刻,对他们具有命运或使命一般的重要性,所以又是真正属于他们自己的问题。正是对这些问题的不懈思考,赋予了他们的作品以一种内在的连贯性。第二,拥有既具哲学性又真正属于自己的眼光。由于个人性情和文化背景的差异,他们接近各自问题的途径也迥异,或描述、或思辨、或感悟,但无不具有哲学的底蕴。同时,这种哲学性的眼光又是真正属于他们自己的,体现了各人看世界的独特角度和方式,并且在一定程度上还决定了各人的语言风格。

《思想者文丛》旨在汇集具有上述品格并且在读者中业已产生相当影响的作者的散文作品,按作者单独成书,陆续出版。我们愿借此为读者提供一套尽可能完整的当代思想性散文精品,也为我们的时代保留一份有价值的精神资料。

1996.9

自由的灵魂

在中国文坛上,一个声音突然响起,令人耳目一新,仅仅三年,又猝然中止了。不管人们是否喜欢这个声音,都不难听出它的独特,以至于会觉得它好像并不属于中国文坛。事实上,王小波之于中国文坛,也恰似一位游侠,独往独来,无派无门,尽管身手不凡,却难寻其师承渊源。

我与王小波并不相识,甚至读他的作品也不多。直到他去世后,我才知道他其实是一个很勤奋、很多产的作家。然而,即使我读过的他为数不多的作品,也足以使我对这位风格与我迥异的作家怀有一种特别的敬意了。他的文章写得恣肆随意,非常自由,常常还满口谐谑,通篇调侃,一副顽皮相。如今调侃文字并不罕见,难得的是调侃中有一种内在的严肃,鄙俗中有一种纯正的教养,这正是我读他的作品的印象。

在读者中,王小波有"怪才""歪才"之称。我倒觉得,他的"怪"正是因为他太健康,他的"歪"正是因为他太诚实。因为健康,他对生活有一种正常的感觉;因为诚实,他又要把自己的感觉说出来。他很像《皇帝的新衣》里的那个小孩,别人也看见皇帝光着身子,但宁愿相信皇帝的伟大,不愿相信自己的眼睛,他却不但相信自己的眼睛,而且把自己所看到的如实说了出来。在皇帝巡游的庄严场合,这种举止是有些"怪"而且"歪"的。譬如他的一部小说写性，我认为至少在中国当代小说中是写得最好的，对性有一种非常健康和诚实的态度，并且使读者也感到性是一件健康的、可以诚实地对待的事情。他没有像某些作者那样把性展示为一种抒情造型，或一种色情表演，这两者都会让我们感到肉麻。不过我想，如果他肉麻一些，就不会有人说他"怪"而且"歪"了。

乍看起来，王小波好像有些玩世不恭，他喜欢挖苦各种事、各种现象。但是，他肯定不是一个虚无主义者，骨子里也许是很老派的，在捍卫一些相当传统的价值。他不遗余力抨击的是愚昧和专制，可见他是站在启蒙的立场上，怀抱的仍是"五四"先辈的科学和民主的信念。不过，这仍然是表面现象。他也不是一个科学主义者和民主主义者，他之所以捍卫科学和民主，并不是因为科学和民主有自足的价值。在他心目中，世上只有一样东西具有自足的价值，那就是智慧。他所说的智慧，实际上是指一种从事自由思考并且享受其乐趣的能力。这就透露了他的理性立场背后蕴含着的人文关切，他真正捍卫的是个人的精神自由。所以，倘若科学成为功利，民主成为教条，他同样会感到智慧受辱，并起而反对。我相信这种对智慧的热爱源于一种健康的精神本能，由此本能导引而能强烈地感受灵魂自由的快乐和此种自由被剥夺的痛苦。文化革命中后一种经验烙印至深，使他至今对一切可能侵害个人精神自由的倾向极为警惕。正因为此，他相当无情地嘲笑了"人文精神"和"新儒学"鼓吹者们的救世奢望。

王小波在表达自己的观点时常常是旗帜鲜明的，有时似乎是相当极端的。我不能说他没有偏见，他自己大约也不这样认为，他的基本主张不是反对一切偏见，而是反对任何一种哪怕是真理的意见自命唯一的真理，企图一统天下。他真正不肯宽容的是那种定天下于一尊的不宽容立场。他也很厌恶诸如虚伪、做作、奴气之类的现象，我想这在一个崇尚精神自由的人是很自然的，因为在这样的人看来，凡此种种都是和自己过不去，自己剥夺自己的精神自由。一个精神上真正自由的人当然是没有必要用这些手段掩饰自己或讨好别人的。我在王小波的文章中未尝发现过狂妄自大，而这正是一般好走极端的人最易犯的毛病，这证实了我的一个直觉：他实际上不是一个走极端的人，相反是一个对己对人都懂得把握住分寸的人。他不乏激情，但一种平常心的智慧和一种罗素式的文明教养在有效地调节着他的激情。

正值创作鼎盛时期的王小波突然撒手人寰，人们为他的早逝悲哀，更为文坛的损失惋惜。最令我难过的却是世上智慧的人本来不多，现在又少了一个，这是比文坛可能遭受的损失更使我感到可惜的。是的，王小波是智慧的，他拥有他最看重的这种品质。在悼念他的时候，我能献上的赞美不过如此，但愿顽皮的他肯笑纳，而不把这归入他一向反感的浪漫夸张。

1997.5

有这么一本书

《读书》编辑部转来了某个读者给我的一封信和一本书。书一看便知是写信人自费印制的,不是正式出版物,但还算精致。首先映入眼帘的是封面上"八旬自寿"四个字。一位老者,有此雅兴,哪怕是附庸风雅,也不寻常了。一种寂寞和一种热闹同时扑向我的心间。

我随手翻开,先从后面翻起。我吃惊了,竟是一篇篇这么平淡隽永的散文,笔触很大气。接着往前翻,我不惊奇了,只感到欢喜。不管作者如何垂垂老矣而终于默默无闻,我知道我遇到了一位名副其实——不,有实无名——的好散文家。掩卷之时,不免略感不平。在劣货招摇书肆的时候,这么一本好书却连合法身份也没有。转念一想,又释然了。这一份冷清,纵然是命运,怎知不也是作者自然的选择呢?

对于文坛掌故,我一向无知。从自序看,作者鹤西先生年轻时也是文学圈子中人。但从20世纪20年代初就跳了出来,改行学农,从此以农为业。在一篇早年的散文里,他曾经说到自己"梦想要对生活告一个假,能够活着,同时却又在生活之外"。他后来的确告假了,向那名利场中的生活,包括文坛,竟告了这么一个长长的假,再也没有回到文坛来,做了一辈子的农人。也许正因为此,他为自娱写的作品就有一般卖文者不易企及的真实动人的韵味。我自己对职业化的写作素怀戒心,要我改行,我却舍不得。真改了行,好兴致能否至老不衰,不被琐碎的日常生活磨灭,就更不敢说了。我明白鹤西先生的自甘淡泊中的那一份执着有多么不容易。

其实他所写的无非是一些触景生情的小感触,一些淡淡的欢喜和淡淡的哀愁,他也就淡淡地写来,却使我们不由得和他一起要为可爱的人生掉泪了。好散文是无法转述的,我很想把我喜欢的段落指给你们看,唉,只是你们到哪里去找这本书呢?

我相信那是他晚近的一篇文章,他务了好多年农,并且在一条山路旁安了家:"他常常需要到一个远点的地方去,有时候是雨天,有时候是晴天,他踏着一磴一磴的石级回来,多么平凡的事,一个人回自己的家。虽是秋天了,还有点点热,他上完一段石级,抹抹额上的汗。他是带了淡淡的期望,淡淡的欢喜回了,没有什么,太阳晒得有点温暖,他就带回了这一个温暖。"但是终有一天:"什么时候了,我们这位朋友还没有回来,他可是一位赶脱了车的乘客?"

的确平凡,只是平常人的平常心情。但是,读了这样的文字,谁能不觉得身上有点温暖,而心里又有点凄凉呢?

鹤西先生是在读了我那篇《悲观·执着·超脱》以后想到给我寄书和写信的,这真是我的一个意外收获。他在信里说,他也向往由执着而渐近超脱的境界,只是悲观则与时俱增,老而弥甚。我知道我没有能力抚慰他的悲观,我该自问的是我有没有能力学他的执着和超脱。

1991.6

不寻常的《遗弃》

《遗弃》是九年前由湖南文艺出版社出版的一本小说。按照作者忆沩的估计,迄今为止,它的读者不会超过十七人。那么,我是这十七人之一。我相信我不仅属于它的最早的读者之列,而且很可能是唯一又把它重读了一遍的人。最近的重读印证了我的最初印象,我确信,在中国当代文学中,它是一部不寻常的作品。

小说的主人公是一个耽于哲学思索的青年,即作者所说的"业余哲学家"。业余哲学家既不同于写哲学史的人,也不同于哲学史所写的人。也就是说,哲学既非他的职业,亦非他的事业,而成了他的一种几乎摆脱不掉的本能。哲学的本能驱策他追思那些永远解决不了的深邃的问题,结果使他在现实世界中成了一个迷茫的游荡者。整部小说便是这样一个业余哲学家的手记。我们从这些手记中诚然可以读到若干精彩的哲学片段,然而,我觉得,小说的真正精彩之处却在于,作者把这样一个主人公放到了充满着日常琐事的最普通的生活环境里,这种生活的真实是我们每一个人都可以用自己的经验来证明的,但在某种哲学眼光的审视下暴露了令人震惊的无意义性。正因为这个原因,读这本小说时,我常常不由自主地想起了卡夫卡和加缪。读者不难发现,作者笔下的主人公是一个受西方现代哲学和艺术浸染甚深的人,相当熟悉诸如布拉德雷、罗素、维特根斯坦等人的思想和艾略特、塞林格等人的作品。不过,我想指出,他的基本生活经验又完全是中国本土的。因此,我们看到的不是对西方思想的模仿,而是一种深刻的个人体验。在此意义上,我认为作者所自称的"一部具有欧洲传统的中国小说"的定位是颇准确的。

这部小说的故事十分简单,或者不妨说几乎没有故事,有的只是一些很平常的场景和细节,例如以聊天和读报为主要内容的办公室生活,家庭中的日常对话,外公的病重和死去,某个邻居的失踪和自杀等。作者用细致却又冷漠的笔调叙述着这一切,这种笔调形成了一种催眠般的节奏,使读者仿佛也陷入了生活的令人厌倦的重复之中,但同时又保持着一种清醒,始终意识到这种生活的平庸无聊。顺便说一下,我很欣赏这部小说的叙事风格,它干净而不铺张,节制而不张扬,从容而不动声色,作者对语言具有准确的感觉和控制能力。因为不愿意混日子,主人公辞去了公职,成了一名自愿失业者。可是,正如他的母亲所指责的:"你这样不也是混吗?"我们确实看到,在辞职之后,主人公并未逃脱无聊,在世界上仍然找不到自己的合适位置。不过,这是另一种无聊,与那种集体性的心满意足的无聊不可同日而语。在主人公身上,这种无聊表现为一种聚精会神的心不在焉,一种有所寻求的无所事事,如同一个幽灵游荡在一个不属于他的世界上。最后的结局是他选择了所谓"消失",以这种方式遗弃了世界。这个结局是十分含糊的,只能证明作者未能找到出路。

在谈到自己对他人和世界的冷漠时,主人公提供了一种解释,即是因为他对自己的心灵充满了感情,感到它是世上任何别的东西不能代替的。他所说的心灵,其实是指内心深处的那些哲学性追问。譬如说,主人公对于病重的外公及其死亡始终是冷漠的。别人要他去医院探望垂危的外公,他不明白这有何必要。他逃避参加外公的葬礼,事后外婆一再试图跟他谈论安葬的情况,都被他打断。同样，对于那个邻居的自杀，人们充满好奇，热心地围观尸体被解下和运走的过程，兴致勃勃地猜测自杀的原因，而他却显得无动于衷。之所以如此，正是因为他比别人更加直接地面对死亡的本质，不断思考着"最根本的事实就是我们被迫的生存以及我们无法逃脱的死亡"。在这样一个人看来，打扰垂死者，葬礼，对尸体的好奇和恐惧，生者对死者的记忆和议论，凡此种种当然都是对死的歪曲。

现在我们可以理解作者未能为主人公找到出路的原因了。事实上，主人公始终在寻求某种终极的东西，只要尚未得到这种东西，他就不会有出路。可是，终极的东西是不可能得到的。作者记录了主人公的一个梦以及对梦的诠释："沙漠中央，一个女人赤着脚跳舞。她一层一层地撩起自己的裙子，速度快得惊人。那是多么富有魅力的动作呵，我充满了渴望。但我相信我什么也没有看到，因为我不可能最终看到。女人肯定不可能在有限的时间内撩到最后一层。那是一条无限的裙子。她就是布拉德雷吗？我想象得到裙子里面藏着什么。那是一个概念，是世界上最完整的概念。但我是有限的，我不可能最完整地去把握那个概念。"这段富有哲学意味的文字把一切终极性思考的绝望变成了一幅美丽的图画。在这个没有终极的世界上，一个渴求终极的人能够做什么呢？于是我们看到，主人公所做的最有意义的事不过是坐在屋里望着墙壁出神，墙上有一道他自己画的铅笔印，他反复打量那印迹，如果觉得它太长了，便用抹布把多出的一截擦掉。

九年前，《遗弃》刚出版，忆沩便把书寄给了我。他还附了一封短信，开头第一句就认定我有责任给这本书写评论。当时我还不认识他，觉得这个小伙子未免太气盛，便在写回信时不客气地回敬了一句，说我没有责任给任何人的任何书写评论。但是，出于对这本书本身的喜欢，我心中其实是很想为它写点东西的。九年过去了,迄今为止,这本独特的书的存在仍然基本上不为人所知,我一直觉得自己欠着一笔债。不过,后来我也了解到,这本书的寂寞遭遇是有具体操作上的原因的。和自己的主人公一样,忆沩是一个游离于现实生活的"业余哲学家",他不知道怎样让自己的这本非同寻常的处女作走向读者。据我所知,书的实际印数极少,而且差不多全是作者自己买下的。既然它几乎在任何一家书店都不曾出现过,你让读者如何能够知道它呢?我很想向读书界推荐这本小说,并且相信一定会有像我一样喜欢它的读者,但前提是要让读者能够读到它。那么,我的一个最朴实的祝愿便是希望它能够在今日重新出版。

1998.6

写作的理由和限度

一个十八岁少女,最心爱的中国作家是曹雪芹、张爱玲,行李里放着一部书页发黄的《红楼梦》,怀着中文写作的愿望,却随父母移居到了美国。十年过去了,她现在的年龄应该属于所谓"新新人类"这一代,可是,读着她这本题为《夜宴图》的集子,我发现她和国内那些佩戴日新月异的另类标签的文学新宠属于完全不同的人。我不禁为她庆幸,侨居异国虽然不是一个有利于母语写作的环境,但也使她远离了国内媒体的浮嚣和虚假成功的诱惑,得以在更深的层次上保护了写作的纯洁性。

凭着一种亲切的感应,我信任了孙笑冬的写作。她的这本处女作在体裁上难以定位,小说、散文、诗的界限被模糊了,还有一些像是从笔记本里摘出的断片,然而,这恰好向我们呈现了一种原初的写作状态,一个不是职业作家的人的经典写作方式。她不是在给出版商写书,而是在搜集自己生命岁月里的珍珠。"我们熟知的日常生活世界突然被一道情感的光芒照亮"——这是她对文学的理解。在书中,我们看到了突然被照亮的日常生活世界的这个或那个小角落:一席谈话,一则故事,一个场景,一尊面容……她的女性情感无比细腻温柔,但这柔和的光芒所照亮的是极其深邃的东西,那隐藏在黑夜中的存在之秘密,日常生活最为人熟视无睹的惊心动魄之处。

我之所以信任孙笑冬还有一个原因，便是她和一切认真的写作者一样，也被写作的理由和限度的问题苦恼着。她懂得，除了写作，也就是一次又一次地尝试叙述我们生活的故事，我们别无办法把握和超越我们必死的命运。但是，同时她又懂得，生活中有些故事，也许是那些最美丽或最悲痛的故事，是不能够进入我们的叙述的，因为在叙述的同时我们也就歪曲、贬低和彻底失去了它们。我们试图通过写作来把不可挽留的生活变成能够保存的作品，可是，一旦变成作品，我们所拥有的便只是作品而不复是生活了。

心爱作家中在世的那一个也走了，在获悉张爱玲死讯的第二天，她写了《绛唇珠袖两寂寞》。我觉得它是全书中最见功力的一篇，写得沉痛却又异常从容。张爱玲是在一间没有家具的公寓的地毯上孤单地死去的，死后七天才被警察发现。报道这则消息的报纸就压在那一部从北京带到普林斯顿的《红楼梦》下面。与现世的情感联系早早地断绝了，心已经枯萎，可是，在死之前还必须忍受最不堪的几十年的沦落和孤寂。这是在说与胡兰成离异后的爱玲，还是在说黛玉死后的宝玉？应该都是。作者由此悟到，续四十回中她曾经如此欣赏的一个描绘，宝玉出家前在雪野上披一袭大红猩猩毡斗篷向贾政大拜而别，这个场面实在过于美了，因而不可能是真实的结局。的确，真实的结局很可能也是几十年的孤寂。我想对孙笑冬说的是，即使曹雪芹自己写，几十年的孤寂是写得出来的吗？所以，我们也许只好用大拜而别的优美场面把宝玉送走，从而使自己能够对人生不可说的那一部分真相保持沉默了。这是否也是对写作的限度的一种遵守呢？

2000.6

青春的反抗和自救

——肖睿《一路嚎叫》序

现在我厌烦透了的一件事是有人请我写序，这几乎必然会把我这个软心肠的人逼入两难的境地，不是违心地答应，就是冷酷地拒绝。就在我处于这样心情中的时候，来了一个不速之客，一位久违的朋友。他带来了他朋友的孩子的一本书的清样，还有一篇写好的序，说是知道我忙，不占用我的宝贵时间，只要我同意以我的名义发表就可以了。这当然不可以，我又不是什么首长，过去、现在、将来都不能用这种方式掠人之美或代人受过。我答应留下看看再说，暗下决心，如果不好，一定直言不讳或者找个借口推辞。

当我翻阅这部题为《一路嚎叫》的书稿时，我发现我这一回比较幸运。这本书的作者，那个我不认识的刚从中学毕业的肖睿，并没有用青春期的空洞嚎叫令我耳聋头昏。读了不多篇幅后我便开始相信，他是一个有天赋爱思考的少年，他的文学才华自如地游刃在荒诞和现实之间，他的思维锋芒常常切中教育和时尚的弊端。我相信他还是善读书的，不说别的，单看他恰到好处地从亨利·米勒、凯鲁亚克、金斯堡、贝克特、昆德拉等人作品中各挑出一段与远行和逃跑相关的话用作各章的题记，就可知他多么了解自己所要处理的主题及其精神谱系了。

青春的愤懑和反叛是一个古老的主题，在不同时代的舞台上不断重演。在今天的时代，作者展示给我们的场景是私立学校里的金钱崇拜和伪劣教育，孩子和父母之间的代沟，朋克和摇滚，游戏机和毛片，男孩子的自慰和性幻想。故事在这个背景下展开，叙述了一个高中男生和他的同伴逃离学校去投奔想象中的天堂——位于城市边缘的一个摇滚人聚居的村子——的经历。这是一个关于逃跑的故事，在现行教育下，无辜的青春备受压抑和羞辱，不得不用逃跑的方式反抗和自救。主人公对这种教育的评价是："未来都很年轻，学校的任务是把他们教老"，亦即把天真的孩子培养成具有所谓"自我保护能力"的圆滑者——老师眼中的"好孩子"。面对在讲台上表现愚蠢而不是传授知识的老师，他发出了一切疑问中一个最大的疑问："你们这帮傻瓜为什么任何疑问都没有。"很显然，这不只是在批判现行教育，更是在批判世俗，批判虚伪和平庸。

在故事的结尾，主人公对想象中的天堂也感到了失望，在那里发现的仍是空虚、无聊和隐约的等级制，终于乖乖地被父母领回到了他所厌恶的学校。那么，他的逃跑岂非徒劳一场？我想不是，因为逃跑仅是寻找的一种形式，而寻找永远是有意义的。寻找什么？借用主人公解释他心目中的朋克的一句话，寻找的是"真实和简单"。与此相应，之所以逃跑，所要逃离的也不是某一所学校，而是主人公最害怕患上的那种叫作"虚伪"的绝症。青春似乎有无数敌人，但是，在某种意义上，学校、老师、家长、社会等都是假想敌，真正的敌人只有一个，就是虚伪。当一个人变得虚伪之时，便是他的青春终结之日。在成长的过程中，一个人能够抵御住虚伪的侵袭，依然真实，这该是多么非凡的成就。真实不在这个世界的某一个地方，而是我们对这个世界的一种态度，是我们终于为自己找到的一种生活信念和准则。也许逃跑仍然是一种幼稚，在不再逃跑的那一天，我们成熟了。然而，正是在告别幼稚的那个时刻，有的人同时也告别了青春，他的青春在那一天死去，有的人却在那一天开始了他的一生一世的青春，从此能够在他站立的任何地方坚韧地生长了。

我是一口气读完这本小说的，因为时间紧，也因为它的确能吸引人，书中不乏奇异的想象、巧妙的嘲讽和聪明的议论。肖睿肯定是有才气的，但我不想像某些评论家那样以发现天才少年的英明前辈自居。他将来有没有出息，我不能断定，并且也和我无关。我所能断定的仅是，如果读者翻开这本书，一定也有人会像我一样被它吸引着往下读，并且生出一些感想的。

2003.3

人情练达皆文章

——林采宜《肆无忌惮》序

读林采宜的文字，经常会眼前一亮，心中一惊。她是一个女性，但你看这些文字像是一个女性写的吗？——

"被年轻的女性'偷'，同时被年老的女性'管'，成功的男士总是挣扎在诱惑和约束之间。""女子在婚姻上最大的错位就是：上半辈子当'小偷'，下半辈子当'看守'。"

她开导"抢"到了一个优秀男人当丈夫的女子：谁叫你拥有"稀有资源"的，富有的人总要多几分风险，这是经济学。

她说出的话会让许多女性侧目：女子的"爱"一旦变成了一张让男人付出全部自由的账单，这样的美德几乎等同于恶行。

她把"出轨"定位为一种"情感旅游"，分析道：面对男人的外遇，为妻的经典问题是"她哪点比我好"，其实诱惑男人出轨的不是"好"，而是"不同"。接着劝慰道："从渴望出游到渴望回家是人性的本能，游而不归通常是小概率事件。"

本书的书名是《肆无忌惮》。书中有些话的确说得比较肆无忌惮，然而根源却是一种相当彻底的通情达理。在一双善于体察人性的眼睛面前，一切人为设定的道德边界都不复存在了。作者的立足点正是真实的人性，而不是某种性别角色。她对人性的理解已足以使她超越自己性别的眼光，其实也就是被习俗训导出来的眼光，自由地换位思考。如果女人认为她是在长男性的志气，灭女性的威风，肯定是一种误解。提醒一句也许并非多余：如果男人这样认为，则是更严重的误解。

作者善解人类风情，既能入乎其中，洞察幽微，又能超乎其上，静观万象。你看她分析调情的微妙，譬作"一份打印精美却无任何承诺的合作意向书"，又告诫"情感的鸡尾酒，对调酒师的技巧及心理素质要求甚高，一不留神，就会变质、变味，成了偷情或者爱情"，真是异常精当。这时候，她是一个心理学家。你再看她从雨花石说到男人对女人的态度，有人是欣赏家，有人是收藏家，而多少年后，回忆前尘往事，我们会笑着说："石头只是石头……"这时候，她又成了一个哲学家。倘若不是看明白了人类情感悲喜剧的真相，说不出这样的话。她有精致的味觉，品出了人生许多滋味，又有冷静的头脑，能对各种滋味做出缜密的解析。她说感情的死亡："世界上最不可挽回的不是爱恨情仇，而是不知不觉的疏远，疏远是无疾而终的消逝。"说曾经的缘分："无论怎样的追忆都找不回当年，缘分只是彼时彼地的感应，不是此时此地的找寻。"说乡愁："故乡不是一座城，不是一间房，甚至不是一些人，它是随着你的足迹到处漂泊的梦境……飘飞的记忆越来越远，故乡，是我永远也无法回归的家园。"这些体验都带一点儿悲凉的味道，但丝毫也不让人感到悲苦，反而富有诗意。这是一个已经了悟人生的限度并且与之和解的人的心态。

从本书中还可以看出，作者是一个性情中人。在这个功利社会中，她鄙夷那些励志类书籍传授的所谓"人际艺术""处世技巧"，相信真正经得起推敲的成功必来自正直、贵重的人品。她把人生基本状态分为忙和闲，解"忙"字为"心之亡"，"闲"字为"门内草木生"，并断定应酬是最忙的一种。她阐释"知止不殆"：一是在名利之前知道止步，二是情和德都知道适可而止，做到"情之有度怡人悦己，德之有度人情练达"。写到这里，我忽然想到，作者自己是极善于把握"度"的人，在理性和情感之间进退自如，颇有"人情练达皆文章"之气象。可是，论及"德"，她出言似乎又有些肆无忌惮了，批评荆轲、屈原乃至谭嗣同之辈"忠烈过之成愚夫"，断言自古成大事者无一吊死在"忠义"那棵歪脖子树上。其实，这里的肆无忌惮，根源仍是通情达理。她所激烈反对的往往是违背人之常情和事物之常理的偏执，只因为人们对于那种偏执已经习以为常，所以反而可能觉得是她太偏激了。

从上面挂一漏万的引述已经可以看出，本书中的文章不但言之有物，而且文字功夫也相当好，许多句子可圈可点。我不得不引述，因为我无法用自己的话说得更好。使我略感惊讶的是，这些好散文出自一位高级经济专家之手，是她在工作之余的自娱之作。我们在全书中完全看不到她的专业可能带来的枯燥，少数文章引入了经济学知识，也是对真实人生体验的别样表述，令人感到新颖有趣。我相信，人是一个整体，一个人能够在职业与性情之间如此游刃有余，就必能使二者相得益彰。我可以想象，作者的真性情是她在职业上获得成功的一个重要因素，而职业上的成功又使她可以轻松地从事业余写作，只为自己的喜欢而写，这反而使她具备了写出好散文的基本条件。

2005.7

有灵魂的写作者

——桑麻《灵魂的守望》序

去年春季的一天,我随我的朋友席殊到邯郸,参加那里一家席殊书屋连锁店的开业活动。刚进店门,在纷杂的人群中,有一个读者在等候我。看见了我,他只是用明澈信任的目光望着我,言语不多。经介绍,我知道他是邯郸的一名机关干部,喜爱读书,自己也常动笔写点文章。中国有千百万文学爱好者,这情形十分普通,丝毫不足奇怪。

现在,王治中(桑麻)给我寄来了他的部分散文作品,读了以后,我觉得他的身影从千百万文学爱好者的队伍中分离了出来,我在他身上辨认出了精神的个性。我不会因为一个人从事写作而对他产生亲近感,不管他是专业作家还是业余作者。无论以写作为职业,还是以写作为业余爱好,我们都是普通人。人与人的真正区别在于,有的人有灵魂,有的人没有。正是灵魂使得一个普通人成为一个独特的自己,而不仅仅是芸芸众生中的一员。我相信,王治中就是一个有灵魂的业余写作者。

一个农民的儿子,终于走出农村,进入县城,当上了一个部门的负责人。在实际生活中,这样一个人很容易被基层官场的现状所同化和支配,热衷于既得利益。可是,在读这些文章时,我鲜明地感到,作者恰恰相反,他始终拥有一种精神上的追求和关注,因而能够与自己所处的现实环境保持清醒的距离。我在这里仅举二例。

在《失去土地》一文中,作者表达了一种深刻的忧思,使我受到震动。我自己也常常对土地消失的现象表示不安,但毕竟是一个城里人的观感,相比之下就显得是隔靴搔痒了。他亲眼看到城市这头怪物对于他从小生长的田园、村庄、土地的一点点蚕食,真正有切肤之痛。在他眼中,"鳞次栉比的高楼像错落的牙齿,在无声地咀嚼着。这咀嚼是冷酷的,有预谋却没有节制。"最不幸的是那些失去土地的农民,他们没有了土地,却又不被城市接受,"像鱼一样被潮汐推向沙滩",成了没有社会身份和生活位置的人。最可恨的是那些"土地的始乱终弃者",他们靠掠夺性开采发财进城,留在他们身后的被糟蹋了的土地从此丧失繁育的能力。在我听来,这不啻受难的土地直接发出的痛苦呼喊。一个人的心灵唯有与土地以及土地上的人民血肉相连,才可能有如此深切的感受。

有一辑专写动物的文章,所写的动物有狗、猫、母鸡、野鸭、鱼、鸟、蟋蟀等,作者对这些动物怀有一种纯正的友情乃至亲情。据我观察,有灵魂的人对动物的生命往往有着同情的了解。灵魂是什么?很可能是原始而又永恒的生命在某一个人身上获得了自我意识和精神表达。因此,一个有灵魂的人绝不会只爱自己的生命,他必定能体悟众生一体、万有同源的真理。在《难逃劫数》一文中,作者正是怀着这种对一切生命的体贴之情,站在野兔的立场上,细致地、感同身受地叙述了它们遭到猎杀的苦难,对不义的人类提出了抗议。他完全有理由断定:"假如兔子有思想,它宁肯被狼吃掉,也不愿死在枪口之下。因为上帝规定了它是狼的食物,人有什么理由伤害它!"

还有一些很好的文章,我在这里不一一列举了。事实上,作者所涉及的题材相当广泛,他是一个有心人,随时随地都在思考,都有心得。在他的一篇文章中,我读到这样的话:"人的终极差别不会是别的,只能是思想。只有思想可以使现实生活中的卑微者变得高不可攀。"这句话印证了我的印象:他是一个有灵魂的业余写作者。据我所知,有许多人之所以从事业余写作,是为了谋求出路,例如成为专业作家。这当然无可非议,因为任何人都有权通过努力来实现自己的正当目的。不过,如果只有这样一个动机,成功的希望反而很小。一个人不是出于灵魂的需要而写作,就很难写出真正的好作品。相反,如果是出于灵魂的需要而写作,那么,当不当专业作家真是无所谓的,一个有灵魂的业余写作者远比那些没有灵魂的专业作家更加属于文学。文学接纳一切有灵魂的写作者,不问写作是否是他的职业,拒绝一切没有灵魂的伪写作者,也不问写作是否是他的职业。

2002.10

有行动力的思考者

两年前，五月的一天，我到云南中甸参加该县改名香格里拉的庆典。那天早餐时，我在自助餐桌旁选取食品，发现一张戴眼镜的黝黑的娃娃脸正迎着我笑，我出于礼貌也笑了笑，然后低头继续选取食品。可是，我忽然感觉有些异样，那张笑脸分明仍迎着我，笑得憨厚、灿烂、执着，镜片后一双闪闪发光的眼睛。我心中纳闷，这么热情的一个人，不记得在哪里见过。刚在餐桌边坐下，他走来向我做了自我介绍，说他是这里主管城建和旅游工作的副县长，读过我好几本书。我略感意外，没想到在这个虽然美丽但毕竟偏远的地方有我的知音，而且是一位政府官员。

第二天，一队人马游高原湖泊蜀都湖，返回时，他拉我坐进他的车，一路闲聊。他带来了一篇已发表的文章，征求我的意见。我又略感意外，没想到这位县太爷还有文墨雅兴。文章写得相当好，有真情实感，无陈词滥调，我遂鼓励他常写、多写。当天下午，我与他匆匆道别，乘车去梅里雪山脚下的德庆。

现在，陈俊明的散文集《守望香格里拉》摆在了我的面前。自从分别后，他官迁迪庆州府，但仍笔耕不辍，两年里有了颇丰厚的积累。对于身在官场而坚持写作的人，我一向怀有极大的好感和敬意。据我观察，这样的人往往是有真性情的，而且是极顽固的真性情，权力和事务都不能把它摧毁，它反能赋予所掌握的权力一种理想，所操办的事务一种格调。一个爱读书和写作的官员是不容易腐败，也不容易昏庸的。写作是回归心灵的时刻，当一个人写作时，他不再是官员，身份和职务都成了身外之物，他获得了一种自由眼光。立足于人生的全景，他知道了怎样做人，因而也知道了怎样做官。陈俊明就是这样，你看他写云南景物的那些文章，哪里像一个把旅游当作例行公务来抓的官员，完全是一个钟情于风物民俗的倜傥才子。正因为如此，当他作为一个曾经主管城建的官员审视刚开始动土改造的中甸古城时，会觉得旧寨子里那几百间老房子如同"几百个百岁老人的无言聚集"，强烈感受到其中有一种穿透时空的震撼人心的力量，因而担忧这种阵势可能"被不计后果的当代人给毁了"。当他作为主管旅游的官员视察藏区时，并不因一些地区旅游业的发达而沾沾自喜，却为那里儿童普遍失学经商而忧心忡忡，因为他知道"读书才是漫长但有效地改变自己的切实办法"。不用我提示，人们自能看出这种见识和眼光的可贵。

　　这个集子中的文章题材各异，包括记人、写景、叙事、随想等，但有一个共同的特色，这个特色就是作者作为一个人的本色。他对自己文字的评价是朴实而有灵性，我认为是符合事实的。他只是平实地道来，兴之所至，这里那里便有心灵的闪光。文章没有一点儿官腔，不过，我们却可读出作者在官场历练的特殊感悟。有一篇文章是他写给弟弟的一些忠告，其中谈道：做事的前提是做人，做人的原则一是尊敬他人，和睦相处，二是尊敬自己，心平气和；以诚待人，以信立身，但不要轻易地完全相信他人；不完美的行动强于完美的想象，生活允许我们犯错误，但不允许我们只局限于想象。我读后大受启发，觉得也是给我的忠告，虽然我比作者、更比他的弟弟年长得多。在复杂的环境中求生存和发展,一个人或者会走向世故,或者会走向智慧。二者的区别在于:世故是牺牲高贵的灵魂来适应环境,智慧是适应环境来保护高贵的灵魂。作者提倡做"有行动力的思考者",我感到他自己就是这样的一个人。

2004.1

第五辑

我的写作观

我的家园在理论和学术之外

——答《中国青年》杂志

1. 简历与自传。

答：生于上海，先后就学于上海的紫金小学、成都中学、上海中学和北京的北京大学。顺顺当当读到大学四年级，"文革"惊破了我的学者梦。不过，不怎么遗憾。分配到广西深山中一个小县，在那里混了十年日子。然后再考回北京，一晃又是十年，至今仍是个未毕业的在职研究生和卑微的助理研究员。不过，也不怎么遗憾。

2. 你从事过哪方面的学术研究？分别历时多久？

答：十年来，先后搞过苏联哲学、人的问题和尼采思想的研究。

3. 你是如何踏入这些学术领域的？

答：我踏入这些学术领域纯属偶然，就像我当初踏入人世纯属偶然一样。

4. 你为何要从事这些方面的研究？

答：我不爱与人频繁交往，可是仔细分析起来，我还是对人最感兴趣。我的研究课题都与人有关。我搞苏联哲学侧重于苏联的人学研究。我喜欢尼采是因为他有知人之明。

5. 你是如何选中目前的职业的？

答：当初考大学选中哲学，是出于贪婪，文科理科都喜欢，就来一个折中。没想到哲学从此成了我的职业。我反对哲学的职业化，自己却是个受惠者。聊可自慰的是，哲学首先是我的爱好。

6. 你认为自己的理论建树和学术成就是什么？

答：我不认为自己有什么理论建树和学术成就。我的家园在理论和学术之外。如果说我的作品尚可一读，那只是因为我在其中说了一些关于人生的真话。

7. 你的人生经验和教训？

答：一言难尽。一种经历留下的究竟是经验还是教训，也真难以分清，因为人只能活一次，无从比较。我只知道，无论成功或失败，活着都是非常美好的。

8. 你在人生经历中最难忘的人物和事件？

答：这个问题也许只有临终时才能回答。现在我只能仅限于说，我最难忘的人物中有男人和女人，我最难忘的事件都涉及友谊和爱情。

9. 你对人生和事业的思考？

答：对于我来说，人生即事业，除了人生，我别无事业。我的事业就是要穷尽人生的一切可能性。这是一个肯定无望但极有诱惑力的事业。

10. 请你描述一下自己的个性，气质，外貌，长处，弱点。

答：敏感，忧郁，怕羞。拙于言谈，疏于功名。不通世故，不善社交。但不乏可爱的男朋友和女朋友。喜欢好书和好女人。内心和外表都比实际年龄年轻许多，多数时候也就忘记了实际年龄。一旦想起，又倍觉委屈，仿佛年龄是岁月加于我的一个污点。

11. 从学术角度分析和预测一下中国的现状和未来。

答：从未留心过，无可奉告。

1988.4

为自己写,给朋友读
——写在《尼采:在世纪的转折点上》出版之际

一

捧着散发出新鲜油墨味的样书,真有点感慨万千。仅仅五个月前,它还是一堆手稿,漂泊在好几家出版社之间,纸张渐渐破损了。

为了这本书,我和我的朋友们度过了多少个不眠之夜。

去年二三月间,我把自己关在我的那间地下室里,埋头写这本书。地下室本来光线昏暗,加之当时确乎有一股如痴如醉的劲儿,愈发不知昼夜了。两个月里,写出了这十六万字。接下来,轮到我一位在出版社工作的朋友方鸣失眠了。他一直在催促我写,稿成之日,他读了十分喜欢,兴奋得彻夜不眠。作为一名编辑,他盼望亲手出这本书。然而,事与愿违。与我打交道大约是有点晦气的。几年前,我写了一部研究人性的稿子,一位热心的朋友张罗着要替我出版,气候一变,只好冻结。现在,又写尼采,就更犯忌了,人家不敢接受,也难怪。

今年三月,上海人民出版社的青年编辑邵敏到北京出差,以前我们只见过一面,但他自告奋勇要把稿子带回上海碰碰运气。奇迹发生了:半个月,三审通过;两个月,看校样;五个月,出版发行。他喜欢这部稿子,并且得到了社、室领导的支持。我清楚地记得，我到上海看校样时，他也在看，而他已经看过好几遍原稿了，依然十分激动，见了我就嚷道："你害得我好苦呵，昨天看你的校样，又是一夜没睡着！"

我知道，我的书写得没有这样好，但我很感动。当他要我在他自留的样书上题词时，我只是轻描淡写地写下了这句话：

"我寻找一位编辑，却找到了一位朋友。"

二

有人问我的治学态度是什么，我回答："为自己写，给朋友读。"

我并非清高得从来不写应时交差的东西，但我自己不重视它们，编辑愿删愿改，悉听尊便，读者评头论足，置若罔闻。倒是平时有感而发、不求发表、只是写给自己或二三知己看的东西，最令我喜爱，改我一字，删我一句，都心痛得要命，颇有敝帚自珍之慨。偶尔发表了，也比较能拨动读者的心弦。

作文贵在有真情实感，写哲学论著何尝不是如此。还在读硕士生时，有一回，某大学几位女生，学的专业分别是中文、历史和教育，邀我们去郊游，又担心我们没有兴致。我回信说："正像文学家不是标点符号、历史学家不是出土文物、教育家不是粉笔头一样，哲学家也不是一团概念。我们都是人。"既是活生生的人，就不会没有喜怒哀乐。何况哲学关乎人生的根本，在哲学家身上，寻求的痛苦和发现的欢乐更要超过常人。可是，长期以来，形成了一种偏见，似乎只有艺术才需要情感，哲学纯属理智的事情，非把情感滤净，把个人的真实感受统统兑换成抽象概念的纸币，才能合法流通。许多所谓的哲学论著，不但不能引起人们心灵上的战栗，反而令人生厌，使外行误以为哲学真是这样干瘪枯燥的东西，望而却步，不屑一顾。

且慢！哲学真是这样一具丑陋的"概念木乃伊"吗？请直接读一读大师们的作品吧。凡大哲学家，包括马克思在内，他们的著作无不洋溢着感人的激情。我敢断言，哲学中每一个重大创见，都绝非纯粹逻辑推演的结果，而是真情实感的结晶。哲学家必长久为某个问题苦苦纠缠，不得安宁，宛如一块心病，而后才会有独到心得。无论哪位著作家，其得意之作，必定是为自己写的，如同孕妇分娩，母鸡下蛋，实在是欲罢不能的事情。

三

哲学名著如同伟大的艺术作品一样，有着永恒的魅力。人类的知识不断更新，但是，凝结在哲学名著中的人生智慧永远不会过时。无法按照历史的顺序来分出哲学家的高低，谁能说黑格尔一定比柏拉图伟大呢？这是一片群星灿烂的夜空，每个幻想家都有他自己喜爱的星宿。我发现，真正热爱哲学的人对于哲学史上的大师往往有所偏爱，如同觅得三五知己，与之发生一种超越时空的心灵共鸣和沟通。对于我，尼采就是这样一位超越时空的朋友。

常常有人对我说，你的气质很适于搞尼采。我不知道，气质相近对于学术研究是利是弊，也许两者兼而有之吧，就看自己如何掌握。学术研究毕竟不同于文学创作，对想象力必须有所约束。即使是"六经注我"，也得熟悉六经，言之有据。但是，倘若对于所研究的对象没有某种程度的心领神会，恐怕也难以把握对象的本来面目。尤其是尼采这样一位个性色彩极浓的哲学家，他的思想原是一部"热情的灵魂史",如果自己的灵魂中从来不曾刮起过类似的风暴,就更不可能揣摩出他思想的精神实质了。

我之接触尼采,一开始是作为爱好者,而不是作为研究者。我只是喜欢,从来不曾想到要写什么专著。读他的书,我为他探讨人生问题的那种真诚态度感动,为字里行间透出的那种孤愤心境震颤,同时又陶醉于他的优美文采。直至感受积累到相当程度了,我才想写,非写不可。我要写出我所理解的尼采,向世人的误解画一个大大的问号和惊叹号。

有种种"哲学家":政客型的"哲学家"把哲学当进身之阶,庸人型的"哲学家"把哲学当饭碗,学者型的"哲学家"把哲学当作与人生漠然无关的纯学术。尼采不同,他是一位把哲学当作生命的哲学家,视哲学问题如同性命攸关,向之倾注了自己的全部热情和心血。他一生苦苦探索的问题——生命的意义问题,他在探索中的痛苦和欢乐,都是我所熟悉的。从很小的时候起,当我好像突然地悟到了死的严酷事实时,这同一个问题就开始折磨我了。孔子曰:"未知生,焉知死?"其实应该倒过来:未知死,焉知生?西方哲人是不讳言死的,柏拉图甚至把哲学看作学会死亡的活动。只有正视死的背景,才能从哲学高度提出和思考生命的意义问题。当然,我并不完全赞同尼采的答案。真正的哲学家只是伟大的提问者和真诚的探索者,他在人生根本问题被遗忘的时代发人深省地重提这些问题,至于答案则只能靠每个人自己去寻求。有谁能够一劳永逸地发现人生的终极意义呢?这是一个万古常新的问题,人类的每个时代,个人一生中的每个阶段,都会重新遭遇和思考这个问题。不过,当我凭借切身感受领悟到尼采思考的主题是生命的意义之后,我觉得自己对于他的一些主要哲学范畴的含义,诸如酒神精神、日神精神、强力意志、超人,有了豁然开朗之感,它们其实都是尼采为个人和人类的生存寻求意义的尝试。

人生问题曾经引起我那样痛苦的思考，所以，在写这本书时，我不能不交织进我自己的体验和感受。一位素不相识的朋友在看了校样以后对我说："读了这本书，我觉得自己不但了解了尼采，也了解了你。"我真心感谢这样的读者。

四

我在书的扉页上题了一句献辞："本书献给不愿意根据名声和舆论去评判一位重要思想家的人们。"在我的心目中，我是把这些人看作自己的朋友的，我的书就是为他们写的。

对于尼采的误解由来已久，流传甚广，几成定论。三十几年来，国内从未翻译出版过尼采的著作，从前的译本也不曾再版过。这使得人们无法用自己的眼睛去观察尼采，只能道听途说，人云亦云。然而，即使在这样的情况下，我仍然发现，各地都有一些爱好哲学和艺术的青年人，他们通过偶然到手的尼采作品，甚至通过手抄本或片段的摘录，成了尼采的爱好者。有一位哈尔滨青年，不远千里来北京，只是为了到北京图书馆复印一本《查拉图斯特拉如是说》。与他们交谈，他们对尼采作品的渴求和领悟总使我十分感动。这几乎是一个规律了：凡是痛骂尼采的人，包括某些专家学者，其实并没有真正读过尼采的书；而真正读过尼采作品的，往往喜欢尼采（当然不一定赞同他的思想）。为了使更多的人了解真相，我想，唯一的办法是翻译出版或校订重版尼采的原著。鉴于尼采对20世纪西方文化的重大影响，我希望有关方面能够重视这项工作。至于我的书，我在前言中已经表明："愿你从本书中得以一窥尼采思想的真实风貌，当然也请你记住，这真相是透过作者眼睛折射的,也许会走样。"我只是写出了我所理解的尼采,一个与我们教科书中描绘的形象很不相同的尼采。如果我的书能够激起读者去读尼采原著的兴趣,我的目的就算达到了。

归根结底,我的书是写给朋友们读的。有相识的朋友,也有不相识的朋友。我期待热烈的共鸣,也欢迎严肃的批评。在朋友的鼓励下写书,书又为我寻得新的朋友,这是多么愉快的事情啊。

1986.9

世上并无格言家

——《人与永恒》再版感言

对于我自己,这是一本既老又新的书。说它老,是因为我从十年前就开始写它了,四年前就出了第一版。说它新,是因为我仍在不断地写它,在这次出版的增补本中,新内容占了大约五分之二。所以,当邵敏把样书送到我手上时,我感到既熟悉又新鲜,仿佛重逢一个离家已久的游子,旧面影上透着若干新的神态。

我相信每个作家都有自己偏爱的作品。在我已出的书中,我偏爱的正是《人与永恒》。它不像《尼采:在世纪的转折点上》那样一问世即有所谓的轰动效应,它的反响是逐渐到来的。它带给我的不是热烈的共鸣,一时的欢呼,而是无声的理解,天长日久的友情。这本书中有一个更加真实的我,所以,我本人是更加珍惜它给我带来的这些理解和友情的。

这本书是我的随感集,至少其中的大部分,写时是绝没有想到发表的。我无意做一个被人广泛引用的格言家。依我之见,世上根本就没有所谓格言家。格言乃神的语言,偶尔遗落在世间荒僻的小路上,凡人只能侥幸拾取,岂能刻意为之。

可是,据说现在涌现出了大量格言家。当此之时,我不禁想起了一则笑话:某好事者举办谁最像卓别林的竞赛,卓别林本人参赛,结果名列第三。那么,在此之后,卓别林何去何从呢?莫非他也去追逐时髦,争当最像卓别林的冠军,而不愿继续做卓别林本人了？或者从此愤世嫉俗，退出影坛，因而也不再成其为卓别林？都不，我相信他一定会一如既往地演他的电影，而对无数模仿者一笑置之。

1992.8

一次采访的摘录

1. 你是否关心你的书对后代的影响？

答：我连当代都不关心，更不用说后代了。我的一些朋友很在乎能否进入历史，我不在乎。我觉得后人无论对谁感不感兴趣，那都是他们的事，和我没有一丝一毫的关系，因为那时候我已经不存在了。

2. 你写日记吗？这对你的写作有无影响？

答：我从很小的时候就开始写日记，而且几乎完全是自发的。当时有一种模糊的意识，觉得如果不写下来，每一天的日子就白过了。在"文革"中，我把以前的日记全烧了。不过，我并没有白写它们。我认为我的写作应该从写日记开始算，而不是从发表文章开始算。通过写日记，我逐渐获得了一种内在的视觉，使我注意并善于发现生活中那些有价值的片段，及时把它们抓住。如果没有这种意识，听任好的东西流失，时间一久，以后再有好的东西，你也不会珍惜，日子就会过得浑浑噩噩。我相信大多数好的作家的写作是从写日记开始的，他们最好的作品也往往是某种变相的日记。

3. 你平时写作的念头是来自生活感受还是来自书本？

答：我想都有。书本往往是触媒，读书时会把你内心中沉睡的东西唤醒，使你产生想写的欲望，不过写出的东西可以与那本书毫无关系。

4. 你是怎么喜欢上读书的？

答：上小学的时候，班上有个图书角，其实也就是学生把自己家里的书拿一点来，放到一起，供大家借阅。我在那里取了一本书，记得书名是《铁木儿的故事》，讲一个顽皮孩子的种种奇遇，我读时笑个不停，觉得书怎么那么有意思啊。那本书我一直舍不得还，事实上是偷了。这大约是我喜欢读书的开始吧。从此以后，我就有一个感觉，世界上有那么多的书，里面一定藏着许多有趣的东西，等着我去把它们找出来。

5. 什么原因能使一个人显得年轻呢？譬如说，许多人都觉得你看起来很年轻。

答：我想最主要的也许是一个人的头脑不要太复杂。我在社会处世方面还是比较简单的，弄不懂的事情就不去弄它。我相信，一个人简单就会显得年轻，一世故就会显老。

6. 你怎么看待你的名气？

答：关于我是否有名气，我平时很少想到。只是遇到某些场合，譬如说一些不认识的人，他们知道我，或者收到一些读者来信，才发现我的名字要比我自己走得远些。不过，我没有所谓名人意识，而且我不喜欢和名人打交道。

7. 有许多读者赞扬你，你有什么感受？

答：没什么感受。对读者来信，凡是充满空洞赞扬的信，我都置之不理。有一些信写得可爱，或者中肯，我看了还是高兴的，会写回信。此外就是老先生的，或中学生的，我一般都复信，因为我觉得他们肯读我的书就不容易。也就如此而已。确实没有太感到自己是什么名人，因为我们和读者还是隔得很远的，不像演员直接和观众交流，接受喝彩。除非在开讲座时，面对学生，看他们又鼓掌又跺脚的样子，也有了一种像演员那样的感觉，但我不太喜欢开讲座。

8. 完美的人生应该是从一而终呢，还是不断遭遇激情？

答：如果爱情是真实的，两种都挺完美，无论得到哪种都应该感到满意了。怕就怕两种都没有得到，平平淡淡地过了一生。

9. 你认为女人漂亮不漂亮重要吗？

答：这点对男人重要，于是对女人也变得重要了。男人都很容易被女人的漂亮迷惑，男人的这种愚蠢几乎不可救药，也就对女人的遭遇产生了影响。

10. 男女之间有真正的友谊吗？

答：在男女之间，凡亲密的友谊都难免包含性的因素，但不一定是性关系，这是两回事。这种性别上的吸引可以是一种内心感受。交异性朋友与交同性朋友，两者的内心感受当然是不一样的。

1996.9

写作·童心·气质

——答《婚姻与家庭》杂志读者问

1. 您写了许多人生感悟,是否可以把它们都看作您的人生经历的折射?

答:可以这么看,不过请注意,所谓"折射"就不是直接的,有时候甚至非常曲折,无人(包括我自己)能追寻其线索。同时,所谓"人生经历"也不只是外在遭际,更包括内心历程。我相信一个作家只要以严肃的态度从事写作,他写作时就不可避免地会带着自己的人生经历。也就是说,他所表达的最基本的精神内涵确实是属于他的,是他从生活中感悟到的。但是,在多数情形下,具体的生活经历只构成他的写作的背景,而不是直接的题材。只有蹩脚作家才热衷于在作品中抖露自己的履历、隐私和琐事。

2. 读您的书,感觉您是一个有童心的人。您的童心会不会被看作一种不成熟?

答:童心是一种很容易丢失的好东西,如果我真的没有丢失,我应该庆幸,就不太在乎别人说我不成熟了。不过,按照我的理解,童心和成熟并不互相排斥。一个人在精神上足够成熟,能够正视和承受人生的苦难,同时心灵依然单纯,对世界仍然怀着儿童般的兴致,这完全是可能的。我不认为麻木、僵化、世故是成熟,真正的成熟应该具有生长能力,因而毋宁说在本质上始终是包含着童心的。

3. 从您的作品看，您的性格中好像含有一些女性气质。您如何看待男人身上的女性气质以及女人身上的男性气质？

答：其实，要确定一种气质究竟是男性气质还是女性气质，这是很困难的。至于据此来评优劣，就更是冒失了。通常以女性为阴，男性为阳，于是把敏感、细腻、温柔等阴柔气质归于女性，把豪爽、粗犷、坚毅等阳刚气质归于男性，我怀疑很可能是受了语言的暗示。有一种说法：男人而具女性气质，女人而具男性气质，是优秀的征兆。我承认这种说法有一定道理，即如果男人的力有温柔的表达，女人的美有恢宏的气度，便能取得刚柔相济的效果。但是，倘若一个男人缺乏内在的力，阴柔气质在他身上就会成为令人恶心的"娘们气"，一个女人缺乏内在的美，阳刚气质在她身上就会成为令人反感的"爷们气"。总之，重要的是内在的素质，是灵魂的力度和精致，唯有这才能赋予一个人的性格以风格，使男人和女人身上的不论男性气质还是女性气质都闪放出精神的光华。

4. 在大学里，好像女生更喜欢你的书。一些男生认为，写人生应该写得更现实、更沧桑些。您同意他们的看法吗？

答：一个作家无法选择自己的读者，他的读者群是自发形成的。一个读者倒是可以选择自己喜欢的作家。我知道我的读者并不限于年轻的女性，而是男女老少都有，从我收到的读者来信看，男女比例大致相当。确实有许多女孩喜欢我的书，据说是因为我比较能够体察女性的心理，如果这是事实，则我为此只会感到欣慰，不会感到惭愧。我肯定不是一个女权主义者，我是作为一个男人去理解女性的，而我相信两性之间的相互理解比男权和女权之争更加重要。我当然同意写人生可以写得更现实、更沧桑些，但是，小伙子们，你们可知道，这并不难，难的是肩着现实的重负写理想，怀着沧桑的心情谈风月？

5. 您认为自己是一个成功而幸福的男人吗？

答：我觉得这个问题很陌生，我从来不向自己提这样的问题，因为我认为给自己做这么笼统的鉴定是毫无意义的。我不认为自己是一个成功而幸福的男人，也不认为自己是一个失败而倒霉的男人。和大多数男人一样，我是一个有过成功也有过失败、体验过幸福也体验过苦难的男人，如此而已。在我看来，所谓成功是指把自己真正喜欢的事情做好，其前提是首先要有自己真正的爱好，即自己的真性情，舍此便只是名利场上的生意经。而幸福则主要是一种内心体验，是心灵对于生命意义的强烈感受，因而也是以心灵的感受力为前提的。所以，比成功和幸福都更重要的是，一个人必须有一个真实的自我，一颗饱满的灵魂，它决定了一个人争取成功和体验幸福的能力。

1996.12

答《时代青年》杂志

1. 你成功的经验和秘诀是什么？

答：把自己真正喜欢的事情尽量做好，让自己满意，不要管别人和社会怎样评价。

2. 你最喜欢读什么书？

答：文史哲经典名著。

3. 你最大的嗜好是什么？

答：读书和写作。

4. 你最大的烦恼是什么？

答：被迫为自己的合法权益进行徒劳地奔波。

5. 你是怎样看待金钱和名利的？

答：可有可无，永远只是副产品。

6. 你是如何处理周围人际关系的？

答：尊重他人，亲疏随缘。

7. 你向往什么样的生活？

答：安静而丰富。

8. 你喜欢和什么样的异性相处？

答：美貌，聪慧，善良。

9. 请你对想成名的人说几句话。

答：凭真性情做事，不要在乎能否成名。

1997.10

关注人生的哲学之路

广义地说，我的散文未尝不可以归入哲学的范畴。人们常常用哲学与文学的融合来界说我的散文，我觉得是贴切的。以我之见，哲学是人类精神生活最核心的领域，而在精神生活的最深处，原本就无所谓哲学与文学之分。我不过是在用文学的方式谈哲学，在我的散文中，我所表达的感悟仍是围绕着那些古老的哲学问题，例如生命的意义、死亡、性与爱、自我、灵魂和超越等。在现代商业化社会里，这些问题由于被遗忘而变得愈发尖锐，成为现代人精神生活中的普遍困惑。我想，也许正因为这个原因，我的散文才会获得比较广泛的共鸣。

回顾我的写作道路，我童年和少年时的敏感，读大学时的热爱文学和对生命感受的看重，毕业后山居生活中的淡泊心境，生命各阶段上内心深处时隐时显的哲学性追问，仿佛都在为我现在所走的路做着准备。物皆有时，一种生命态度和写作风格的成熟也有自己的季节。我相信今后我还会尝试不同体裁的写作，甚至包括小说，但体裁之别不是根本的，只是为了更好地表达我的人生体悟。当然，我也仍有从事学术著述的计划，不过我将以我的方式把它纳入我的人生思考的整体轨道。生命有限，离开自己的生命轨道而去作纯学术研究，在我看来是太把自己当作工具了。

在我的价值表上，排在第一的是我切身的生命经历和体验，其次是我对它们的理性思考，再其次才是离它们比较远的学术上或艺术形式上的探索。我尝想，如果我现在死去，我会为我没有写出某些作品而含恨，那是属于我的生命本质的作品，而我竟未能及时写成。

自90年代初以来，我在个人生活中可谓多灾多难，接连遭遇丧女和离异的变故。我有充分理由对我的婚爱经历暂时保持沉默。我只想说，我不怨恨，而对我曾经得到的永怀感激。命运并未亏待我，常令我在崎岖中看到新的风景和光明。我与我的命运已经达成和解，我对它不奢求也不挑剔，它对我也往往有意外的考验和赠礼。我相信爱是一种精神素质，而挫折则是这种素质的试金石。人活世上，第一重要的还是做人，懂得自爱自尊，使自己有一颗坦荡又充实的灵魂，足以承受得住命运的打击，也配得上命运的赐予。倘若能这样，也就算得上做命运的主人了。

有人问我：在经历了这么多坎坷之后，你认为人生最幸福的事情是什么？我的回答是：爱情和写作。我的确觉得，无论曾经遭遇过和可能还会遭遇怎样的不幸，只要爱的能力还在，写作的能力还在，活在世上仍然是非常幸福的。

1998.8

没有人是专门写散文的

——《周国平散文》自序

我发表散文的历史不长,迄今为止不到二十年。不必说前辈,即使与许多同辈相比,资格也是浅的。开始时,我并不知道自己是在写散文。当时我研究生刚毕业,动笔的情形是有的,分作两类。一类是所谓学术论文,目的明确,是为了发表和评职称。另一类却无以名之,只是出于一向的爱好或习惯,时常写点什么,天地良心,压根儿没想到要发表。80年代初,国内的刊物远不像现在这样多,在我眼里,只有一两家专业刊物与我可能有点关系,其余的都离我很远。真的是非常偶然的原因,譬如说,某位朋友毕业分配到了某家杂志社当编辑,人生地不熟,只好姑且在自己认识的人中约稿充数。我便把给自己写的东西拿一点出来,就这样开始给非专业杂志供稿了。很久以后,直到别人把我称作了一个散文作家,我才恍然悟到那算是我写散文的开端。

所以,我完全是不知不觉写起了散文的。这个经历告诉我,散文是一种非常自由的文体,你用不着特意去写,只要你不是写诗和小说,不是写论文,写出来的就是散文。我们差不多可以这样来定义散文,说它什么都是,因而什么也不是,或者说它是一种人人都能写的东西,因而没有人是专门写散文的。

当然,这不等于说人人都能写好散文。如同在别的领域一样,自由比法则更是一种考验，享用自由比遵守法则更需要真本事。一块空地，没有布景和道具，没有规定动作，让你即兴表演，你的水平一目了然。诚然，现在许多流行的所谓散文里也有了规定动作，比如先讲一则小故事，接着抒发一点小情调，最后归纳出一个小哲理，不过其水平仍是一目了然，无可掩盖。散文贵在以本色示人，最忌涂脂抹粉。真实的前提则是要有真东西——有真情实感才有抒情的真实，有真才实学才有议论的真实。那些被淘汰的诗人跑到散文中来矫揉造作，那些不入流的学者跑到散文中来装腔作势，都是误会了散文的性质。

散文的自由不只在文体，更在写作时的心态。一个人写小说或诗歌，必感到自己是在从事着文学的事业；写论文，必感到自己是在从事着学术的事业。他诚然可以是一个热爱自己的事业的人，但事业心终归形成了一种精神上的压力。写散文却不然，无论在自身的性质上，还是在社会的事实上，写散文都不成其为一种事业。在一切文体中，散文最缺乏明确的界限，最不具独立的形态。因此，在社会分工中，写散文也最难成为一种职业。世上多职业的小说家、诗人、学者，却很少有 职业的散文家，散文家往往是业余的，这种情形肯定不是偶然的。散文是一种最非职业化、最个人化的写作，这正是它的优点，可以使写作者保持自由的心态。一个人要能够享用自由，前提是要热爱和珍惜自由。在我看来，写散文最值得珍惜的就是这种自由的心态。我十分怀念过去为自己写不供发表的东西时的那种愉快心情，我写只因为我想写，只因为我喜欢，我甚至不意识到自己在写散文，而这正是最适合于写散文的一种状态。后来，约稿多了，写作时知道会发表，心态的自由就不免打折扣。要装作不知道已不可能，退而求其次，我给自己建立一个标准：一篇文章，即使不发表我也要写，那就写，否则就不写。总之，尽量只写自己真正想写、写的时候愉快、写完自己看了喜欢的东西。这样的东西一旦发表出来，也一定会有喜欢它的人，即使发表不出来也没有什么。世上哪有写散文的诀窍，所谓写好散文无非是写让自己喜欢的文章罢了。

1999.3

美文而且哲理？

——《周国平哲理美文》自序

编这么一本书，我心里颇惭愧。哲理而且美文，是否有矫情之嫌？不过，书名是出版社已经定了的，大致反映了对我的散文的一种解读角度，我不妨姑妄听之。我自己在写作时，心中从来没有悬着一个要写哲理美文的目标。直到现在编这本书时，我仍不知道美文该如何定义。顾名思义，美文应该是特别讲究文字之美的散文，既是讲究，当然就是有意识的，甚至是刻意为之的。刻意也没有什么不好，像培根的论说文，王尔德的童话，纪伯伦的散文诗，文字之讲究使你不能怀疑他们所下的精雕细刻的功夫，而收获的确是精品。我只是想申明，我不是一个自觉的美文作者。当然，我在写作时也会注意文字，但功夫不下在修辞上，而是更留心于寻找准确的表达，使文字与我的思想或感觉尽可能地对应。我的所想所感大多涉及人生，而许多人对于人生也是有所想有所感的，一旦因我的文字而触发了自己的所想所感，便会感觉到一种共鸣的快乐。这种共鸣的快乐与审美的快乐很容易混淆，或许两者真有相通之处亦未可知。在这极宽泛的含义上，我也可以算是写过一些美文的人吧。

至于哲理二字，我就无须推辞了。我毕竟是学哲学出身，现在还吃着哲学这碗饭，平心而论也是真喜欢哲学的，因此，肯定会有意无意地把这一专业背景兼个人爱好带进我的写作中来。我不认为这是我的散文的一个优点,因为它很可能也是一个局限。一个人始终写主题及风格相近的文字,终归证明他不够宽广。人们无法用一个词来概括托尔斯泰或者卡夫卡,因为他们的丰富性拒绝任何简单化的界定。所以,倘若一提起某人,大家都说他的文章很有哲理,他从这雷同的表扬中实在应该听出一种警告来。我当然不相信我的可能性已经被穷尽,常常觉得我的世界里还有许多陌生的土地,我的足迹未尝到达过那里,它们等着我去勘测和垦殖。

1999.4

自由的写作心态

——《人与永恒》香港版自序

每逢有人问我，在我已经出版的书中，我自己最喜欢哪一本，我的回答大抵是——《人与永恒》。

我常常自诩为自己写作，可是在我的全部作品中，能够完全无愧于这一宗旨的，当推这一本书。收在里面的那些随感，至少初版时的那些内容，我写时真是丝毫也没有想到日后竟会发表的。那是在十多年前，我还从来不曾出过一本书，连发表一篇文章也属侥幸的时候，独自住在一间地下室里，清闲而又寂寞，为了自娱，时常把点滴的感想和思绪写在纸片上。我甚至没有意识到我这是在写作，哪里想得到几年后会有一个编辑把它们收罗去，像模像样地印了出来。

我自己对这本书的确是情有独钟。读它的感觉，就像偶然翻开自己的私人档案，和多年前那个踽踽独行的我邂逅。我喜欢和羡慕那一个我，喜欢他默默无闻并且不求闻达，羡慕他因此而有了一种真正自由的写作心态。我相信，不为发表而写作，是具备这种自由心态的必要条件。如今的我，预定要发表的东西尚且写不完，哪里还有工夫写不发表的东西。当然，写发表的东西也可以抒己之胸臆，不必迎合时尚或俗见，但在心理上仍难免会受读者和出版者眼光的暗示。为发表的写作终究是一种公共行为，对于一个作家来说，它诚然是不可避免也无可非议的，然而，有必要限制它所占据的比重，为自己保留一个私人写作的领域。

事实上，长远地看，读者的眼睛是雪亮的。那种仅仅为了出售而制作出来的东西，诚然可能在市场上销行一时，但随着市场行情的变化，迟早会过时和被彻底淘汰。凡是刻意迎合读者的作家是不会有真正属于自己的读者的，买他的书的人只是一些消费者，而消费的口味绝无忠贞可言。相反，倘若一个人写自己真正想写的东西，写出后自己真正喜欢，那么，我相信，他必定能够在读者中获得一些真正的知音，他的作品也比较能够长久流传。联结他和他的读者的不是消费的口味，而是某种精神上的趣味。人类每一种精神上的趣味都具有超越时代的延续性，其持久犹如一个个美丽的爱情神话。

本书1988年3月由上海人民出版社出版第1版，1992年4月出版第2版，迄今发行已逾10万册。使我感到满意和欣慰的是，这个成绩是在没有任何媒体炒作的情形下取得的。现在，三联书店（香港）有限公司又将在香港出版本书。当此之时，我用上面这些话自勉并且和我的读者共勉。

1999.4

我需要回到我自己

曾经有一段时期,我疲于应付刊物的约稿和媒体的采访。我对那种状态很不喜欢,但我不是一个善于拒绝的人,只好在内心里盼望一个机会,能够强使我结束这种状态。1999年,我应聘在德国海德堡大学任客座教授,在那半年里,客观上与国内的媒体拉开了距离,编辑和记者们找不到我了。当时我知道,我所盼望的机会来了。回国后,我横下了一条心,对于约稿、采访以及好事者组织的各种会议一律拒绝,真感到耳根和心地都清净了。据说有所谓名人效应:你越有名,媒体和公众就越是关注和包围你,结果你就更有名了。现在我发现相反的规律同样成立:你一旦自愿或不自愿地离开聚光灯的照耀,聚光灯当然是不会闲着的,立刻会有新的名人取代你成为被关注和包围的中心,而你就越来越隐入了被遗忘的暗处。我不无满意地看到这一"褪名效应"正在我的身上发生。我的天性不算自信,但我拥有的自信恰好达到这个程度,使我能够不必在乎外界是否注意我。

我当然不是一个脱俗到了拒绝名声的人,但是,比名声更重要的是,我需要回到我自己。我必须为自己的心灵保留一个自由的空间,一种内在的从容和悠闲。唯有保持这样一种内在状态,我在写作时才能真正品尝到精神的快乐。我的写作应该同时也是我的精神生活,两者必须合一,否则其价值就要受到怀疑。无论什么东西威胁到了我所珍惜的这种内在状态，我只能坚决抵制。说到底，这也只是一种权衡利弊，一种自我保护罢了。

摈弃了外来的催逼，写作无疑少了一种刺激，但我决心冒这个险。如果我的写作缺乏足够的内在动力，就让我什么也不写，什么也写不出好了。一种没有内在动力的写作不过是一种技艺，我已经发现，人一旦掌握了某种技艺，就很容易受这种技艺的限制和支配，像工匠一样沉湎其中，以为这就是人生意义之所在，甚至以为这就是整个世界。可是，跳出来看一看，世界大得很，无论在何种技艺中生活一辈子终归都是可怜的。最重要的还是要有充实完整的内在生活，而不是写作或别的什么。如果没有，身体在外部世界里做什么都无所谓，写作、绘画、探险、行善等都没有根本的价值。反之，一个人就可以把所有这些活动当作的精神生活的形式。到目前为止，我仍相信写作是最适合我的方式，可是谁知道呢，说不定我的想法会改变，有一天我会换一种方式生活。

当今膨胀的媒体对于稿件的需求几乎是无限的，如果有求必应，我必完蛋无疑。我要努力做到的是保证基本写作状态的健康，这样来分配我的精力：首先用于写不发表的东西，即我的私人笔记，它是我的精神生活的第一现场，也是我的思想原料仓库；其次用于写将来发表的东西，那应该是一些比较大而完整的作品；只允许花最少的精力写马上发表的东西，即适合于媒体用的文字，并且也要以言之有物为前提。我一定这样做。

2002.8

要有追求,但不要强求

——答黑龙江《生活报》记者问

1. 哲学家和作家在人生理念上有什么不同?

答:哲学家和作家的不同恐怕不在人生理念上吧。就我自己而言,我从不关心我自己到底是哲学家还是作家,这种身份的分类对我没有意义,我只是做着自己喜欢做的事情罢了。

2. 你对新的散文体怎么看,或者你写的是否是新的散文体?

答:我不知道什么是新的散文体,也不认为我写的是新的散文体。事实上,我一开始也没有想过自己是要写散文,只是把自己的一些感受写了下来,并没有刻意按照什么模式去写,只是不喜欢那种干巴巴的文字,喜欢有表现力的文字。后来才发现,我写的东西被称为"散文"。其实每个人写的散文都不一样,一定会带入个人的文化背景和写作风格。比如我,就会带入哲学思考。

3. 作为一个作家,你是否认为自己应该担负改变社会的教化作用?

答:我从来不这样想。如果说我写的东西可能对读者有些启发,那只是因为我思考的问题也是很多人所面临的,有人生共通的困惑在里面。大部分现代人都很忙,没有时间深入思考,而我比较幸运,我的职业恰好就是要深入地思考一些问题,所以也许客观上对读者有一些帮助。

4. 作家的感情世界和常人一样吗？

我认为是一样的，因为作家也是常人。

5. 作家写作时是一种个人体验，还是一个社会行为？

答：个人体验是基础，是第一位的。如果一个作家没有这些，仅仅因为考虑到作品对社会的影响去写作，那么他写出来的东西就会比较空、比较假。只要一个作家足够深刻，他在个人体验的基础上写出的东西就会产生一定的社会影响。中国知识分子的社会雄心都很大，喜好指点江山，但很多人没有自己的灵魂生活，我不相信这样的人能够真正有益于社会。事实上，这样的人往往没有自己的立场，他们经常改变自己的观点，实际上没有一个观点真正是他们自己的，与其说他们在改变社会，不如说他们是在不断地被时尚改变。

6. 做父亲幸福还是做作家、哲学家好？

答：都好，我都要，一个也不能少。

7. 在 1986 年，曾在哈尔滨听过你的哲学讲座，你和那时相比，思想上成熟多少？是不是比较怀念那时的一种思辨氛围？

答：也有一些读者提出同样的问题，认为我那时更有激情、更尖锐，现在有一点锐气不足。我想这是很难避免的，毕竟年龄增长了，人不得不遵循自然规律，遵循生命的季节。不过，我不认为自己是倒退了，激情少了些，但思考的深度和宽度都有所进步。人应该永远有追求，但不要强求什么东西。当然，时代风气变了，那个精神生活活跃的年代还是很令人怀念的。

8. 作家的本土化和国际化的关系，对作家追求诺贝尔文学奖的看法是什么？

答：这个不要看得太重，一个作家为得诺贝尔文学奖而写作是可笑的。对于文学和艺术，我看重的是个性和人类性，也就是体现深刻人类性的个性。地域题材和民族题材当然是可以写的，但我怀疑那些刻意表白自己的地域性和民族性的作家。其实写什么题材并不重要，不管写什么题材，真正打动人的都是作品中的个性和人类性。

9. 了解美女文学吗？网络文学对作家冲击如何，电视剧对文本写作、纸质媒介写作冲击大吗？

答：我没有看那些近年来很"热"的作品。《上海宝贝》我看不下去。当代文学作品能让我看下去的不多。我觉得文学没有男性文学、女性文学之分，也没有网络文学和纸质媒介文学之分。文学作品只有好和坏之分。

10. 您是如何看待现代的男女关系的，如一夜情、婚外恋、同性恋？

答：我自己觉得愿意过比较传统的生活，喜欢安静，不爱折腾。但是，从社会角度来看，现在对两性关系不大进行干预了，视为个人的私事，我认为是一个重大进步。对感情我不做道德评判，只要是双方自愿的，是以感情为基础的，不管同性恋、异性恋、婚内恋、婚外恋，我都能理解。我反对的是非感情的两性关系，例如性的金钱交易、权力胁迫。

11. 您对文人介入媒体、自我宣传有什么看法？

答：坦率地说，在一开始，我还是愿意有媒体宣传自己的。

你出了书，没人知道，总归不是滋味吧。1995年，我出版了五卷本的文集，就很希望让人知道，有人来买，所以，当时中央电视台的《读书时间》找我做节目，我就答应了。但是现在，媒体找我多了，我就觉得是干扰。我这个人不喜欢热闹，热闹是违背我的本性的，我喜欢在安安静静中做自己的事。说到底，一个作家要靠自己的作品来获得读者和市场。好作品是第一位的，即使一时没有市场也没有关系，对于作家自己是精神收获，是生命意义的实现。靠炒作也许能够赚大钱和得虚名，可是，在这个过程中，一个本来有才能的作家很可能就毁掉了，再没有精神上和文学上的积累和修炼了，那个损失才大呢。

2003.1

写作与心灵生活

我给自己确立了一个原则：我的写作必须同时是我的精神生活，两者必须合一，否则其价值就要受到怀疑。好的作者在写作上一定是自私的，他绝不肯仅仅付出，他要求每一次付出同时也是收获。人们看见他把一个句子、一本书给予这个世界，但这只是表面现象，实际上他是往自己的精神仓库里又放进了一些可靠的财富。这就给了我一个标准，凡是我不屑于放进自己的精神仓库里去的东西，我就坚决不写，不管它们能给我换来怎样的外在利益。

回过头去看，我的写作之路与我的心灵之路是相当统一的，基本上反映了我在困惑中寻求觉悟和走向超脱的历程。我原是一个易感的人，容易为情所困，跳不出来。我又是一个天性悲观的人，从小就想死亡的问题，容易看破红尘。因此，我面临双重的危险，既可能毁于色，也可能堕入空。我的一生实际上都是在与这两种危险做斗争，在色与空之间寻找一个安全的中间地带。我在寻找一种状态，能够使我享受人生而不沉湎，看透人生而不消极，我的写作就是借助于哲学寻找这种状态的过程。

一个作品如果对于作者自己没有精神上的价值，它就对任何一个读者都不可能具有这种价值。自救是任何一种方式的救世的前提，如果没有自救的觉悟，救世的雄心就只能是虚荣心、功名心和野心。中国知识分子历来热衷于做君王或民众的导师，实际上往往只是做了君王的臣僚和民众的优伶，部分的原因也许在这里。

我写作从来不是为了影响世界，而只是为了安顿自己，我的所思所写基本上是为了解决自己的问题。我不愿意做所谓纯学术研究，而宁愿以我的方式把学术工作纳入我的精神探索的整体轨道。若一定要说专业才是正业，那么，我的专业是哲学，而我所写的多数作品完全没有离开哲学的范畴。在我的散文中，我的思考和写作始终围绕着那些最根本的哲学问题，例如生命的意义、死亡、时间与自我、爱与孤独、苦难与幸福、灵魂与超越等。在现代商业化社会里，这些问题由于被遗忘而变得愈发尖锐，成为现代人精神生活中的普遍困惑。我想，也许正因为这个原因，我的作品才会获得比较广泛的共鸣。我不过是在用文学的方式谈哲学，如果认为哲学只能有学术论著一种表达方式，是对哲学史的无知，只要提一下狄德罗、卢梭、伏尔泰、尼采甚至柏拉图就可以了。从读者的接受来说，这么多人通过我的作品走近了哲学，这使我有足够的理由相信我所做的正是不折不扣的哲学事业。

2004.5

在我的写作之国中，我是不容置疑的王
——答《文汇报》记者问

1. 你的新作《岁月与性情》被出版方称为你继《妞妞：一个父亲的札记》之后的第二部纪实文学作品。我记得你曾说过，写作《妞妞》是想"与生命中一段心碎的日子告别"，对于你来说，"它不是一本书，而是一座坟，垒筑它是为了离开它，从那里出发走向新的生活。"我觉得，从某种意义上来说，《妞妞》的写作是一种"为了忘却的纪念"。那么，这第二部纪实文学作品的写作动因是什么？

答：事实上，在我迄今为止的生命历程中，我经常有为自己写自传的念头。正是为自己写，而不是为别人、读者、市场写。我喜欢活得明白一些，不是糊里糊涂地活着，而写自传就是一种让自己活得明白一些的方法。通过写自传，我可以比较系统地回顾和反思自己走过的路。之所以现在拿起笔来写，则和年龄有关。明年我六十岁了，所谓花甲之年，虽然我完全不感到自己竟这么老了，但遗憾的是我无法否认年龄。我想，我与其自欺欺人地回避它，不如坦然面对它。有了这样一个健康的心态，我便发现年龄成了一个契机，现在正是认真总结自己的大半生的合适时机。

2. 你新作的副标题叫"我的心灵自传"，很耐人寻味。它让人意识到，这本书与常见的追忆往事的传记一定有所区别，这种区别主要表现在哪些方面？

答：你把《妞妞》称作"为了忘却的纪念",那么,这本书也许可以称作"为了反思的回忆"。作为自传,当然离不开对往事的追忆,但是,我希望得到更多。我的目的是自我认识,往事只是借以自我认识的材料。之所以称为心灵自传,我在序言中已作了说明:"我想要着重描述的是我的心灵历程,即构成我的心灵品质的那些主要因素在何时初步成形,在何时基本定型,在生命的各个阶段上以何种方式显现。"我的心灵历程包括两条主线,一是智性生活,一是情感生活,二者构成了我最看重的人生价值,也大致体现了我的个性面貌。

3. 在这本新作的《自序》中,有这样一段话:"我对人性的了解已经足以使我在一定程度上跳出小我来看自己,坦然面对我的全部经历,甚至不羞于说出一般人眼中的隐私。"你在书中坦率陈露自己少年时代性意识觉醒后的排解方式、两次婚变包括与妞妞母亲的离异等称得上是"绝对隐私"的内容。近年书市有不少描写隐私的作品引起广泛争议,你如何看待可能出现的议论?

答:性、爱情、婚姻方面的经历往往被视为隐私,这过于笼统了。按照这种观点,任何人写自传都必须舍弃生活经历中一个极为重要的内容了。我不愿意这样。但是,我掌握两个原则。第一,我只写那些对于自我认识是必要的经历和细节,那是无法回避的。第二,尽最大可能防止对相关的人造成伤害。在写这些内容时,我自己真不觉得它们是什么隐私。比如性觉醒的风暴,哪个男孩没有经历过啊,看一看周围,又还有多少成年人没有经历过婚变?就我写作时的心态来说,我真不是把它们当作隐私来写的,而是当作一种值得关注的人性现象。我把自己作为案例进行剖析,在那些写隐私的书中,有几本这样做了?这倒不是我比别人勇敢,的的确确是因为我已经站得足够高,可以不把一般人眼中的隐私看作隐私了。所以，不应该笼统地说写没写隐私，关键是写什么、怎么写。自炒隐私作为卖点，或者纠缠个人恩怨，互相攻讦，我对这类行为鄙夷至极。我的书中有没有一丝一毫这种东西，严肃的读者看了自有公论。至于有些人因为心智或趣味的限制曲解了我的书，我事先声明，我绝不会去理睬，他们的议论对于我等于不存在。理解是基本前提，在这一前提下，我才会认真听取任何批评。

4. 我最近一次见到你，是在今年五月举办的桂林书市上。那天天气炎热，你在展馆外广场临时搭建的凉棚下签名售书。我看见你幼小的女儿亲昵地搂住你的脖子轻言细语——那是给我留下深刻印象的一幕图景。我相信每一个被《妞妞》打动过叹惋过的读者，都会为这其乐融融的场景感到由衷的高兴。能谈谈你现在的家庭生活吗？围城如何成了天堂？

答：感谢你的善良。我现在的家庭生活十分美满，贤妻娇女，其乐融融。围城之为围城，只因为你惦着出来，如果你不想出来，它就成了天堂。

5. 许多年前，你就对人们"精神生活的普遍平庸化"即"信仰生活的失落、情感生活的缩减和文化生活的粗鄙"等做出批评，整体看来，我觉得时至今日，这种状况仍然没有明显的改变。而阅读你的作品，却让我感觉到你有一种令人钦佩的"安于智性生活和情感生活"的精神定力，这种"定力"因何而来？

答：其实很简单，我的确感到，读书、写作以及享受爱情、亲情和友情是天下最快乐的事情。"定力"不是修炼出来的，它直接来自所做的事情对你的吸引力。人生有两大幸运，一是做自己喜欢做的事，另一是和自己喜欢的人在一起。所以，也可以说，我的定力来自我的幸运。

6. 你的新作首印 10 万册，看来出版方对市场是很有信心的。你说过"写作是为了安顿自己"，并"不为市场写作"，但你的著作却一再登上畅销书榜。而当前书界存在的一个普遍现象是，不少作者和出版社视"市场为王"，甚至"看市场需要"去策划选题。对此你有何评论？

答：生活在市场经济的环境中，写作者考虑市场的因素是无可非议的。然而，这并不意味着你必须为市场写作。这里的界限在于，你是否让市场支配了你的写作。应该区分两种情形。一是写自己真正想写的东西，然后争取在市场上获得成功。另一是以在市场上获得成功为目标，决定自己写什么东西。我相信，我属于前一种情形。迄今为止，我没有为市场写过一本书。不过，我没有洁癖。写什么，怎么写，绝对要由我自己做主，在我的写作之国中，我是不容置疑的王。写出以后，我就衷心欢迎市场来为我服务，做我的能干的大臣。在这本书中，我也谈到了这一点："我真心感激市场经济。我不是为市场写作的，但是，市场的奇妙之处就在于，它给一个不是为它写作的人也提供了机会。"至于出版社按照市场需要策划选题，我认为应当区别看待。这样策划出来的，有一些是好的选题，比如翻译国外正在走红而又确实有质量的书，既有益于国内读者的心智，又有经济效益，有什么不好？然而，不可否认，也生产出了大量垃圾，包括畅销的垃圾，这的确是当前图书市场的大问题，受害者是文化素质较低的人群，把他们的阅读引导到和维持在一个低水平上，而正是他们本来最需要通过阅读来提高其素质。这个问题的解决相当困难，需要社会各方面的综合努力，出版界当然也有其不可推卸的责任。

2004.7

我只面向独立的读者
——《我的心灵自传》香港版序

本书在内地出版后,一位朋友对我说了两句话:一,这本书出晚了,因为中国早该有这样的书了;二,这本书出早了,因为中国现在的读者还读不懂它。我明白他的意思。在这个娱乐化的时代,一个人严肃地反思自己的经历,这显得很不合时宜,会使许多人感到不习惯。一开始的情形确乎如此,媒体和舆论把注意力放在所谓的隐私上,种种风言风语扑面而来。然而,在最初的喧嚣过去以后,我终于听到了独立的读者的声音。我所说的独立的读者,是指那些不受媒体和舆论左右的人,他们只用自己的头脑和心来阅读,我的作品从来仅仅是诉诸他们的,我也仅仅看重他们的反应。令我欣慰的是,从他们那里,这本书获得了越来越多的喜欢和理解。

如果我是一个读者,我会认为,知道一个叫周国平的人自幼及长经历了一些什么事,这没有丝毫意义。如果这本书中的确有一些对于读者有价值的东西,那肯定不是这个周国平的任何具体经历,而应该是他对于自己经历的态度。这种态度是任何一个读者都可以采取的,便是既诚实地面对自己的经历,不自欺也不回避,又尽量地跳出来,把自己当作标本认识人性,把经历转变成精神的财富。由于本书主人公亲历了中国社会近几十年的变迁,书中对于思想专制、文革、解冻等时代实景的描述和反思大约也会引起有心人的兴趣。

  在本书简体字版问世仅五个月后，三联书店香港有限公司出版了这个繁体字版。我想特别说一说的是，我对本书走向香港读者的方式感到满意，它是安静地走向读者的，没有媒体的渲染，因而能在更真实的氛围中与它所期待的读者相遇。

2004.11

精神浪漫年代的产儿

——《诗人哲学家》新印小序

本书初版于十八年前。十八年，差不多是整整一代人的时间。事实上，本书的作者们当年都还被称为青年学者，今天已纷纷步入中年乃至老年。与生理年龄相比，时代场景的变化更为急剧。回想起上世纪80年代后期，真令人有恍若隔世之感。那时候，国门开放不久，从前被堵在门外的现代西方思潮一股脑儿地涌了进来，人们怀着饥渴陶醉于各种新的或似乎新的思想、理论、观念。在那个年代，笼罩着一种精神浪漫的氛围，思潮即时尚，尼采、弗洛伊德、萨特皆是激动人心的名字。本书是那个年代的产儿，书名本身就散发着那种精神浪漫的气息。"诗人哲学家"——千真万确，在我们眼中，哲学是最有诗意的东西，我们在许多哲学家身上寻找诗人的影子和灵魂，而且果然找到了。曾几何时，一切思潮都消退了、沉寂了。十八年后的今天，物质浪漫取代了精神浪漫，最有诗意的东西是财富，绝对轮不上哲学，时尚成了时代的唯一主角。对于今天的青年来说，那个年代已经成为一个遥远的传说。

那么，现在为何又要来重印这本十八年前的老书呢？

我能想出的理由有两个。

第一个理由：直到现在为止，仍然常有人提起它，怀念它，寻找它。他们大抵是本书作者的同时代人，曾经被本书感动过，多少有一些怀旧情绪。不过，我相信，在一个物质浪漫的时代怀念精神浪漫，就不仅仅是怀旧，更是一种坚持和追求。

第二个理由：我期待本书对于今天的青年也不无价值。至少这是一种交流，上一代青年在本书中向你们说话，倾诉哲学给予他们的激动和快乐，你们不妨听一听。你们不必完全效仿他们，因为你们的生活环境毕竟很不一样了。但是，也许你们会同意，浪漫并不限于物质，在财富的时代也应该给哲学保留一个位置。

2005.7

思想的原生态

——《人与永恒》新版序

事情往往是出人意料的。这本小书，是我随手写下的一些随感的结集，而那些随感，写的时候是根本没有想要发表的，不料出版以后，成了我最受欢迎的作品之一。许多年过去了，仍经常有读者热情地告诉我，他们是多么喜欢这本小书，都把它翻烂了，或者把其中的许多句子抄在了笔记本上。遇见有人问我最喜欢自己的什么书，我也会脱口而出，报出这本小书。我自己喜欢它，是因为它完全是无意为之的产物，脑中闪过一个思绪，一点感想，我就随手记了下来，心态非常自由。它记录的仿佛是思想的原生态，而这样的原生态是存在于每一个感受着思考着的人的头脑里的，很容易引起联想、勾连、撞击、共鸣、惊疑，我想也许正因为此，就也获得了读者的喜欢。

对于我自己来说，这本小书还具有一种纪念的意义。它是我出版的第二本书，稍晚于关于尼采的那本小册子。在那个时候，与我的同时代人一样，我沉浸在一种启蒙的氛围中，陶醉于思想的乐趣。我一面读和写尼采，一面写尼采式格言让自己读让朋友读，真正是乐在其中。我从来有随手记录思想片段的习惯，数那几年最为投入，于是有了这本小书。后来虽然仍在记录，但比起那几年就懒了许多，常常是忙于制作所谓正式的大块文章，怠慢了自发生长的点滴感思。仔细想想,我是怎样地抱了生西瓜丢了熟芝麻啊。

2005.11

与中学生谈写作

三辰影库请一些作家来给中学生谈写作,我也在被请之列。我不知道自己算不算一个作家。我没有申请加入作家协会,不是作协会员。我的专业是哲学,不是文学。我写过一些东西,因为不像一般学术论文那样枯燥和难懂,人家就把它们称为散文,也就把我称为作家了。这些都不重要,重要的是,我的确喜欢写作,写作的确成了我的生活的一个重要内容。

我自己从来不看作文指导、作文秘诀之类的东西,因为我不相信写作有普遍适用的方法,也不相信有一用就灵的秘诀。所以,我不会来和你们说这些。如果有谁和你们说这些,我劝你们也不要听,他说出的肯定是一些老生常谈。一个作家关于写作所能够说出的最有价值的东西,是他自己在写作中悟出来的道理。我尽量只讲这个。我想根据我的体会讲一讲,对于一个写作者来说,最重要的道理是哪些。

第一讲　写作与精神生活

这一讲的主题是为何写。你们来听这个讲座,目的当然是想学到写作的本领。但是,为什么想学写作呢?这是一个不能不问的问题，它关系到能不能学成，学到什么程度。

一、真正喜欢是前提

一定有不少同学是怀着作家梦学写作的，他们觉得当作家风光，有名有利。现在中学生写书出书成了时髦。中学生写的书，在广大中学生中有市场，出版商瞄准了这个大市场。中学生出书是新鲜事，有新闻效应，媒体也喜欢炒。现在中学生用不着等到将来才当作家，马上就有可能。这对于中学生的作家梦是一个强有力的刺激。

我不认为中学生写书出书是坏事，更不认为想当作家是不良动机。但是，这不应该是主要动机甚至唯一动机。如果只有这么一个动机，就会出现两个后果。第一，你的写作会围绕着怎样能够被编辑接受和发表这样一个目标进行，你会去迎合，失去了你自己的判断力。的确有人这样当上了作家，但他们肯定是蹩脚的作家。第二，你会缺乏耐心，如果你总是没被编辑看上，时间一久，你会知难而退。总之，当不当得上作家不是你自己能够做主的事情，所以，只为当上作家而写作，写作就成了受外界支配的最不自由的行为。

写作本来是最自由的行为，如果你自己不想写，世上没有人能够强迫你非写不可。对于为什么要写作这个问题，我最满意的回答是：因为我喜欢。或者我自己也不知道为什么，就是想写。所有的文学大师，所有的优秀作家，在谈到这个问题时都表达了这样两个意思：第一，写作是他们内心的需要；第二，写作本身使他们感到莫大的愉快。通俗地说，就是不写就难受，写了就舒服。如果你对写作有这样的感觉，你就不会太在乎能不能当上作家了，当得上固然好，当不上也没关系，反正你总是要写的。事实上，你越是抱这样的态度，你就越有可能成为一个好的作家，不过对你来说那只是一个副产品罢了。

所以，我建议你们先问自己两个问题：第一，我是不是真的喜欢写作？第二，如果当不上作家，我还愿意写吗？如果答案是肯定的，你就具备了进入写作的最基本条件。如果是否定的，我奉劝你趁早放弃，在别的领域求发展。我敢肯定，写作这种事情，如果不是真正喜欢，花多大工夫也是练不出来的。

二、用写作留住似水年华

有人问我：你怎样走上写作的路的？我自己回想，我什么时候算走上了呢？我发表作品很晚。不过，我不从发表作品算起，我认为应该从我开始自发地写日记算起。那是读小学的时候，只有八九岁吧，有一天我忽然觉得，让每一天这样不留痕迹地消逝太可惜了。于是我准备了一个小本子，把每天到哪儿去玩了、吃了什么好吃的东西等都记下来，潜意识里是想留住人生中的一切好滋味。现在我认为，这已经是写作意识最早的觉醒。

人生的基本境况是时间性，我们生命中的一切经历都无可避免地会随着时间的流逝而失去。"子在川上曰：逝者如斯夫，不舍昼夜。"人生最宝贵的是每天、每年、每个阶段的活生生的经历，它们所带来的欢乐和苦恼、心情和感受，这才是一个人真正拥有的东西。但是，这一切仍然无可避免地会失去。总得想个办法留住啊，写作就是办法之一。通过写作，我们把易逝的生活变成长存的文字，就可以以某种方式继续拥有它们了。这样写下的东西，你会觉得对于你自己的意义是至上的，发表与否只有很次要的意义。你是非写不可，如果不写，你会觉得所有的生活都白过了。这是写作之成为精神需要的一个方面。

三、用写作超越苦难

人生有快乐，尼采说："一切快乐都要求永恒。"写作是留住快乐的一种方式。同时，人生中不可避免地有苦难，当我们身处其中时，写作又是在苦难中自救的一种方式。这是写作之成为精神需要的另一个方面。许多伟大作品是由苦难催生的，逆境出文豪，例如司马迁、曹雪芹、陀思妥耶夫斯基、普鲁斯特等。史铁生坐上轮椅后开始写作，他说他不能用腿走路了，就用笔来走人生之路。

写作何以能够救自己呢？事实上它并不能消除和减轻既有的苦难，但是，通过写作，我们可以把自己与苦难拉开一个距离，以这种方式超越苦难。写作的时候，我们就好像从正在受苦的那个自我中挣脱出来了，把他所遭受的苦难作为对象，对它进行审视、描述、理解，距离就是这么拉开的。我写《妞妞》时就有这样的体会，好像有一个更清醒也更豁达的我在引导着这个身处苦难中的我。

当然，你们还年轻，没有什么大的苦难。可是，生活中不如意的事总是有的，青春和成长也会有种种烦恼。一个人有了苦恼，去跟人诉说是一种排解，但始终这样做的人就会变得肤浅。要学会跟自己诉说，和自己谈心，久而久之，你就渐渐养成了过内心生活的习惯。当你用笔这样做的时候，你就已经是在写作了，并且这是和你的精神生活合一的最真实的写作。

四、写作是精神生活

总的来说，写作是精神生活的方式之一。人有两个自我，一个是内在的精神自我，一个是外在的肉身自我，写作是那个内在的精神自我的活动。普鲁斯特说，当他写作的时候，进行写作的不是日常生活中的那个他，而是"另一个自我"。他说的就是这个意思。

外在自我会有种种经历，其中有快乐也有痛苦，有顺境也有逆境。通过写作，可以把外在自我的经历，不论快乐和痛苦，都转化成了内在自我的财富。有写作习惯的人，会更细致地品味、更认真地思考自己的外在经历，仿佛在内心中把既有的生活重过一遍，从中发现更丰富的意义，并储藏起来。

我的体会是，写作能够练就一种内在视觉，使我留心并善于捕捉住生活中那些有价值的东西。如果没有这种意识，总是听任好的东西流失，时间一久，以后再有好的东西，你也不会珍惜，日子就会过得浑浑噩噩。写作使人更敏锐也更清醒，对生活更投入也更超脱，既贴近又保持距离。

在写作时，精神自我不只是在摄取，更是在创造。写作不是简单地把外在世界的东西搬到了内在世界中，它更是在创造不同于外在世界的另一个世界。雪莱说："诗创造了另一种存在，使我们成为一个新世界的居民。"这不仅指想象和虚构，凡真正意义上的写作，都是精神自我为自己创造的一个自由空间，这是写作的真正价值之所在。

第二讲　写作与自我

这一讲的主题是为谁写和写什么。其实，明确了为何写，这两个问题也就有答案了，简单地说，就是为自己写，写自己真正感兴趣的东西。

一、为自己写作

如果一个人出自内心需要而写作，把写作当作自己的精神生活，那么，他必然首先是为自己写作的。凡是精神生活，包括宗教、艺术、学术，都首先是为自己的，是为了解决自己精神上的问题，为了自己精神上的提高。孔子说："古之学者为己，今之学者为人。"为己就是注重自己的精神修养，为人是做给别人看，当然就不是精神生活，而是功利活动。

所谓为自己写作，主要就是指排除功利的考虑，之所以写，只是因为自己想写、喜欢写。当然不是不给别人读，作品总是需要读者的，但首先是给自己读，要以自己满意为主要标准。一方面，这是很低的标准，就是不去和别人比，自己满意就行。世界上已经有这么多伟大作品，我肯定写不过人家，干吗还写呀？不要这么想，只要我自己喜欢，我就写，不要去管别人对我写出的东西如何评价。另一方面，这又是很高的标准，别人再说好，自己不满意仍然不行。一个自己真正想写的作品，就一定要写到让自己真正满意为止。真正的写作者是作品至上主义者，把写出自己满意的好作品看作最大快乐，看作目的本身。事实上，名声会被忘掉，稿费会被消费掉，但好作品不会，一旦写成就永远属于我了。

唯有为自己写作，写作时才能拥有自由的心态。不为发表而写，没有功利的考虑，心态必然放松。在我自己的作品中，我最喜欢的是《人与永恒》，就因为当时写这些随想时根本不知道以后会发表，心态非常放松。现在预定要发表的东西都来不及写，不断有编辑在催你，就有了一种不正常的紧迫感。所以，我一直想和出版界"断交"，基本上不接受约稿，只写自己想写的东西，写完之前免谈发表问题。

唯有为自己写作，写作时才能保持灵魂的真实。相反，为发表而写，就容易受他人眼光的支配，或者受物质利益的支配。后一方面是职业作家尤其容易犯的毛病，因为他借此谋生，不管有没有想写的东西都非写不可,必定写得滥,名作家往往也有大量平庸之作。所以,托尔斯泰说:"写作的职业化是文学堕落的主要原因。"法国作家列纳尔在相同的意义上说:"我把那些还没有以文学为职业的人称作经典作家。"最理想的是另有稳定的收入,把写作当作业余爱好。如果不幸当上了职业作家,也应该尽量保持一种非职业的心态,为自己保留一个不为发表的私人写作领域。有一家出版社出版"名人日记"丛书,向我约稿,我当然拒绝了。我想,一个作家如果不再写私人日记,已经是堕落,如果写专供发表的所谓日记,那就简直是无耻了。

二、真正的写作从写日记开始

真正的写作,即完全为自己的写作,是从写日记开始的。我相信,每一个好作家都有长久的纯粹私人写作的前史,这个前史决定了他后来成为作家不是仅仅为了谋生,也不是为了出名,而是因为写作是他的心灵需要。一个真正的写作者是改不掉写日记习惯的人罢了,全部作品都是变相的日记。我从高中开始天天写日记,在中学和大学时期,这成了我的主课,是我最认真做的一件事。后来被毁掉了,成了我的永久的悔恨,但有一个收获是毁不掉的,就是养成了写作的习惯。

我要再三强调写日记的重要性,尤其对中学生。当一个少年人并非出于师长之命,而是自发地写日记时,他就已经进入了写作的实质。这表明:第一,他意识到了并试图克服生存的虚幻性质,要抵抗生命的流逝,挽留岁月,留下它们曾经存在的证据;第二,他有了与自己灵魂交谈、过内心生活的需要。看一个中学生在写作上有无前途,我主要不看语文老师给他的作文打多少分,而看他是否喜欢写日记。写日记一要坚持(基本上每天写),二要认真(不敷衍自己,对真正触动自己的事情和心情要细写,努力寻找确切的表达），三要秘密（基本上不给人看，为了真实）。这样持之以恒，不成为作家才怪呢。

三、写自己真正感兴趣的东西

写什么？我只能说出这一条原则：写自己真正感兴趣的东西。题材没有限制，凡是感兴趣的都可以写，凡是不感兴趣的都不要写。既然你是为自己写，当然就这样。如果你硬去写自己不感兴趣的东西，肯定你就不是在为自己写，而是为了达到某种外在的目的了。

在题材上，不要追随时尚，例如当今各种大众刊物上泛滥的温馨小情感故事之类。不要给自己定位，什么小女人、另类、新新人类，你都不是，你就是你自己。也不要主题先行，例如反映中学生的生活面貌之类，要写出他们的乖、酷、早熟什么的。不要给自己设套，生活中，阅读中，什么东西触动了你，就写什么。

重要的不是题材，而是对题材的处理，不是写什么，而是怎么写。表面上相同的题材，不同的人可以写成完全不同的东西。好的作家无论写什么，一总能写出他独特的眼光，二总能揭示出人类的共同境况，即写的总是自己，又总是整个人生和世界。

第三讲　写作与风格

这一讲的主题是怎样写。其实怎样写是没法讲的，因为风格和方法都不是孤立的，存在于具体的作品之中，无法抽取出来，抽取出来便不再是原来的那个东西，失去了任何意义。每一个优秀作家都有自己的风格和方法，它们是和他的全部写作经验联系在一起的，原则上是不可学的。我这里只能说一些最一般的道理，这些道理也许是所有的写作者都不该忽视的。

一、勤于积累素材和锤炼文字

好的作品必须有两样东西，一是好的内容，二是好的文字表达。这两样东西不是在写作时突然产生的，而要靠平时下功夫。当然，写作时会有文思泉涌的时刻，绝妙的构思和表达仿佛自己来到了你面前，但这也是以平时做的工作为基础的。作家是世界上最勤快的人，他总是处在工作状态，不停地做着两件事，便是积累素材和锤炼文字。严格地说，作家并非仅仅在写一个具体的作品时才在写作，其实他无时无刻不在写作。

灵感闪现不是作家的特权，而是人的思维的最一般特征。当我们刻意去思考什么的时候，我们未必得到好的思想。可是，在我们似乎什么也不想的时候，脑子并没有闲着，往往会有稍纵即逝的感受、思绪、记忆、意象等等在脑中闪现。一般人对此并不在意，他们往往听任这些东西流失掉了。日常琐屑生活的潮流把他们冲向前去，他们来不及也顾不上加以回味。作家不一样，他知道这些东西的价值，会抓住时机，及时把它们记下来。如果不及时记下来，它们很可能就永远消失了。为了及时记下，必须克服懒惰（有时是疲劳）、害羞（例如在众目睽睽的场合）和世俗的礼貌（必须停止与人周旋）。作家和一般人在此开始分野。写作者是自己的思想和感受的辛勤搜集者。许多作家都有专门的笔记本，用于随时记录素材。写小说的人都有一个体会，就是故事情节可以虚构，细节却几乎是无法虚构的，它们只能来自平时的观察和积累。

作家的另一项日常工作是锤炼文字。他不只是在写作品时做这件事，平时记录思想和文学的素材时，他就已经在文字表达上下功夫了。事实上，内容是依赖于表达的，你要真正留住一个好的思想，就必须找到准确的表达，否则即使记录了下来，也是打了折扣的。写作者爱自己的思想，不肯让它被坏的文字辱没，所以也爱上了文字的艺术。好的文字风格如同好的仪态风度，来自日常一丝不苟的积累。无论写什么，包括信、日记、笔记，甚至一张便笺，下笔绝不马虎，不肯留下一行不修边幅的文字，如果你这样做，日久必能写一手好文章。

二、质朴是大家风度

质朴是写作上的大家风度，表现为心态上的平淡、内容上的真实、文字上的朴素。相反，浮夸是小家子气，表现为心态上的卖弄，内容上的虚假，文字上的雕琢。

文人最忌、又难戒的是卖弄，举凡名声、地位、学问、经历，甚至多愁善感的心肠，风流的隐私，都可以拿来卖弄。有些人把写作当作演戏，无论写什么，一心想着的是自己扮演的角色，这角色在观众中可能产生的效果。凡是热衷于在自己的作品中抛头露面的人，都应该改行去做电视台主持人。

真实的前提是有真东西。有真情实感才有抒情的真实，否则只能矫情、煽情。有真知灼见才有议论的真实，否则必定假大空。有对生活的真切观察才有叙述的真实，否则只能从观念出发编造。真实极难，因为我们头脑里有太多的观念，妨碍我们看见生活的真相。在《战争与和平》中，托尔斯泰写娜塔莎守在情人临终的病床边，这个悲痛欲绝的女人在做什么？在织袜子。这个细节包含了对生活的最真实的观察和理解，但一般人绝不会这么写。

大师的文字风格往往是朴素的。本事在用日常词汇表达独特的东西，通篇寻常句子，读来偏是与众不同。你们不妨留心一下，初学者往往喜欢用华丽的修辞，而他们的文章往往雷同。

三、文字贵在简洁

对于一个作家来说,节省语言是基本美德。文字功夫基本上是一种删除废话废字的功夫。列纳尔说:风格就是仅仅使用必不可少的词,绝对不写长句子,最好只用主语、动词和谓语。要惜墨如金,养成一种洁癖,看见一个多余的字就觉得难受。

第四讲 写作与读书

这一讲的主题是谁在写。一个人以怎样的目的和方式写作,写出怎样的作品,归根到底取决于他是个怎样的人。在一定意义上,每个作家都是在写自己,而这个自己有深浅宽窄之分,写出来的结果也就大不一样。造就一个人的因素很多,我只说一个方面,就是读书。

一、养成读书的爱好

写作者的精神世界与读书有密切关系。许多大作家同时是大学者或酷爱读书的人,例如歌德、席勒、加缪、罗曼·罗兰、毛姆、博尔赫斯等。中国也有作家兼学者的传统,例如鲁迅、郭沫若、茅盾、叶圣陶、林语堂、梁实秋、沈从文。现在许多作家不读书,只写书,写出的作品就难免贫乏。

要养成读书的爱好,使读书成为生活的基本需要,不读书就感到欠缺和不安。宋朝诗人黄山谷说:"三日不读书,便觉语言无味,面目可憎。"三日不读书,自惭形秽,觉得没脸见人,要有这样的感觉。

读书的面可以广泛一些,不要只限于读文学书,琢磨写作技巧。读书的收获是精神世界的拓展,而这对写作的助益是整体性的。

二、读最好的书

读书的面可以广,但档次一定要高。读书的档次对写作有直接影响,大体上决定了写作的档次。平日读什么书,会形成一种精神趣味和格调,写作时就不由自主地跟着走。所以,读坏书——我是指平庸的书——不但没有收获,而且损害莫大。

我一直提倡读经典名著,即人类文化宝库中的那些不朽之作。古今中外有过多少书,唯有这些书得到长久和广泛的流传,绝大多数书被淘汰,绝非偶然。书如汪洋大海,你自己做全面筛选绝不可能,碰到什么读什么又太盲目。这等于是全人类替你初选了一遍,这等好事为何要拒绝?即使经典名著,数量也太多,仍要由你自己再选择一遍。重要的是要有一个信念,非最好的书不读。有了这个信念,即使读了一些并非最好的书,仍会逐渐找到那些真正属于你的最好的书,并成为它们的知音。

千万不要跟着媒体跑,把时间浪费在流行读物上。天下好书之多,一辈子读不完,岂能把生命浪费在这种东西上。我不是故作清高,我有许多赠送的报刊,不读觉得对不起人家,可是读了总后悔不已,头脑里乱糟糟又空洞洞,不只是浪费了时间,最糟的是败坏了精神胃口。歌德做过一个试验,半年不读报纸,结果发现与以前天天读报比,没有任何损失。

三、读书应该激发创造力

我提倡你们读书,但许多思想家对书籍怀有警惕,例如蒙田、叔本华、尼采。开卷有益,但也可能无益,甚至有害,就看它是激发了还是压抑了自己的创造力。对于一个写作者来说,读书应该起到一种作用,就是刺激自己的写作欲望。

为了使读书有助于写作，最好养成写笔记的习惯。包括：一，摘录对自己有启发的内容；二，读书的体会，特别是读书时浮现的感触、随想、联想，哪怕它们似乎与正在读的书完全无关，愈是这样它们也许对你就愈有价值，是你的沉睡着的宝藏被唤醒了。

2000.10

生命的足迹

1

一块块字碑，镌刻着千古文章。一座座丰碑，纪念着万世功业。连荒冢中千篇一律的墓碑，也有一副不朽的面孔。

你也是一块碑，谁能读懂你身上的铭文？

我不是碑，也留不下碑。我死后没有墓志铭。

我一路走去，在水上留下泡沫，在泥上留下痕迹。泡沫转眼迸裂，痕迹瞬即泯灭。多数时候，我连泡沫和痕迹也没有，生命消逝得无声无息，无影无踪。

我是易朽的。

不过我不在乎。我兴致勃勃地打捞我的泡沫，收集我的痕迹。

2

我知道我永远成不了莎士比亚、歌德，但是我宁愿永远不读他们的传世名作，也不愿轻易放过一个瞬息的灵感而不去写下我的易朽的诗句。别人的书再伟大，再卓越，也只是别人的生命事件的痕迹。它们也许会触发我的生命事件，但只有我自己才能刻下我的生命事件的痕迹。

对于我来说，人类历史上任何一部不朽之作都只是在某些时辰进入我的生命，唯有我自己的易朽的作品才与我终生相伴。

我不企求身后的不朽。在我有生之年，我的文字陪伴着我，唤回我的记忆，沟通我的岁月，这就够了，这就是我唯一可以把握的永恒。

我不追求尽善尽美。我的作品是我的足迹，我留下它们，以便辨认我走过的路，至于别人对它们做出何种解释，就与我无关了。

3

我想象不出除了写作外，我还能有什么生存方式。我把易逝的生命兑换成耐久的文字。文字原是我挽留生命的手段，现在却成了目的，而生命本身反而成了手段。

4

有各种各样的收藏家。作家也是收藏家，他专门收藏自己的作品。当他打开自己的文柜，摆弄整理自己的文字时，那入迷的心境比起集邮迷、钱迷来，有过之而无不及。可是，他的收藏品只有一个来源，便是写作。也许正是这种特殊的收藏癖促使他不停地写啊写。

5

文字是感觉的保险柜。岁月流逝，当心灵的衰老使你不再能时常产生新鲜的感觉，头脑的衰老使你遗忘了曾经有过的新鲜的感觉时，不必悲哀，打开你的保险柜吧，你会发现你毕竟还是相当富有的。勤于为自己写作的人，晚年不会太凄凉，因为你的文字——也就是不会衰老的那个你——陪伴着你，他比任何伙伴都更善解人意，更忠实可靠。

6

收藏家和创作家是两种不同的人。

你搜集一切,可是你从不创造。我什么也留不住,可是一旦我有点什么,那必然是任何人都没有的东西。

7

留着写回忆录吗?不,现在不写,就永远不能补写了。感觉是复活不了的。年老时写青年时代的回忆,写出的事件也许是青年时代的事件,感觉却是老年人的感觉。犹如刻舟求剑,舟上刻下的事件之痕再多,那一路掉在岁月之流中的许多感受却再也打捞不起来了。

写作的理由和限度

1

写作的快乐是向自己说话的快乐。真正爱写作的人爱他的自我,似乎一切快乐只有被这自我分享之后,才真正成其为快乐。他与人交谈似乎只是为了向自己说话,每有精彩之论,总要向自己复述一遍。

2

灵魂是一片园林,不知不觉中会长出许多植物,然后又不知不觉地凋谢了。我感到惋惜,于是写作。写作使我成为自己的灵魂园林中一个细心的园丁,将自己所喜爱的植物赶在凋谢之前加以选择、培育、修剪、移植和保存。

3

文字的确不能替我们留住生活中最好的东西,它又不愿退而去记叙其次好的东西,于是便奋力创造出另一种最好的东西,这就有了文学。

4

有的人必须写作,是因为他心中已经有了真理,这真理是他用一生一世的日子换来的,他的生命已经转变成这真理。通过写作,他留下了真理,也留下了生命。读他的作品时,我们会感到,不管它的文字多么有分量,仍不能和文字背后东西的分量相比,因而生出敬畏之心。

5

这是我小时候喜欢玩的一个游戏:把我幼稚的习作工整地抄写在纸上,然后装订成一本本小书。

现在,我已经正式出版了好几本书了。可是,我羞愧地发现,里面仍有太多幼稚的习作。我安慰自己说:我最好的东西还没有写出来,在那之前写的当然仍是幼稚的习作啦。接着我听见自己责备自己:既然这样,我为什么要把这些幼稚的习作变成书呢?听到这个责备,我忽然理解了并且原谅了自己:原来,我一直不过是在玩着小时候喜欢玩的游戏罢了。

6

如果说写作犹如分娩,那么,读自己刚刚出版的作品就恰似看到自己刚刚诞生的孩子一样,会有一种异常的惊喜之感。尽管它的一字一句都出于自己之手,我们仍然觉得像是第一次见面。

的确是第一次。一堆尚未出版的手稿始终是未完成的,它仍然可能被修改甚至被放弃。直到它出版了,以一本书的形式几乎同时呈现在作者和读者面前,它才第一次获得了独立的生命。读自己的手稿是写的继续;只有当手稿变成可供许多人读的书之后,作者才能作为一名读者真正开始读自己的作品。此后他当然还可以再作修订,但是,由于他和读者记住了第一副面孔,修订便像是做矫形手术,与作品问世前那个自然的孕育过程不可同日而语了。

7

写作是一种习惯。对于养成了这种习惯的人来说，几天不写作就会引起身心失调。在此意义上，写作也是他们最基本的健身养生之道。

8

为何写作？为了安于自己的笨拙和孤独。为了有理由整天坐在家里，不必出门。为了吸烟时有一种合法的感觉。为了可以不遵守任何作息规则同时又生活得有规律。写作是我的吸毒和慢性自杀，同时又是我的体操和养生之道。

9

一切执着，包括对文字的执着，只对身在其中者有意义。隔一层境界看，意义即消失。例如，在忙人眼里，文字只是闲情逸致；在政客眼里，文字只是雕虫小技；在高僧眼里，文字只是浮光掠影。

10

拿起书，不安——应当自己来写作。拿起笔，不安——应当自己来生活。

11

为什么写作，而不是不写作？

12

我写作从来就不是为了影响世界，而只是为了安顿自己——让自己有事情做，活得有意义或者似乎有意义。

写作的态度

1

创造的快乐在于创造本身。对于我来说，写出好作品本身就是最大的快乐，至于这作品能否给我带来好名声或好收益，那只是枝节问题。再高的稿费也是会被消费掉的，可是，好作品本身是不会被消费掉的，一旦写成，它就永远存在，永远属于我了，成了我的快乐的不竭源泉。

由于这个原因，我当然就不屑于仅仅为了名声和稿酬写作。我不会为了微小的快乐而舍弃我的最大的快乐。

2

我对身后名毫无兴趣，因为我太清楚死后的虚无。我写作，第一是因为写作本身使我愉快，第二是因为作品发表后读者的共鸣使我愉快。就后者而言，我对身前名是在乎的，不过那应该是真实的名声，从中我的确能感受到读者对我的喜爱。所以，我从来不像有些人那样请人写书评，对我的作品的反响完全是自发的。

3

写作是最自由的行为。一个人的写作自由是不可能被彻底剥夺的，只要愿意，他总是可以以某种方式写自己真正想写的东西。

4

写作本来是最自由的行为,如果你自己不想写,世上没有人能够强迫你非写不可。对于为什么要写作这个问题,最让我满意的回答是:因为我喜欢。或者:我自己也不知道为什么,就是想写。

5

对于一个写作者来说,最大的浪费莫过于为了应付发表的需要而炮制虚假的文字,因而不再有暇为真正属于自己的思想和感受锤炼语言的功夫。这就好像一个母亲忙于作为母亲协会的成员抛头露面,因而不再有暇照料自己的孩子。

6

我很想与出版界断交一段时间,重返孤独和默默无闻,那样也许能写出一些好东西。写作时悬着一个出版的目标,往往写不好。可是,如果没有外来的催迫,我又不免会偷懒,可能流失一些好东西。当然,最好的东西永远是由内在的催迫产生的。

7

有一家出版社出版"名人日记"丛书,向我约稿,我当然拒绝了。我倒不是怕泄露隐私,因为在编辑时是可以把不想公开的内容删去的。我是怕从此以后,写日记时会不由自主地做作,面对的不再是自己,而是公众。我想对自己还是仁慈一点吧,不要把仅剩的一小块私人生活领地也充公了。

8

我相信,不但写作,而且所谓的写作才能,都是一种习惯。
托尔斯泰在日记中叮嘱自己:无论好坏时时都应该写。他为什么要这样叮嘱自己呢？就是为了不让写作的习惯中断。如同任何习惯一样，写作的习惯一旦中断，要恢复也是十分艰难的。相反，只要习惯在，写得坏没有关系，迟早会有写得好的时候。

9

某位作家太太下的定义：作家是一种喜欢当众抖露自己的或别人的隐私的人。

作家的辩护：在上帝或永恒面前，不存在隐私。

10

写文章与思考是两回事。

我发现，许多时候，我以为自己在思考，其实脑子里只是在做着文字的排列组合。

这肯定是以文字为生的人的通病。

11

写作与思考的关系——

有时候，写作推动思考，写作本身是一个时而愉快、时而艰难的思考过程。

较多的时候，写作记录思考。如果在记录时基本未做修改，则那些思考或者是成熟的，或者是肤浅的。

最多的时候，写作冒充思考。当然，这样一来，同时也是在冒充写作。

12

写作是永无止境的试验。一个以写作为生的人不得不度过不断试验的一生。

13

如果我现在死去,我会为我没有写出某些作品而含恨,那是属于我的生命本质的作品,而我竟未能及时写出。至于我是否写出了那些学术著作,并不会如此牵动我的感情。

我应该着眼于此来安排我的写作的轻重缓急。

14

我的天性更像是诗人而不是学者,这也许是因为我的感受力远胜于记忆力。我可以凭勤奋成为学问家,但那不会使我愉快。我爱自己的体悟远甚于爱从别人那里得来的知识。

15

我的追求:表达真正属于我自己的人生体悟。不拘形式,学术研究和人生探索,哲学和文学,写作和翻译,皆无不可。在精神生活的深处,并无学科之分。人类和个人均如此。

16

我难免会写将被历史推翻的东西,但我绝不写将被历史耻笑的东西。

17

这里是我的生命的果实。

请吧,把你们选中的吃掉。剩下的属于我自己,那是我的最好的果实。

即使我没有更多的东西可让你们回忆,我也要提供更多的东西让你们忘却。

作品的价值

1

对于写作者来说,重要的是找到仅仅属于自己的眼光。没有这个眼光,写一辈子也没有作品,世界再美丽再富饶也是别人的。有了这个眼光,就可以用它组织一个属于自己的世界。

2

一个作家的存在理由和价值就在于他发现了一个别人尚未发现的新大陆,一个仅仅属于他的世界,否则无权称为作家。

3

任何精神创作唯有对人生基本境况做出了新的揭示,才称得上伟大。

4

要创新,不要标新。标新是伪造你所没有的东西,创新则是去发现你已经拥有的东西。每个人都有太多的东西尚未被自己发现,创新之路无比宽广。

5

一个作家的价值不在作品的数量,而在他所提供的那一点新东西。

6

一流作家可能写出三流作品,三流作家却不可能写出一流作品。

7

最好的作品和最劣的作品都缺少读者,最畅销的书总是处在两极之间的东西:较好的、平庸的、较劣的。

8

不同的作家有不同的读者群,从读者的层次大致可以推知作者的层次,被爱凑热闹的人群簇拥着的必是浅薄作家。

9

几乎每个作家都有喜欢他的读者,区别在于:好作家有好的读者,也有差的读者,而坏作家只有差的读者。

10

写自己是无可指摘的。在一定的意义上,每个作家都是在写自己。不过,这个自己有深浅宽窄之分,写出来的结果也就大不一样。

11

可以剽窃词句和文章,但无法偷思想。一个思想,如果你不懂，无论你怎样抄袭那些用来表达它的词句，它仍然不属于你。当然，如果你真正懂，那么它的确也是属于你的，不存在剽窃的问题。一个人可以模仿苏格拉底的口气说话，却不可能靠模仿成为一个苏格拉底式的思想家。倘若有一个人，他始终用苏格拉底的方式思考问题，那么，我们理应承认他是一个思想家，甚至就是苏格拉底，而不仅仅是一个模仿者。

12

写作的"第一原理"：感觉的真实。也就是说，必须是有感而发，必须是你之所感。

感觉是最个别化的东西。凡不属于你的真实自我的一切，你都无法使它们进入你的感觉。感觉就是此时此刻的你的活生生的自我。如果这个自我是死气沉沉的，你就绝不能让它装成生机勃勃。

情节可以虚构，思想可以借用，感觉却是既不能虚构，也不能借用的。你或者有感觉，或者没有感觉。你无法伪造感觉。甚至在那些貌似动情或深沉的作品里，我也找不到哪怕一个伪造的感觉。作者伪造的只是感情和观念，想以之掩盖他的没有感觉，却欲盖弥彰。

有人写作是以文字表达真实的感觉，有人写作是以文字掩盖感觉的贫乏。依我看，作品首先由此分出优劣。

请注意，我强调的是感觉的真实。感觉无所谓对错，只要是一个独特自我对世界的真实体验，就必有其艺术上的价值和效果，哪怕这个自我独特到了病态的地步。

13

有两种写作。一种是经典性的，大体使用规范化的语言，但并不排除在此范围内形成一种独特的语言风格。它永远是文学和学术的主流。另一种是试验性的，尤其是在语言上进行试验，故意打破现有的语言规范，力图创造一种全新的表达方式。它永远是支流，但其成功者则不断被吸收到主流中去，影响着主流的流向。

我知道自己属于前者。我在文学上没有野心，写作于我不过是一种记录思想和感受的个人活动。就此而论，现有的语言已经足够，问题只在如何更加娴熟自如地运用它。但我对后者怀着钦佩之心，因为在我看来，唯有这种语言革新事业才是严格意义上的文学创作。

14

创作是一种试验，一种冒险，是对新的未知的表达方式的探索。真正的创作犹如投入一场前途未卜的热恋兼战争，所恋所战的对象均是形式，生命力在其上孤注一掷，在这场形式之恋形式之战中经受生死存亡的考验。

在这个意义上，中国的文人并不创作。对于中国的文人来说，写作如同琴棋诗画一样是一种嗜好和消遣。或者，如他们自己谦称的那样是"笔耕"，——"笔耕"是一个确切的词，令人想起精神的老圃日复一日地在一块小小的自家的园地上辛勤耕耘，做着重复的劳动，以此自娱。所以，中国的文人诚然能出产一些风味小品，但缺少大作品。

15

写作作为一种生存方式，可以是闲适的逍遥，也可以是紧张的寻求。前者写自己已有而合意的东西，后者写自己没有而渴望的东西。按照席勒的说法，前者为素朴诗人，属于古代，后者为感伤诗人，属于近代。然而，就个人而言，毋宁说前者属于中年以后，后者属于青年期。人类由素朴走向感伤，个人却由感伤回归素朴。东方是世界的古代，同时又是老成的民族，多素朴诗人。西方是世界的近代，同时又是青春的民族，多感伤诗人。

16

诗写感觉和心情。我们的感觉和心情常常是由具体的人和事引起的，其中哪些值得写，哪些不值得写，或者说，怎样辨别它们有无艺术价值呢？我提出一个标准：倘若除去了具体的人和事，那些感觉和心情显得更美了，就说明它们捕捉到了人性的某种秘密，所以具有艺术感染力和艺术价值；相反，则说明它们只是与具体的人和事纠缠在一起的凡俗心理现象，仅对当事人具有日记的意义，在艺术上却毫无价值。

我是在读海涅的诗时想到这一点的。他的佳作都属于前者，败笔都属于后者。

17

我写作时会翻开别人的文字，有时是为了获得一种启发，有时是为了获得一种自信。

第六辑

精神寻找形式

纯粹艺术：精神寻找形式

2001年3月5日至6日，我在德国参加了由波恩艺术博物馆主办的中德跨文化研讨会，这个研讨会是围绕帕特海默的绘画作品展开的。此前，我曾参观过2000年1月在北京举办的帕特海默艺术展。在这篇文章里，我想结合研讨会所涉及的话题，谈一谈帕氏艺术给予我的若干启发。

一　抽象绘画：作为精神图像的抽象形式

在中国，我常常听到一些当代画家的悲叹，他们说，艺术的一切形式几乎已被西方的大师们穷尽了，创新近乎不可能了。但是，尽管如此——更确切地说，正因为如此——他们越发竭尽全力地在形式上追求新奇。于是，我们有了许多好新骛奇的前卫制作品，给我的基本印象是热闹、躁动不安，但缺乏灵魂。所以，帕氏艺术展在中国美术馆开幕的那天，因为听说帕氏是一位西方著名的当代画家，我差不多是抱着一种成见走进展厅的。

然而，出乎意料地，我获得了一种完全不同的感受。站在这一幅幅色彩单纯和线条简洁的构图面前，我感觉到的是一种内在的宁静和自信。如果说，中国某些前卫画家的画是在喧哗，在用尖叫和怪声引人注意，那么，帕氏的画则是在沉思，在心平气和地说出自己深思熟虑过的某种真理。他的画的确令人想起蒙德里安，但是，从色块的细微颤动和线条的偏离几何图形可以看出，他更多的是在用蒙德里安的形式语言进行质疑，描绘了一种与蒙德里安很不同的精神图像。我不禁想，如果换成某个中国前卫画家，为了躲避模仿的嫌疑，将会怎样夸张地渲染自己对于蒙德里安的反叛啊。事情往往如此：越是拥有内在的力量，在形式的运用上就越表现出节制，反之也一样。

对于一切艺术来说，形式无疑是重要的。可是，我赞同康定斯基的看法：内在需要是比形式更重要的、第一重要的东西，对形式的选择应该完全取决于内在需要。康定斯基所说的内在需要究竟指什么，似乎不易说清，但肯定是一种精神性的东西。按照我的理解，它应指艺术家灵魂中发生的事情，是他对世界和人生的独特感受和思考，在一定意义上可以说，是他看存在的新的眼光和对存在的新的发现。正是为了表达他的新的发现，他才需要寻找新的形式。西方绘画之从具象走向抽象，是因为有感于形式的实用性目的对审美的干扰，因此要尽可能地排除形式与外部物质对象的联系，从而强化其表达内在精神世界的功能。但是，一种形式在失去了其物质性含义之后，并不自动地就具有了精神性意义。因此，就抽象绘画而言，抽象本身不是目的，也不是标准，艺术家的天才在于为自己的内在精神世界寻找最恰当的图像表达，创造出真正具有精神性含义的抽象形式。

我手头有一本帕氏赠送的题为《色彩试验》的书，在这本书中，帕氏把色彩分为红、黄、蓝和黑、白、灰两组，对每一种色彩各用一篇短文和一首诗进行解说。在他的解说中，贯穿着一个明确的认识：色彩所表达的不是与自然客体的一致，而是与精神表象的一致，并非由物理属性得到论证，而是由心灵状态得到论证。我本人觉得，对于纯粹形式包括纯粹色彩与精神表象之间关系的论证是一个极大的难题，困难在于难以彻底排除掉与经验对象的联系，尽管这种联系多半是被象征化了。不过，我在这里要强调的是另一个问题：帕氏之所以能够成功地拓展抽象绘画的丰富的可能性，前提之一是内心拥有丰富的精神表象，这为他寻求形式上的突破提供了有力的动机。我很喜欢他关于色彩写的那几首诗，例如黄色："在岸的弧棱中／天空弯下身子。／洞口大开。／收容我吧。／把我留在／天国快乐的彼岸！"白色："苍白的卵石滩上／驻着时间。"蓝色："时辰的衣裳。"灰色："在不定型的／尘土之桥上／你领我们穿越岁月。"红色："风暴焦躁地冲向／做着梦的额头。／无人应当在，／除了我。"黑色："关于夜的来源／你知道什么？／谦卑的宝地，／深度记忆。"这些意象离感性对象甚远，有着深刻的精神内涵。对照之下，我认为中国一些当代画家与西方同行的差距的确是在精神上的，当务之急是提高精神素质，首先成为真正具有内在需要的人。唯有如此，才能摆脱模仿与反叛的两难处境，才谈得上寻找最适当的形式的问题。

二 跨文化比较：相似点的不同

有的论者把帕氏的作品与中国书法或中国传统绘画进行比较，寻找其间的联系。我在总体上不太赞同这样的评论方式。毫无疑问，表面上的相似之处总是能够找出来的，例如两者都讲究画面的留有空白。但是，在这里正用得上一句中国古语："疑似之处，不可不察。"

在这种评论方式背后，起作用的也许是一种较为一般的见解，即认为抽象绘画是东方玄学对西方艺术产生影响的结果；甚至是一种更加一般的见解，即认为皈依东方文化是解救西方文化危机的出路之所在。至少在哲学领域里，类似的论调并不罕闻。譬如说，后期海德格尔之喜欢《老子》，这个例子常常被用作一个相关证据。始自柏拉图的西方传统形而上学从一开始就努力于以理性把握世界之整体，这一路径在康德之后越来越陷入了危机之中，于是，通过对理性的批判性反省，有些哲学家便试图另辟蹊径，以非理性的方式来领悟世界整体（海德格尔的 Sein）之意义。相反，中国的道家从一开始就放弃理性之路，把世界整体（"道"）看作不能被理性思维和语言所把握的朦胧（"恍兮惚兮"）的东西。这的确都是事实，但是，从中并不能引出西方哲学皈依中国哲学的结论，两者之间仍有着根本的区别。毋宁说，西方哲学由理性走向非理性，由清晰走向朦胧，这本身即是理性思维的产物。相反，道家的朦胧却在一定程度上表明了中国传统思维在形而上学问题上始终停留于非理性而未达到理性。也就是说，在现代西方哲学的非理性之中已经包含了理性的成果，我们诚然不能断言它一定比东方的原初性质的非理性高明，但至少不可把两者混为一谈。

绘画领域的情形与此十分相像，并且事实上也是以哲学上的差异为其根源和背景的。如果说中国传统绘画和书法的抽象是一种原初性质的抽象，与哲学上那种天人合一的混沌观念有着密切的联系，那么，西方绘画却经历了一个由写实到抽象的发展过程，正相应于西方哲学由实在论向现象学的转变。在这里，我是在比较广泛的意义上使用这两个术语的，用前者指那种相信在现象背后还存在着某种"物本身"的观点，而用后者指那种确认在意识中显现为现象是事物存在的唯一方式的观点。按照后者，以反映实在之本来面目为宗旨的写实绘画便失去了根据，而侧重以意识建构精神图像的抽象绘画则获得了充分的理由。因此，由写实向抽象的转折源自对于作为意识把握世界的方式的绘画的反思，是属于整个西方文化对于传统形而上学批判的总体范围的一个过程。对于中国传统文人来说，绘画和书法更多的是一种道德修养的手段，他们借抽象而超脱具体人事的羁绊，在空白中寻求淡泊的心境。相反，在西方艺术家那里，从写实到抽象却主要地是对世界的认知方式和解释方式的变化。对于这一点，帕氏本人也有着十分明确的认识。他在《色彩试验》的前言中写道：绘画"并不评注那被摹写的东西的缺席，而是指示那被感受到的东西的在场，并且是作为切中原因和原则的意识而在场"，"向我们提供了一个所见所思之世界的理念"。艺术对于假设的确定之质的拒绝乃是"面对规范化世界的自我肯定的形式"。由此可见，帕氏是自觉地立足于西方理性传统及其现代反省之立场，而把抽象绘画当作一种对世界的革命性认识手段的。在我看来，中国哲学以伦理为核心，西方哲学以对世界的认识方式为核心，这种根本性的差别同样也表现在绘画中，在比较中西绘画时尤其值得注意。

三 艺术家的个性和艺术的人类性：与全球化无关

这次研讨会的论题之一是全球化对艺术的影响。在讨论这个问题时，帕氏有一个即席发言，给我留下了深刻的印象。他用激烈的口吻表示，他对全球化不感兴趣，艺术家无须像大经理们那样每天跑一个国家，而应该毫不妥协地坚持自己的个性，用个人的力量来对抗全球化。我十分欣赏他所表达的这种纯粹艺术家的立场。他还谈到，美国的威廉斯、比利时的玛格洛特都是一辈子未尝离开所居住的小镇。在德国期间，我们曾到帕氏的家里做客，他的家位于一个名叫 Nuembrecht 的幽静的小镇，居室明净朴素，他自己也是在这样一个远离尘嚣的环境里潜心从事艺术创作的。

全球化主要是一个经济过程,这一过程对于不同文化之间的接触和交流当然是有促进的作用的。但是,我也倾向于认为,真正的艺术家对于全球化是不关心的。在一切文化形态之中,艺术是最不依赖于信息的,它主要依赖于个人的天赋和创造。艺术没有国别之分,只有好坏之分。一个好的中国艺术家与一个好的德国艺术家之间的距离,要比一个好的中国艺术家与一个坏的中国艺术家之间的距离小得多。真正的好艺术都是属于全人类的,不过,它的这种人类性完全不是来自全球化过程,而是来自它本身的价值内涵。人类精神在最高层次上是共通的,当一个艺术家以自己的方式进入了这个层次,为人类精神创造出了新的表达,他便是在真正的意义上推进了人类的艺术。

当我们谈论艺术家的个性之时,我们不是在谈论某种个人的生理或心理特性,某种个人气质和性格,而是在谈论一种精神特性。实际上,它是指人类精神在一个艺术家的心灵中的特殊存在。因此,在艺术家的个性与艺术的人类性之间有着最直接的联系,他的个性的精神深度和广度及其在艺术上的表达大致决定了他的艺术之属于全人类的程度。在这意义上可以说,一个艺术家越具有个性,他的艺术就越具有人类性。人们或许要在个性与人类性之间分辨出某些中间环节,例如民族性和时代性。当然,每一个艺术家都归属于特定的民族,都生活在一定的时代中,因此,在他的精神特性和艺术创作中,我们或多或少地可以辨认出民族传统和时代风格对他产生的影响。然而,这种影响一方面是自然而然的,不必回避也不必刻意追求,另一方面在艺术上并不具备重要的意义。我坚持认为,艺术的价值取决于个性与人类性的一致,在缺乏这种一致的情形下,民族性只是狭隘的地方主义,时代性只是时髦的风头主义。凡是以民族特点或时代潮流自我标榜的艺术家，他们在艺术上都是可疑的，支配着他们的很可能是某种功利目的。全球化过程倒是会给这样的伪艺术家带来商业机会，使他们得以到世界各个市场上推销自己的异国情调的摆设或花样翻新的玩具。不过，这一切与艺术何干？

我的结论是，对于艺术家来说，只有两件事是重要的：第一是要有丰富而深刻的灵魂生活，第二是为这灵魂生活寻找最恰当的表达形式。

2001.5

一个现代主义者对后现代主义的感想

一

我一直不喜欢所谓的后现代主义。我甚至不喜欢"后现代主义"这个词,在心中判定它是一个伪概念。世上哪里有"后现代"这样一个时代?即使你给现代乘上"后"的无限次方,你得到的仍然是现代。你永远只能生活在现在,如果你已经厌倦了现在,你不妨在想象中逃往过去或未来,可是,哪怕在想象中也不存在"后现在"这样一个避难所。我据此推断,后现代主义者是现代社会里虚假的难民,他们在现代社会里如鱼得水,却要把他们的鱼游之姿标榜为一种流亡。

尼采的"上帝死了"宣告了一个时代的开始,我们把这个时代称作现代。这个名称是准确的,因为这个时代的确属于我们,我们至今仍生活在其中。上帝之死的后果是双重的。一方面,一切偶像也随之死了,人有了空前的自由。另一方面,灵魂也随之死了,人感到了空前的失落。灵魂死了,自由有何用?这是现代人的悲痛,是现代主义文化的不治的内伤。这时候,来了一些不速之客,他们对现代人说:你们的灵魂死得还不彻底,等到死彻底了,你们的病就治愈了。

如今,这样的不速之客已经形成一支壮大的队伍,他们每人的后颈上都插着一面"后"字旗。

当现代主义在无神的荒原上寻找丢失的灵魂之时，后现代主义却在一边嘲笑、起哄，为绝对的自由干杯，还仗着酒胆追击荒野里那些无家可归的游魂，用解构之剑把它们杀死并且以此取乐。

二

我的朋友李娃克，你竟然说你怀着"后现代主义激情"，我相信你一定用错了词汇。"后现代主义"与"激情"是势不两立的，"后现代主义激情"是一个自相矛盾的概念。

激情的前提是灵魂的渴望和追求。渴望和追求什么？当然是某种精神价值。重估一切价值不是不要价值，恰好相反，正是因为对价值过于看重和执着。现代主义是有激情的，哪怕它表现为加缪式的置身局外。现代主义不喜欢自欺和炫耀，所以不喜欢那种肤浅的、表面的激情，例如浪漫主义的激情。渴望而失去了对象，追求却找不到目标，这使得现代主义的激情内敛而暗哑，如同一朵无焰的死火。

后现代主义却以唾弃一切价值自夸，以消解灵魂的任何渴望和追求为能事，它怎么会有、怎么会是激情呢？

我不怀疑你拥有激情，但那肯定不是"后现代主义激情"。这个时代太缺少激情，你的激情无处着陆，于是你激情满怀地要做一个后现代主义者。这当然是一个误会。你为人们的不易激动而激动，可是你的激动仍然无人响应，你决定向这些麻木的人们扔出一枚炸弹。结果你扔出的是几个身穿寿衣的女孩子，她们走进麻木的人群，但没有爆炸。

三

  在长城、天坛、故宫、天安门，若干身穿寿衣的人鱼贯而行，并排而行，成队形或不成队形而行，这些场景有何寓意？是警示芸芸众生思考死亡，还是讽喻世人如行尸走肉？是一声警世的呐喊，还是一纸病危的通知？在这些兼为历史遗产和风景名胜的场所，鬼魂和游人一齐云集，究竟谁是主人，谁是入侵者？

  我注意到了这样两个镜头：在长城，当寿衣队伍走过时，几个金发碧眼视若无睹，游兴不减；在天安门广场，当寿衣人鱼贯"投票"时，几个同胞始终旁观，表情麻木而略带诧异。

  我仅仅注意到了，不想以此说明什么。

  今日的时代，艺术已成迂腐，艺术家们也渴望直接行动。但艺术家的行动永远不过是一个符号罢了。

  即使让一切活人都穿上寿衣，你也不能使人们走近死亡一步，或者使死亡远离人们一步。你甚至无法阻止你设计的寿衣有一天真的成为时装流行起来。

  我想起一幅耶稣画像，画中的耶稣站在圣保罗教堂的台阶上，拥挤的人群根本没有注意到他。人群中，几个牧师正为神学问题争辩不休，顾不上看耶稣一眼。

  我还想起巴黎的蒙巴拿斯墓园，我曾经久久伫立在园中最简朴的一座墓前，它甚至没有墓碑，粗糙的石棺椁上刻着萨特和波伏瓦的名字。

  与死亡相比，寿衣是多么奢侈。

1999.3

零度以下的辉煌

这是入冬以后的废园，城市的喧嚣退避到了远方，风中只有枯树，静谧的阳光中只有一个瘦削的身影和一只巨大的相机镜头。我们看不见镜头后面一双迷醉的眼睛，但看到了镜头所摄下的令这双眼睛迷醉的景象。在北京的艺术家圈子里，刘辉对荷花的痴恋已经传为佳话。连续五个秋冬，这个来自东北的青年画家仿佛中了蛊一样，流连在京郊每一片凋败的荷塘边，拍摄下了数千张照片，现在摆在我们面前的便是其中的一小部分。

赏荷原是中国文人的雅趣，所赏的是那浮香圆影的精致，那出污泥而不染的高洁，实际上是借荷花而孤芳自赏。所以，在古人的咏荷诗里，会屡闻"恨无知音赏""飘零君不知"一类的怨叹。刘辉的意境当然与这一文人传统毫不相干。他是来自一个完全不同的地方，我几乎要说他是来自荒野，他那北方汉子的粗犷性格中没有多愁善感，也不受多愁善感的文字的暗示。同时，作为一个画家，他对美的图像又有敏锐的感觉。这两者的结合，使他成为了一个壮美的颓荷世界的发现者。他诚然偏爱秋冬的荷塘，但是，他的作品表明，他对颓荷的喜爱不带一丝伤感，相反是欢欣鼓舞的。他之所以欢欣鼓舞是因为他看见了美，这美如此直接地呈现在眼前，不容否认，也无须分析。你甚至不能说这是一种飘零的美、颓败的美，因为飘零、颓败这些字眼仍然给人以病态的暗示，而在一个真正的艺术家眼里，凡美皆是健康的。在他的作品中，我们确实看到了飘零本身可以是一种丰富，颓败本身可以是一种辉煌，既然如此，何飘零颓败之有？

刘辉把自己的这部摄影集命名为《零度以下》，我觉得非常好。这个书名很中性，不标榜任何观念也不宣告任何态度，确切地表达了他的艺术立场。他只是在看，也让我们和他一起看，看世界从零度以上进入零度以下，看大自然的形态和颜色渐渐变化，看荷塘由柔蓝变成坚白，荷干由黄粗变得黑细。最后，世界凝固在零度以下，这些黑铁丝一样的枝干朝不同方向弯折成不同角度，在岩板一样的冰面上意味深长地交错密布，构成奇特的造型，像巫术，又像现代舞，像史前的岩画，又像新潮的装置作品。看到这些，我们不能不和刘辉一起惊喜。看并且惊喜，这就是艺术，一切艺术都存在于感觉和心情的这种直接性之中。不过，艺术并不因此而易逝，相反，当艺术家为我们提供一种新的看、新的感觉时，他同时也就为我们开启了一个新的却又永存的世界。刘辉的作品的确为我们展示了荷花的另一种存在，与繁花盛开相比，它也许更属于世界的本质。我由此想到，世上万事万物，连同我们的人生，也一定都有零度以下的存在，有浮华凋尽以后的真实，等待着我们去发现和欣赏。

其实，若干年前，我也曾在冬日到过刘辉常去的那座废园，当时也被颓荷的美震住了。然而，对于我来说，这个经验似乎只具有偶然性，只是我日常生活中的一个小插曲，很快被我遗忘了。乍看到刘辉的摄影，记忆立刻苏醒，我心中不免羡慕，但是我不嫉妒。面对每一种特殊的美，常人未必无所感，却往往用心不专，浅尝辄止，事实上把它混同于一般的美了。只有极少数人，也许天地中唯有此一个人，会对之依依不舍，苦苦相恋，梦魂萦绕。我相信，这样一个人对于这一种特殊的美是拥有特权的，他是真正的知音,那个世界理应属于他。不久前,也是冬日,我随刘辉重游废园,他对那里一草一木的熟悉和自豪,真使我感到仿佛是在他家里访问一样。有一会儿,我在岸上,看他立在荷干之间的朴素的身影,几乎觉得他也成了一株荷干。于是我想,在一个艺术家和他所珍爱的自然物之间,冥冥中一定有着神秘的亲缘关系。那么,在这意义上,我应该说,刘辉看见并且让我们看的就不仅是瞬时的图像,更是他自己的古老而悠久的谱系。

2000.2

现代人与福音

——解读旺忘望的新作

一

现代人有爱吗？现代人有信吗？有的——

一颗鲜红的心，一张崭新的美钞，一枚别针把它们串联在了一起。标题：现代人的爱与信。

那枚别针也是崭新的，它刺穿了那张美钞，然后刺穿了那颗心。我想到了针眼，美钞上的针眼和心上的针眼，美钞紧贴着心，两个针眼几乎是重合的。我还想到了耶稣的话："富人要进入天国，比骆驼穿过针眼还困难。"

那颗心会痛吗？会流血吗？我料想不会，因为那颗心一定是假的，是广告和卡通上常见的那种形态。而且，一颗真的心，一颗只会被邱比特的箭射中的心，它怎么能让自己为了一张美钞而被一枚普通的别针刺穿呢？

可是，我看到，分明有一滴鲜血从针眼里沁了出来。那么，这应该是一颗真的心了。那么，对于它来说，和美钞钉在一起就不是纯然的享受，同时也是一种痛苦、一种刑罚了。从这一滴鲜血中，我看到了现代人的希望。

也许，人们还会发现，与基督被钉在十字架上相比，一颗心被钉在美钞上不但是一种刑罚，更是一种耻辱。

二

在西斯廷小教堂的天蓬组画中，有一幅名画：《亚当的创造》。画面上，左边是亚当，右边是上帝，他们各伸出一只手。亚当的手臂轻放在膝盖上，指头是松弛的。上帝的手臂有力地伸向前，一根食指正在最大限度地向亚当的手靠近。这是创世纪中的精彩时刻，神圣的生命从上帝的指尖流向人的尘土之躯。

现在，米开朗琪罗的这一对著名的手在一个简洁然而奇特的场景中再现了。我的眼前出现两台电脑，亚当的手从左边的电脑中伸出，上帝的手从右边的电脑中伸出，两只手仍保持着当初最大限度接近的状态。

标题：比特时代人与神的交接。

对于这幅画的含义，人们可以做不同的解释。譬如，你可以说，在因特网时代，人与神的交接方式发生了根本变化。既然人与人之间能够在网上联络、聊天乃至恋爱，人与神之间有何不能呢？我们确实看到，教堂、佛庙、清真寺都纷纷建立了自己的网站，进行网上传教。也许有一天，只要打开电脑，任何人都可以立即进入虚拟的天国，品尝永生的滋味。事实上，设计这样的软件绝非难事。

然而，我宁愿作别种理解。我盯视得越久，越感觉到上帝那一只伸出的手具有一种焦急的姿势。聪明的人类啊，不要被你们自己制造的一切精巧的小物件蒙蔽了，忘记了你们的生命从何而来，缘何神圣。世代交替，万物皆逝，电脑是暂时的，一切都是暂时的，唯有那个时刻是永恒的，就是上帝的手向亚当的手接近的时刻。这个时刻从来不曾结束，尤其在今天，上帝的手格外焦急地向人伸来，因为他发现亚当的生命从未像今天这样脆弱和平庸，但愿网虫亚当先生能够幡然醒悟。

三

耶稣的头像。这大约是受洗不久的三十多岁的耶稣，刚开始他的事业，眼中饱含着智慧和信心，看上去一表人才，几乎是个美男子。此刻，这颗美丽的头颅却被一些复杂的器械笼罩着，那是一些测量微小长度用的仪器，例如卡尺之类，一旁还有标尺的刻度。不用说，某个聪明人正在做一件严肃的工作，要对上帝的这个儿子进行精确的测量。他一定得到了一些不容置疑的数据，又从中推导出了一些重要的结论，不过我们不得而知。

其实，耶稣在世时，这项用人间的尺度对他进行测量的工作就已经开始了。例如，他的本乡人用出身这把尺子量他，得出结论道："他不是那个木匠的儿子吗？"

这个历史延续至今。人们手持各种尺子，测量出一系列可见的数据，诸如职位、财产、学历、名声之类，据此给每一个人定性。凡是这把尺子测量不出的东西，便被忽略不计。那被忽略了的东西，恰恰是人身上真正使人伟大和高贵的东西，即神性。

假如耶稣生活在今天，我敢断定，他绝无希望被任何一家公司聘用，只能混迹于民工队伍之中。

当然啦，今天有发达的科学，测量工作能够深入人体最精微的结构之中，比如基因。如果某位科学家宣布，他已破译耶稣的遗传密码，确证玛利亚无性受孕生出的这个儿子原来是最早的克隆人，我相信也不会有人感到惊诧。

人的尺度越是繁复和精致，测出的东西与神就越是不相干。放下人的尺度，这是认识一切神圣之物的前提。

这幅画的标题是：以人的尺度不能认识神。

四

一辆汽车在高速公路上飞驰。我们看不见汽车，只能看见它的宽大气派的后视镜。天空燃烧着火红的晚霞，这晚霞也映照在后视镜里。公路那一边，远方有一大片朦胧璀璨的灯光。真是一个美丽的黄昏。那个驾车者是谁？他的目的地是哪里？都不知道。不过，我们有理由猜测，等待他的将是一个欢乐的不眠夜。

我们看不见他眼中的欣喜、急切或疲惫，只能看见后视镜。我们看见，在这面宽大气派的后视镜里，衬着晚霞的背景，两个人影擦肩而过：迎面走来的是基督耶稣，一袭长袍，步态安详；在耶稣身后，是一个长跑者的穿白背心的背影。

在一辆时速 120 公里以上的汽车的后视镜里，这个场景必是一瞬间。在这个瞬间，驾车者朝后视镜瞥了一眼没有？或者，在此前的一个瞬间，当汽车刚刚越过朝同一方向行走的耶稣时，他朝车窗外瞥了一眼没有？可是，即使瞥了，他又能看见什么？在那样的车速下，耶稣与路边那一棵棵一闪而过的树没有任何区别。在最好的情形下，假设他注意到了耶稣的异样外表，他会紧急刹车吗？当然不，他一心奔赴前方的欢乐之夜，怎么舍得为路边一个古怪行人浪费他的宝贵时间呢。

那个长跑者是迎着耶稣跑来的，刚才两人曾经相遇。他注意到耶稣了吗？显然也没有，否则，即使出于好奇，他也会停下脚步，回头观望。他全神贯注于健身，义无反顾地沿着固定路线向前跑去，对邂逅的行人不感兴趣。

这幅画的标题是：擦肩而过。耶稣早已说过："他们视而不见，听而不闻。"尤其在我们这个时代，人人都是忙人，擦肩而过更是常规。

忙于什么呢？忙于劳作和消费，健身和享乐，总之，是让身体疲劳和舒服、强壮和损耗的各种活动，人们把这些活动称作生活。

谁和谁擦肩而过？几乎是一切人与一切人。所有人都在为自己的事务忙碌着，凡暂时与自己的事务无关的人皆被视为路人，对之匆忙地瞥上一眼已属奢侈，哪里还有工夫去关注那个永远与自己的事务无关的基督或上帝呢？

于是，奔忙的身体与灵魂擦肩而过，泛滥的信息与真理擦肩而过，频繁的交往与爱擦肩而过，热闹的生活与意义擦肩而过。

五

开始听说旺忘望皈依基督教，我很吃惊，心里想：对于这个连名字也散发着强烈后现代气息的艺术家来说，此举是否又是一个后现代的艺术行为呢？后来，在一次朋友聚会时，我和他单独交谈，带着疑团向他提了许多问题，而他则向我追叙了放纵和反叛的空虚，死亡的恐惧，以及信教以后的宁静和充实。经过这次谈话，我的疑团消释了，相信了他的皈依不是一个心血来潮的举动，而是一个真实的灵魂事件。

但是，新的担忧产生了：在他的生命冲动被基督驯服之后，他还能保持原来那种无拘无束的想象力和创造力吗？倘若世上多了一个基督徒，却因此少了一个艺术家，我不认为是一件划算的事。现在，旺忘望的新作又解除了我的这一担忧。出奇制胜的构思和拼接，强烈冲击视觉的画面，表明这些新作仍具有解构传统的后现代风格。但是，在这里，解构本身不复是目的，而成了彰显真理的一种方式，拒绝信仰的后现代在扬弃中奇特地证明了信仰的成立。

　　我不把旺忘望看作一个宗教画家，成为基督徒仅是他的精神蜕变的一个契机，别的艺术家完全可能遭遇别的契机。真正值得思考的问题是，对于一个现代艺术家来说，信仰和创造究竟具有怎样的关系。

2002.10

摇滚的真理

——《自由风格》序

一

我还清楚地记得与崔健第一次见面的情形。那是十多年前，他的《一无所有》刚刚开始被年轻人传唱，在我也是结识不久的梁和平家里，中央乐团的一间小小的宿舍。我先到达，他进门后，把与他同来的刘元向我作了介绍，我发现站在我面前的两个伙伴年轻得还近乎是孩子。第一眼的印象是朴实，有些腼腆，话语不多。我也是话语不多的人，只问了一个有关写歌词的问题，他回答说他文化不高，写词比较费劲。后来，当我一再惊讶于他歌词的异常表达力之时，我就会不由自主地想起他说的这话。他还告诉我，他不喜欢读书，却喜欢读我的《尼采：在世纪的转折点上》，他的搞摇滚的朋友们也都喜欢。那天晚上，他弹着吉他，低吟浅唱了几支歌，这些歌日后成了他的第一张专辑中的名曲。

在那以后，我作为一个观众出席过1989年3月在北京展览馆剧场举办的《新长征路上的摇滚》演唱会，还因若干偶然的机会和他见过几面。应该说，我和他的个人接触是十分有限的。但是，十多年来，他的艺术态度和精神立场的独特性始终引我关注。从他从事音乐创作的认真和推出新作的谨慎，从他每一部或引起轰动或引起争议的作品的内涵，从他无论面对轰动还是争议的冷静,从他在媒体面前的自重和低调,从偶尔读到或听到的他的片言只语,我都感觉到他是一个内心非常严肃的人。我越来越相信,虽然他被公认为中国摇滚第一人,但他的意义要超过摇滚,虽然他的出场比别的歌星更使观众激动,但观众对他的尊敬远非简单的偶像崇拜。我自己完全谈不上是歌迷,正因为如此,我也许能够从一个不同的角度体会到他在中国当代心灵史上的分量。

由于上述原因,我产生了与崔健进行思想对话的愿望。我的目标不只是个人的交流,我更想做的事情是用我的笔来传达他的思考。我的天性使我远离各种热闹,我不会想到要替任何别的演艺界名人做这样的事情。然而,崔健是一个例外。出于一种精神上的感应,我觉得我能够理解他在名声包围下的孤独,在沉默包围下的坚定。我确信他是当今时代不多的特例之一,既是世俗意义上的成功者同时又是精神上真正的优秀者。他始终行走在他自己的精神高度上,并且行走得那么自然,因为支撑着他的不是某种观念,而是健康的本能和直觉。在今日的文化舞台上,凭借本能和直觉而直抵时代之核心的声音十分稀少,因而愈加可贵。崔健不只属于他的歌迷,他也应该属于我们时代一切关心自己的生存状态和精神生活水准的人。我相信,如果用另一种形式说出他在摇滚中说的东西,许多不习惯欣赏摇滚的人也会愿意倾听,并且受到鼓舞和启发。

使我感到幸运的是,尽管崔健一向对发表公开谈话持慎重的态度,但他欣然接受了我的建议。我感谢他对我的信任。

二

我眼中的崔健是一个执着的思想者,但首先是一个非常真实的人，他直接立足于生存状态，其间没有阻隔也不需要过渡，他的音乐和思想的力量都在于此。在他的思考中，始终占据着中心地位的是一个尖锐的问题，便是人怎样才活得真实。这个主题贯穿于他的音乐创作中，也贯穿于他的生活态度中，把他的艺术和人格统一了起来。

在甜歌蜜曲和无病呻吟泛滥的流行歌坛上，崔健是一个异样的存在。他的作品从来都言之有物，凝聚着那种直接源自健康本能的严肃思考。在他的作品中，我们一方面可以听到生命本能的热烈呼喊，另一方面可以听到对生命意义的倔强追问。他忠实于自己的灵魂，忠实于内心的呼声，在这一点上绝不肯委屈自己，使他的作品有了内在的一贯性。由于这同一个原因，他对时代状况又是敏感的，随着社会转型的演进，他不停地反思和质疑，对于任何一种虚假的活法都不肯妥协。他的作品之所以具有人们常常谈论的那种批判性，根源不在某种世俗的政治关切，而恰恰在他对于人的生存状态的关注和寻求真实人生的渴望。

人怎样才活得真实？对于这样一个问题，无论谁都不可能找到一劳永逸的答案。不过，我们至少可以确认，任何一种真实的活法必定包含两个要素，一是健康的生命本能，二是严肃的精神追求。生命本能受到压制，萎靡不振，是活得不真实。精神上没有严肃的追求，随波逐流，也是活得不真实。这两个方面又是互相依存的，生命本能若无精神的目标是盲目的，精神追求若无本能的发动是空洞的。作为一个摇滚歌手，崔健在摇滚中找到了一种适合于他的方式，使他觉得可以把本能的自由和精神的严肃最佳地结合起来。当然，这种适合于他的方式未必适合于其他人。我认为，重要的是我们每一个人都应该去寻找一种适合于自己的方式，都应该倾听自己内在生命的呼声，关注自己的生存状态，不断地寻求一种既健康又高贵的人生，简言之，一种真实的活法。

这就是崔健用他的作品所启示给我们的真理，我称之为摇滚的真理，实际上也就是生命的真理。

三

当我们坐下来进行本书由之形成的一系列交谈时，距最初的见面已有十多年了，崔健已不复是当年那个初出茅庐的小青年，而是一个功成名就的中年人了。他朴实依旧，多了一些沧桑感。然而，他依然是富有激情和活力的。平时沉默寡言的他，一旦谈论起感兴趣的话题，便江河滔滔，精彩纷呈，使在座的人都感觉到是一种享受。

我们先后进行了五次谈话，分别是在今年的2月1日、6月9日、6月21日、8月31日、12月2日。谈话的主角理所当然地是崔健，话题是广泛的，以音乐为重点，兼及他对艺术、文化、社会、人生的看法。每一次谈话都有录音，并整理出原始文字材料。然后，我根据原始材料按照主题再做整理。这样产生的初稿在我和崔健之间往返了许多次，分头进行了仔细的修改，最后才形成现在的定稿。这样一本小小的书，我们围绕它工作了将近一年。我想借此表明的是，我们的态度是十分认真的。对于崔健，这是他不愿意多用的一种方式，他更愿意用音乐来说话，在许多年里他不会再出另一本用文字表达自己的书了，因而必定格外慎重。对于我，我觉得自己负有一种责任，生怕自己不能充分而又准确地传达他的看法，留下长久的遗憾。可是，我知道遗憾是难免的，由于我不谙音乐，不擅言谈，就未必能激发他把自己的宝藏都展现出来。因此，我虽可力求准确，却难以做到充分。不过，不管怎样，在完成了本书的时候，我想说，在我的生涯中，这是一次愉快和难忘的合作。

  我自己从这次合作中确实获得了极大教益,它给我提供了一个机会,得以面对一个人生道路和事业领域与我完全不同的优秀者,聆听他对生活的认识。在谈话过程中,沟通令我欣慰,但差异更促我深思。作为一个一辈子与文字为伴的读书人,我尤能感觉到他对纯文字批评的警策力量。我希望我有理由据此期待,本书将不但有助于喜欢崔健的人们进一步理解他和他的作品,而且有助于包括知识分子在内的各方人士进一步思考自己和自己的人生。

2000.11

艺术家的看及其他

—— 谈王小慧和她的摄影

一

十二年前的一天,在一次车祸中,王小慧痛失爱侣,自己重伤住进医院,一对金童玉女就此阴阳隔绝。令人难以置信的是,当她从昏迷中醒来以后,第一件事情就是拿起相机,拍下自己惨不忍睹的情形。尽管悲痛欲绝,尽管动作艰难,尽管美丽的容貌此时面目全非,但这些都不能阻挡她拿起相机自拍。在我看来,这个举动在她一生中具有重大意义,表明摄影已经成为她的第一本能,在她身上有一种东西比生命更强大,同时也使她的生命比死亡更强大,那就是艺术。

从此以后,这个东方美女背起沉重的器材,仿佛受着一种神秘力量的驱使,在世界上不停地走,不停地拍摄,这成了她恒常的生活方式。通过这种方式,她走出了那个悲剧,越走越远,重获了生存的乐趣。通过这种方式,她又走入了那个悲剧的核心,越走越深,领悟了生存的奥秘。

二

摄影家的本领在于善于用镜头看,看见常人看不见的东西。王小慧说,镜头是她冷静客观的第三只眼。其实,这第三只眼就是她的另一个自我的眼睛,她灵魂的眼睛。

每个人都睁着眼睛,但不等于每个人都在看世界。许多人几乎不用自己的眼睛看,他们只听别人说,他们看到的世界永远是别人说的样子。人们在人云亦云中视而不见,世界就成了一个雷同的模式。一个人真正用自己的眼睛看,就会看见那些不能用模式概括的东西,看见一个与众不同的世界。

人活在世上,真正有意义的事情是看。看使人区别于动物。动物只是吃喝,它们不看与维持生存无关的事物。动物只是交配,它们不看爱侣眼中的火花和脸上的涟漪。人不但看世间万物和人间百相,而且看这一切背后的意蕴,于是有了艺术、哲学和宗教。

你看到了什么,你也就拥有什么。每个人的生命贮藏是由他看到的东西组成的。"视觉日记"是一个确切的词。不但摄影家,而且一切艺术家,其实都是在写自己的视觉日记。他们只是采用的方式不同,但都是在记录用自己的眼睛看到的世界,记录自己生命航道上的每一处风景。一切优秀的艺术家都具有这种日记意识,他们的每一件作品都是日记中的一页,日记成为一种尺度,凡是有价值的东西都要写进日记,凡是不屑写进日记的东西都没有价值。他们不肯委屈自己去制作自己不愿保藏的东西,正因为如此,他们的作品才对别人也有了价值。

看并且惊喜,这就是艺术,一切艺术都存在于感觉和心情的这种直接性之中。不过,艺术并不因此而易逝,相反,当艺术家为我们提供一种新的看、新的感觉时,他同时也就为我们开启了一个新的却又永存的世界。

三

看的本领就是发现细节的本领。一个看不见细节的人,事实上什么也没有看见。把细节都抹去了,世界就成了一个空洞的概念。每一个细节都是独特的,必包含概念所不能概括的内容,否则就不是细节,而只是概念的一个物证。

王小慧是善于发现细节的。譬如说,看了她的摄影,我才知道,原来花朵里藏着如此丰富的细节。我们也看花、赏花,却不知道这些细节的存在。现在,我们突然发现自己对于花朵是多么陌生。这些细节使花朵不再仅仅是花朵,它们讲述着我们未尝听说过的故事,使我们窥见了一个既陌生又仿佛依稀认得的世界。

细节的发现一开始往往是偶然的,但是,这种偶然性多半只能发生在有心人身上,绝对只能在有心人手中修成正果。在一定意义上,照相机已经长在王小慧的身体上,成为她的一个最警觉、最灵敏、最智慧的器官。她用镜头看、触摸、思考。她甚至用镜头变魔术,把人们熟视无睹的细节变成人们百思不解的图像。这是她的调皮之处,她借此把创造和游戏统一起来了。

世界的秘密隐藏在细节之中,然而,那个看见了细节的人不是揭开了,而只是感应到了这个秘密。所以,包括王小慧自己,无人能够说清楚她的抽象摄影作品的确切含义。虽然一切优秀的抽象作品都会以其艺术力量诱使人们做出诠释,但是,任何确定的诠释都必定是牵强的。在这些作品面前,我宁可放弃诠释,让它们的含义处在丰富的不确定性之中,让我自己处在面对某种不可言说的秘密时的惊讶和震颤之中。

四

王小慧的工作热情和效率是惊人的，以至于有人说她一个人有七条生命。可是，她自己说对她的人生和艺术影响最大的是道家思想。她的进取和动荡是如何统一于道家的恬淡和静笃的呢？我相信，就统一在顺应她的本性之自然。正因为她在做她今生今世最想做最喜欢做的事，所以能够既全身心地投入，又一无牵挂地放松。

道家主阴柔，但并不排斥阳刚。所谓"知其雄，守其雌"，知雄是守雌的前提，唯有了解、吸纳、善用阳刚之因素，才能"柔弱胜刚强"。我几乎要认为，老子心目中的理想人格是一个有内在力量的柔弱女子，难怪王小慧如此喜欢道家。

"道生一，一生二"，这个"二"就是阴与阳。两极之间存在着永恒的冲突，仅在极其幸运的场合达成了和合，于是"二生三，三生万物"，幻化出了绚烂的人性、人生和艺术。

五

第一次离父母远行，你审视着这个熟悉的家，仔细挑选要带走的东西。在屋子的各个角落里，到处藏着一些小物件，也许是幼时玩过的一个布娃娃，上小学时写着歪歪扭扭字迹的练习簿，某一次郊游采集的标本，陪伴你度过了许多寂寞时光的书籍和录音带，一沓沓还没有来得及整理的相片和信。你为你即将走向新的生活而激动，却仍然与昨天的生活难舍难分。这间屋子里藏着你的童年和青春，你多么想把珍贵岁月的一切见证都带走。

一个年轻女子从前方走来，她左手端着烛台，右手小心翼翼地护着摇曳的烛光。她无法阻止蜡烛在时间中渐渐燃尽,但她想让烛光永驻,带着它走向世界,照亮一切时间。

人在世界上行走,在时间中行走,无可奈何地迷失在自己的行走之中。他无法把家乡的泉井带到异乡,把童年的彩霞带到今天,把十八岁生日的烛光带到四十岁的生日。不过,那不能带走的东西未必就永远丢失了。也许他所珍惜的所有往事都藏在某个人迹不至的地方,在一个意想不到的时刻,其中一件或另一件会突然向他显现,就像从前的某一片烛光突然在记忆的夜空中闪亮。

我相信,人生中有些往事是岁月冲不走的,仿佛愈经冲洗就愈加鲜明,始终活在记忆中,我们生前守护着它们,死后便把它们带入了永恒。

2003.11

论美

1

在孩子眼里，世界充满着谜语。可是，成人常常用千篇一律的谜底杀死了许多美丽的谜语。

这个世界被孩子的好奇的眼光照耀得色彩绚丽，却在成人洞察一切的眼睛注视下苍白失色了。

唉，孩子的目光，这看世界的第一瞥，当我们拥有它时，我们不知这是幸福，当我们悟到这是幸福时，我们已经永远失去它了。

2

尽管美感的发生有赖于感官，但感官的任何感受如果未能使心灵愉悦，我们就不会觉得美。所以，美感本质上不是感官的快乐，而是一种精神性的愉悦。正因为此，美能陶冶性情，净化心灵。一个爱美的人，在精神生活上往往会有较高的追求和品位。

3

尽管美感的根源深植于性欲之中，可是当少年人的性欲刚刚来潮之时，他又会惊慌地预感到这股失去控制的兽性力量破坏了美感，因而出现性亢奋与性反感交错的心理。

对性欲的某种程度的压抑不仅是伦理的需要,也是审美的需要。美感产生于性与性压抑之间的平衡。

4

创世的第一日,上帝首先创造的是光。"神说,要有光,就有了光。神看光是好的,就把光和暗分开了。"你看,在上帝眼里,光是好的而不是有用的,他创造世界根据的是趣味而不是功利。这对于审美的世界观是何等有力的一个譬喻。

5

美从来不是一种纯粹的物理属性,人的美更是如此。当我们看见一个美人时,最吸引我们的是光彩和神韵,而不是颜色和比例。那种徒然长着一张漂亮脸蛋的女人、尤其男人,最让人受不了,由于他们心灵的贫乏,你会觉得他们的漂亮多么空洞,甚至多么愚蠢。

6

美是主观的还是客观的?看见了美的人不会去争论这种愚蠢的问题。在精神的国度里,一切发现都同时是创造,一切收获都同时是奉献。那些从百花中采蜜的蜂儿,它们同时也向世界贡献了蜜。

7

审美与功利的对立是一个经验的事实。凡是审美力锐利的人,对功利比较糊涂,而利欲熏心的人则对美不甚留意。有艺术气质的人在社会阅历方面大多处在不成熟的童稚状态。

8

从宇宙的角度看,美和道德都是没有根据的。宇宙既不爱惜美,也不讲求道德。美是人心灵的一个幻影,道德是人生存的一个工具。人是注定要靠药物来维持生命的一种生物,而美就是兴奋剂,道德就是镇静剂。

道德不仅为社会所需要,而且为人生所需要。如果人要为自己的生活寻找一个稳固的支点,就绝不能寄希望于美。美是一片浮云,道德却在实践上提供了人与人之间的一种稳定的依赖关系,在心理上提供了一种安全感和自信心。

可是,某些人的天性注定他们是逃不脱美的陷阱的,对美的迷恋乃是他们先天的不治之症。

9

罂粟花,邪恶的光泽。恶赋予美以魅力,光泽赋予色彩以魅力。相形之下,只有色彩没有光泽的牡丹显得多么平庸。

10

在人的本能中,既有爱美、占有美的冲动,又有亵渎美、毁坏美的冲动。后一种冲动,也许是因为美无法真正占有而产生的一种绝望,也许是因为美使人丧失理智而产生的一种怨恨。

11

一个爱美的民族总是有希望的,它不会长久忍受丑陋的现实。最可悲的是整个民族对美和丑麻木不仁,置身于这样民族中的个别爱美的灵魂岂能不被绝望所折磨?

12

许多哲人都预言会有一个审美的时代。我也盼望这样的时代到来，但又想：也许，美永远属于少数人，时代永远属于公众，在任何时代，多数人总是讲究实际的。

13

有不同的丑。有的丑是生命力的衰竭，有的丑是生命力的扭曲。前者令人厌恶，后者却能引起一种病态的美感。现代艺术所表现的丑多属后者。

14

"奈此良夜何！"——不但良夜，一切太美的事物都会使人感到无奈：这么美，叫人如何是好！

15

花的蓓蕾，树的新芽，壁上摇曳的光影，手轻柔的触摸……它们会使人的感官达于敏锐的极致，似乎包含着无穷的意味。相反，繁花簇锦，光天化日，热烈拥抱，真所谓信息爆炸，但感官麻痹了，意味丧失了。

论艺术

1

对于一个艺术家来说，只有两件事是最重要的：第一是要有真实、丰富、深刻的灵魂生活，第二是为这灵魂生活寻找恰当的表达形式。前者所达到的高度决定了他的作品的精神价值，后者所达到的高度决定了他的作品的艺术价值。

如果说前者是艺术中的真，那么，后者就是艺术中的美。所以，在艺术中，美是以真为前提的，一种形式倘若没有精神内涵就不能称之为美。所以，美女写真照不是艺术，罗丹雕塑的那个满脸皱纹的老妓女则是伟大的艺术作品。

2

美学家们给美所下的定义很少是哲学性质的，而往往是几何学的、心理学的或者社会学的。真正的美逃避定义，存在于几何学、心理学、社会学的解释皆无能为力的地方。

艺术天才们不是用言辞，而是用自己的作品给美下定义，这些作品有力地改变和更新着人们对于美的理解。

3

面对艺术作品，外行很容易不自信，谦称自己不懂。毕加索对这样一个谦虚者喊道："不懂？你是要看懂啊！"他的意思是说，对于美和艺术，根本不存在懂不懂的问题。在这个领域里，人人都可以发言，没有人能够下结论。

4

每个人都有那种奇妙的瞬时的感觉，可是大部分人抓不住，日常琐屑生活的潮流把他们冲向前去了，他们来不及、顾不上去回味和体验。有些人抓住了，但不能赋予形式，表达不出来。只有少数人既能抓住，又能赋予形式。

人的感受性是天生的，因而也是容易的。最困难的是赋予自己的感受以适当的形式。天才与一般聪明人的区别就在此。也正因为这个原因，许多人有很好的感受性，但其中只有极少数人为世界文化宝库提供了自己的东西。

5

有一种人，感受性甚好，知识面甚广，但一切都是碎片，没有能力把它们组织成一个活的躯体。

知识和感受诚然重要，但更重要的是要有驾驭它们的能力，善于赋予其形式。否则一切都会白白流失。

6

美是骚动不安的，艺术家却要使它静止。美是稍纵即逝的，艺术家却要使它永存。艺术家负有悲剧性的使命：去做不可能做到的事。

7

艺术家最易受美的诱惑，有最强烈的占有美的欲望。但美是占有不了的，因为占有就意味着美感的丧失。艺术家被这种无法满足的欲望逼到绝路，才走向艺术，以象征的方式来占有美。他是被逼上象牙塔的。

8

美的力量是可以致人死命的。美那样脆弱，那样稍纵即逝，可是它却能令人迷乱癫狂，赴汤蹈火，轻抛生命。在美面前，谁不想纵身一跳，与它合为一体，淹死在其中！天知道人的这种不可理喻的天性是从何而来的！

我想起了Lorelei的传说，真是深得美之三昧。

然而，做一个艺术家，却不能丢魂失魄地做美的奴隶，当然也不能无动于衷地对美旁观，他要驾驭美，赋予美以形式，形式是他的牛轭，他借此成为美的主人。

9

也许新鲜感大多凭借遗忘。一个人如果把自己的所有感觉都琢磨透并且牢记在心，不久之后他就会发现世上没有新鲜东西了。

艺术家是最健忘的人，他眼中的世界永远新鲜。

10

叔本华说，艺术是人生的麻醉剂。尼采说，艺术是人生的兴奋剂。其实还不是一回事？酒既是麻醉剂，又是兴奋剂。艺术就是人生的酒。至于它哪种作用更显著，则是因人而异的，就像不同体质的人对酒有不同的反应一样。

11

人类的神话时代和宗教时代都已经成为过去，现代人实际上只能在艺术和功利二者之间进行选择。艺术的生存方式注重对生命的体验和灵魂愉悦，功利的生存方式注重对物质的占有和官能享乐，两相比较，艺术终究为没有信仰的现代人提供了一种真正的精神补偿。我不太相信形形色色的艺术救世论，但是我相信，对于热爱人生却又为终极关切苦恼着的人们来说，艺术的确是最好的慰藉。

12

趣味无争论，这无非是说，在不同的趣味之间没有对错之分。但是，在不同的趣味之间肯定有高低之分。趣味又名鉴赏力，一个人的鉴赏力大致表明了他的精神级别。趣味的形成有种种因素，包括知识、教养、阅历、思考、体验等，这一切在趣味中都简化成了一种本能。在文学和艺术的欣赏中，良好趣味的形成也许是最重要的事情，它使一个人本能地趋向好东西，唾弃坏东西。对于创作者来说，良好的趣味未必能使他创作出好东西，因为这还需要天赋和技巧，但能够使他不去制作那些他自己也会厌恶的坏东西。

论艺术家

1

好艺术家像好女人好男人一样,总那么纯,这是一种成熟的单纯,一种有深度有力度的单纯。他们能够不断地丰富自己,却又不为时代的五光十色所浸染,不为成败所动摇,耐得寂寞,也耐得喧嚣,始终保持本色。

2

艺术家所可追求的,无非生前的成功、死后的名声、创作的快乐三者。世事若转蓬,生前的成功究系偶然。人死万事空,死后的名声亦属无谓。唯有创作的快乐最实在、最可把握。艺术家是及时行乐之徒,他的乐便是创作的快乐,仅此一项已足以使他淡然于生前的成功和身后的名声了。

3

如今凡·高的一幅画拍卖价高达数百万甚至数千万美元了,他在世时的全部生活费用还够不上做这个数字的一个小零头。

你愿意做凡·高,还是拍卖商?

我不相信你的回答。

4

毕生探索技巧，到技巧终于圆熟之时，生命也行将结束了。这是艺术大师的悲哀。

5

我能理解那些销毁自己不满意的作品的艺术家，他们的动机并非为己扬善掩恶，倒是因为爱美成癖。

6

凡缪斯，必永远漂泊。唯有法利赛人才有安居乐业的福气。

7

艺术家常常是不爱交际的，他太专注于内心了。在一般社交场合，他可能显得沉默寡言，心不在焉，因而在俗人眼中不是个有趣的人物。但不少人却把社交场合的活跃和有趣看作艺术气质的标志。

8

所谓艺术气质，其实包括两种全然不同的类型。一种是诗人气质，往往是忧郁型的。另一种是演员气质，往往是奔放型的。前者创造，后者模仿。

这里指的不是职业。事实上，有的诗人是演员气质的，他在模仿；有的演员是诗人气质的，他在创造。

9

对于真正的艺术家来说，艺术始终是目的本身，而爱情在客观上只成了手段。可是，当他堕入情网、身历其境时，他所爱的对象就是目的，艺术反倒好像成了手段。他歌唱，写作，把作品呈献给心中的偶像。直到爱情消逝了，他作品的真正价值才得以确立。

10

如果我是女人，我将乐意与艺术家交朋友，听他谈作品，发牢骚，讲疯话。但我绝不嫁给他。读艺术家的作品是享受，和艺术家一起生活却是苦难。艺术家的爱情大多以不幸结束，责任绝不在女人。他心中有地狱，没有人能够引他进入天堂。

11

诗人从爱情中所能收获到的果实不是幸福的家庭，而是艺术。这是他的幸运，也是他的不幸。

第七辑

时尚考察

纪念所掩盖的

在尼采逝世一百周年的日子来临之际,世界各地的哲学教授都在筹备纪念活动。对于这个在哲学领域产生了巨大影响的人物,哲学界当然有纪念他的充足理由。我的担心是,如果被纪念的真正是一位精神上的伟人,那么,任何外在的纪念方式都可能与他无关,而成了活着的人的一种职业性质的或者新闻性质的热闹。

我自己做过一点尼采研究,知道即使从学理上看,尼采的哲学贡献也是非常了不起的。打一个比方,西方哲学好像一个长途跋涉的寻宝者,两千年来苦苦寻找着一件据认为性命攸关的宝物——世界的某种终极真理,康德把这个人唤醒了,喝令他停下来,以令人信服的逻辑向他指出,他所要寻找的宝物藏在一间凭人类的能力绝对进入不了的密室里。于是,迷途者一身冷汗,颓然坐在路旁,失去了继续行走的目标和力量。这时候尼采来了,向迷途者揭示了一个更可怕的事实:那件宝物根本就不存在,连那间藏宝物的密室也是康德杜撰出来的。但是,他接着提醒这个绝望的迷途者:世上本无所谓宝物,你的使命就是为事物的价值立法,创造出能够神化人类生存的宝物。说完这话,他越过迷途者,向道路尽头的荒野走去。迷途者望着渐渐隐入荒野的这位先知的背影,若有所悟,站起来跟随而行,踏上了寻找另一种宝物的征途。

在上述比方中，我大致概括了尼采在破和立两个方面的贡献，即一方面最终摧毁了始自柏拉图的西方传统形而上学，另一方面开辟了立足于价值重估对世界进行多元解释的新方向。不能不提及的是，在这破立的过程中，他充分显示了自己的哲学天才。譬如说，他对现象是世界唯一存在方式的观点的反复阐明，他对语言在形而上学形成中的误导作用的深刻揭露，表明他已经触及了20世纪两个最重要的哲学运动——现象学和语言哲学——的基本思想。

然而，尼采最重要的意义还不在于学理的探讨，而在于精神的示范。他是一个真正把哲学当作生命的人。我始终记着他在投身哲学之初的一句话："哲学家不仅是一个大思想家，而且也是一个真实的人。"这句话是针对康德的。康德证明了形而上学作为科学真理的不可能，尼采很懂得这一论断的分量，指出它是康德之后一切哲学家都无法回避的出发点。令他不满甚至愤慨的是，康德对自己的这个论断抱一种不偏不倚的学者态度，而康德之后的绝大多数哲学家也就心安理得地放弃了对根本问题的思考，只满足于枝节问题的讨论。在尼采看来，对世界和人生的某种最高真理的寻求乃是灵魂的需要，因而仍然是哲学的主要使命，只是必须改变寻求的路径。因此，他一方面是传统形而上学的无情批判者，另一方面又是怀着广义的形而上学渴望的热情探索者。如果忽视了这后一方面，我们就可能在纪念他的同时把他彻底歪曲。

我的这种担忧是事出有因的。当今哲学界的时髦是所谓后现代，而且各种后现代思潮还纷纷打出尼采的旗帜，在这样的热闹中，尼采也被后现代化了。于是，价值重估变成了价值虚无，解释的多元性变成了解释的任意性，酒神精神变成了佯醉装疯。后现代哲学家把反形而上学的立场推至极端，被解构掉的不仅是世界本身，而且是哲学本身。尼采要把哲学从绝路领到旷野，再在旷野上开出一条新路，他们却兴高采烈地撺掇哲学吸毒和自杀，可是他们居然还自命是尼采的精神上的嫡裔。尼采一生不断生活在最高问题的风云中，孜孜于为世界和人生寻找一种积极的总体解释，与他们何尝有相似之处。据说他们还从尼采那里学来了自由的文风，然而，尼采的自由是涌流，是阳光下的轻盈舞蹈，他们的自由却是拼贴，是彩灯下的胡乱手势。依我之见，尼采在死后的一百年间遭到了两次最大的歪曲，第一次是被法西斯化，第二次便是被后现代化。我之所以怀疑后现代哲学家还有一个理由，就是他们太时髦了。他们往往是一些喜欢在媒体上露面的人。尼采生前的孤独是尽人皆知的。虽说时代不同了，但是，一个哲学家、一种哲学变成时髦终究是可疑的事情。

两年前，我到过瑞士境内一个名叫西尔斯-玛丽亚的小镇，尼采曾在那里消度八个夏天，现在他居住过的那栋小楼被命名为尼采故居。当我进到里面参观，看着游客们购买各种以尼采的名义出售的纪念品时，不禁心想，所谓纪念掩盖了多少事实真相啊。当年尼采在这座所谓故居中只是一个贫穷的寄宿者，双眼半盲，一身是病，就着昏暗的煤油灯写着那些没有一个出版商肯接受的著作，勉强凑了钱自费出版以后，也几乎找不到肯读的人。他从这里向世界发出过绝望的呼喊，但无人应答，正是这无边的沉默和永久的孤独终于把他逼疯了。而现在，人们从世界各地来这里参观他的故居，来纪念他。真的是纪念吗？西尔斯-玛丽亚是阿尔卑斯山麓的一个风景胜地，对于绝大多数游客来说，所谓尼采故居不过是一个景点，所谓参观不过是一个旅游节目罢了。

所以，在尼采百年忌日来临之际，我心怀猜忌地远离各种外在的纪念仪式，宁愿独自默温这位真实的人的精神遗产。

2000.8

名人和明星

我们这个时代似乎是一个盛产名人的时代。这当然要归功于传媒的发达,尤其是电视的普及,使得随便哪个人的名字和面孔很容易让公众熟悉。风气所染,从前在寒窗下苦读的书生们终于也按捺不住,纷纷破窗而出。人们仿佛已经羞于默默无闻,争相吸引传媒的注意,以增大知名度为荣。古希腊晚期的一位喜剧家在缅怀早期的七智者时曾说:"从前世界上只有七个智者,而如今要找七个自认不是智者的人也不容易了。"现在我们可以说:从前几十年才出一个文化名人,而如今要在文化界找一个自认不是名人的人也不容易了。

一个人不拘通过什么方式或因为什么原因出了名,他便可以被称作名人,这好像也没有大错。不过,我总觉得应该在名人和新闻人物之间做一区分。譬如说,挂着主编的头衔剽窃别人的成果,以批评的名义诽谤有成就的作家,这类行径固然可以使自己成为新闻人物,但若因此便以著名学者或著名批评家自居,到处赴宴会,出风头,就未免滑稽。当然,新闻人物并非贬称,也有光彩的新闻人物,一个恰当的名称叫作明星。在我的概念中,名人是写出了名著或者立下了别的卓越功绩因而在青史留名的人,判断的权力在历史,明星则是在公众面前频频露面因而为公众所熟悉的人,判断的权力在公众,这是两者的界限。明晰了这个界限，我们就不至于犯那种把明星写的书当作名著的可笑错误了。

不过，应当承认，做明星是一件很有诱惑力的事情。诚如杜甫所说："千秋万岁名，寂寞身后事。"做明星却能够现世兑现，活着时就名利双收，写出的书虽非名著（何必是名著！）但一定畅销。于是我们就不难理解，为何许多学者身份的人现在热衷于在电视屏幕上亮相。学者通过做电视明星而成为著名学者，与电视明星通过写书而成为畅销作家，乃是我们时代两个相辅相成的有趣现象。人物走红与商品走俏遵循着同样的机制，都依靠重复来强化公众的直观印象从而占领市场，在这方面电视无疑是一条捷径。每天晚上有几亿人守在电视机前，电视的力量当然不可小觑。据说这种通过电视推销自己的做法有了一个科学的名称，叫作"文化行为的社会有效性"。以有效为文化的目标，又以在公众面前的出现率为有效的手段和标准，这诚然是对文化的新理解。但是，我看不出被如此理解的文化与广告有何区别。我也想象不出，像托尔斯泰、卡夫卡这样的文化伟人，倘若成为电视明星——或者，考虑到他们的时代尚无电视，成为流行报刊的明星——会是什么样子。

我们姑且承认，凡有相当知名度的人均可称作名人。那么，最后我要说一说我在这方面的趣味。我的确感到，无论是见名人，尤其是名人意识强烈的名人，还是被人当作名人见，都是最不舒服的事情。在这两种情形下，我的自由都受到了威胁。我最好的朋友都是有才无闻的普通人。世上多徒有其名的名人，有没有名副其实的呢？没有，一个也没有。名声永远是走样的，它总是不合身，非宽即窄，而且永远那么花哨，真正的好人永远比他的名声质朴。

1997.1

休闲的时尚

休闲已经成为一种时尚。在今天,如果一个人不是经常地泡酒吧、茶馆或咖啡厅,不是熟门熟路地光顾各种名目的娱乐场所,他基本上可以算是落伍了。还有那些往往设在郊外风景区的度假村,据说服务项目齐全,当然主要是针对男人们而言。为了刺激和满足休闲的需要,一个遍布全国各地的休闲产业正在兴起。

我们的生活曾经十分单调,为谋生而从事的职业性劳动占据了最大比例,剩下的闲暇时间少得可怜。那时候有一句流行的话:"不会休息的人就不会工作。"位置摆得很清楚:闲暇时间只是用来休息,而休息又只是为工作服务。现在,对于相当一部分人群来说,情况已经改变。当闲暇时间足够长的时候,它的意义就不只是为职业性劳动恢复和积蓄体力或脑力,而是越来越具有了独立的价值。我们的生活质量不再仅仅取决于我们怎样工作,同时也取决于我们怎样消度闲暇。"休闲""消闲"完全是新的生活概念,表明闲暇本身要求用丰富的内容来充实它,这当然是一大进步。

然而,正因为如此,至少我是不愿意把闲暇交给时尚去支配的。在现有社会条件下,多数人的职业选择仍然不可避免地带有一定的强制性,唯有闲暇是能够自由支配的时间。闲暇之可贵,就在于我们在其中可以真正做自己的主人,展现自己的个性。时尚不过是流行的趣味罢了，其实是最没有个性的。在酒吧的幽暗烛光下沉思，在咖啡厅的温馨氛围中约会，也许是很有情调的事情。可是，倘若只是为了情调而无所用心地坐在酒吧和咖啡厅里，消磨掉一个又一个昼夜，我觉得那种生活实在无聊。

作为一种时尚的休闲，本质上是消费行为。平时忙于赚钱，紧张而辛苦，现在花钱买放松、买快乐，当然无可非议。可是，如果闲暇只是用来放松，它便又成了为工作服务的东西，失去了独立的价值。至于说快乐，我始终认为是有档次之分的。追求官能的快乐也没有什么不好，但如果仅限于此，不知心灵的快乐为何物，档次就未免太低。在这意义上，消度闲暇的方式的确表明了一个人的精神品级。

休闲的方式应该是各人不同的，如果雷同就一定是出了问题。"休闲"这个概念本身具有导向性，其实"闲"并非只可用来"休"。清人张潮有言："能闲世人之所忙者，方能忙世人之所闲。"改用他的话，不妨说，积极的度闲方式是闲自己平时之所忙，从而忙自己平时之所闲。每一个人的生命都蕴藏着多方面的可能性，任何一种职业在最好的情形下也只是实现了某一些可能性，而压抑了其余的可能性。闲暇便提供了一个机会，可以尝试去实现其余的可能性。人是不能绝对地无所事事的，做平时想做而做不了的事，发展自己在职业中发展不了的能力，这本身是莫大的享受。所以，譬如说，一个商人在闲时读书，一个官员在闲时写书，在我看来都是极好的休闲。

2001.6

把我们自己娱乐死?

美国文化传播学家波兹曼的《娱乐至死》是一篇声讨电视文化的檄文,书名全译出来是"把我们自己娱乐死",我在后面加上一个问号,用作我的评论的标题。在读这本书的过程中,我确实时时听见一声急切有力的喝问:难道我们要把自己娱乐死?这一声喝问绝非危言耸听,我深信它是我们必须认真听取的警告。

电视在今日人类生活中的显著地位有目共睹,以至于难以想象,倘若没有了电视,这个世界该怎么运转,大多数人的日子该怎么过。拥护者们当然可以举出电视带来的种种便利,据此讴歌电视是伟大的文化现象。事实上,无人能否认电视带来的便利,分歧恰恰在于,这种便利在总体上是推进了文化,还是损害了文化。进一步分析,我们会发现,拥护者和反对者所说的文化是两码事,真正的分歧在于对文化的不同理解。

波兹曼有一个重要论点:媒介即认识论。也就是说,媒介的变化导致了并且意味着认识世界的方式的变化。在印刷术发明后的漫长历史中,文字一直是主要媒介,人们主要通过书籍来交流思想和传播信息。作为电视的前史,电报和摄影术的发明标志了新媒介的出现。电报所传播的信息只具有转瞬即逝的性质,摄影术则用图像取代文字作为传播的媒介。电视实现了二者的完美结合,是瞬时和图像的二重奏。正是凭借这两个要素,电视与书籍形成了鲜明的对比。

在书籍中，存在着一个用文字记载的传统，阅读使我们得以进入这个传统。相反，电视是以现时为中心的，所传播的信息越具有当下性似乎就越有价值。作者引美国电视业内一位有识之士的话说："我担心我的行业会使这个时代充满遗忘症患者。我们美国人似乎知道过去二十四小时里发生的任何事情，而对过去六十个世纪或六十年里发生的事情却知之甚少。"我很佩服这位人士，他能不顾职业利益而站在良知一边，为历史的消失而担忧。书籍区别于电视的另一特点是，文字是抽象的符号，它要求阅读必须同时也是思考，否则就不能理解文字的意义。相反，电视直接用图像影响观众，它甚至忌讳思考，因为思考会妨碍观看。摩西第二诫禁止刻造偶像，作者对此解释道：犹太人的上帝是抽象的神，需要通过语言进行抽象思考方能领悟，而运用图像就是放弃思考，因而就是渎神。我们的确看到，今日沉浸在电视文化中的人已经越来越丧失了领悟抽象的神的能力，对于他们来说，一切讨论严肃精神问题的书籍都难懂如同天书。

由上所述，我们大致可以揣测作者对于文化的理解了。文化有两个必备的要素，一是传统，二是思考。做一个有文化的人，就是置身于人类精神传统之中进行思考。很显然，在他看来，书籍能够帮助我们实现这个目标，电视却会使我们背离这个目标。那么，电视究竟把我们引向何方？引向文化的反面——娱乐。一种迷恋当下和排斥思考的文化，我们只能恰如其分地称之为娱乐。并不是说娱乐和文化一定势不两立，问题不在于电视展示了娱乐性内容，而在于在电视上一切内容都必须以娱乐的方式表现出来。"娱乐是电视上所有话语的超意识形态。"在电视的强势影响下，一切文化都依照其转变成娱乐的程度而被人们接受，因而在不同程度上都转变成了娱乐。"除了娱乐业没有其他行业"——到了这个地步，本来意义上的文化就荡然无存了。

电视把一切都变成了娱乐。新闻是娱乐。电报使用之初，梭罗即已讽刺地指出："我们满腔热情地在大西洋下开通隧道，把新旧两个世界拉近几个星期，但是到达美国人耳朵里的第一条新闻可能却是阿德雷德公主得了百日咳。"今天我们通过电视能够更迅速地知道世界各地正在发生的事情，然而，其中绝大多数与我们的生活毫无关联，所获得的大量信息既不能回答我们的任何问题，也不需要我们做出任何回答。作者借用柯勒律治的话描述这种失去语境的信息环境："到处是水却没有一滴水可以喝。"但我们好像并不感到痛苦，反而在信息的泛滥中感到虚假的满足。看电视新闻很像看万花筒，画面在不相干的新闻之间任意切换，看完后几乎留不下任何印象，而插播的广告立刻消解了不论多么严重的新闻的严重性。政治是娱乐。政治家们纷纷涌向电视，化妆术和表演术取代智慧成了政治才能的标志。作者指出，美国前十五位总统走在街上不会有人认出，而现在的总统和议员都争相让自己变得更上镜。宗教是娱乐。神父、大主教都试图通过电视表演取悦公众，《圣经》被改编成了系列电影。教育是娱乐。美国最大的教育产业是在电视机前，电视获得了控制教育的权力，担负起了指导人们读什么样的书、做什么样的人的使命。

波兹曼把美国作为典型对电视文化进行了分析和批判，但是，电视主宰文化、文化变成娱乐的倾向却是世界性的。譬如说，在我们这里，人们现在通过什么学习历史？通过电视剧。历史仅仅作为戏说、也就是作为娱乐而存在，再也不可能有比这更加彻底地消灭历史的方式了。又譬如说，在我们这里，电视也成了印刷媒介的榜样，报纸和杂志纷纷向电视看齐，使劲强化自己的娱乐功能，蜕变成了波兹曼所说的"电视型印刷媒介"。且不说那些纯粹娱乐性的时尚杂志，翻开几乎任何一种报纸，你都会看到一个所谓文化版面，所报道的全是娱乐圈的新闻和大小明星的逸闻。这无可辩驳地表明，文化即娱乐已经成为新的约定俗成，只有娱乐才是文化已经成为不言而喻的共识。

奥威尔和赫胥黎都曾预言文化的灭亡，但灭亡的方式不同。在奥威尔看来，其方式是书被禁读，真理被隐瞒，文化成为监狱。在赫胥黎看来，其方式是无人想读书，无人想知道真理，文化成为滑稽戏。作者认为，实现了的是赫胥黎的预言。这个结论也许太悲观了。我相信，只要人类精神存在一天，文化就绝不会灭亡。不过，我无法否认，对于文化来说，一个娱乐至上的环境是最坏的环境，其恶劣甚于专制的环境。在这样的环境中，任何严肃的精神活动都不被严肃地看待，人们不能容忍不是娱乐的文化，非把严肃化为娱乐不可，如果做不到，就干脆把戏侮严肃当作一种娱乐。面对这样的行径，我的感觉是，波兹曼的书名听起来像是一种诅咒。

2004.7

媒体时代的悲哀

一　热闹的空虚

　　自从有了电视和网络,我们每天获得的信息简直如潮水般地涌来。可是,仔细想想,其中有多少对我们是有用的?我们自以为知道了许多事情,其实它们与我们真实的生活毫无关系,唯一的作用只是充当谈资罢了。

　　现代媒体是靠制造无用信息维持生存的。它需要吸引公众的眼球,保持公众的消费,为此必须不断制造热闹的话题。它的确制造出了热闹,但热闹之下往往空无一物。这种情况甚至不以其从业者的意志为转移,一旦身在这台巨大的机器中,就不得不跟着它运转。与媒体的朋友聊天,他们对寻找话题的压力有多少苦衷和牢骚啊。

　　无论中外,文化品位较高的人大多不看或少看电视,我相信这不是偶然的。有人打比方,看电视就好像参加一个聚会,满座是你不认识的人,不断被介绍给你,兴奋过后,你完全记不起他们是谁和说了什么了。试想一想,这样的聚会,如果你老去参加,你自己是不是有些无聊?

二　没有伟人，只有偶像

在过去的时代，人们读大作家的书，看不见他们的人。在偶然的机会，也许会在街上遇见他们，但你不会认出他们，因为你不知道他们长什么样。不但大作家如此，大政治家、大科学家、大学者都如此。一位美国学者指出，美国的前十五位总统走在街上，都不会有人认出。也许在竞选时，所属选区的选民能够看见总统候选人，但人们关心的也是他们的思想和主张，而不是他们的长相。据说林肯与道格拉斯的辩论长达七个小时，听众始终津津有味地听着，没有人抱着看一看他们长什么样的目的前来，看完了就离去。

现在完全不同了。无论作家、学者，还是政治人物，都纷纷在电视上亮相，而其知名度往往取决于亮相的频率。人们热衷于议论他们的相貌和风度，涉及他们的言谈，也多半关注口才如何、会不会说俏皮话之类，注意力全放在表面的东西上。情形也只能如此，因为电视追求当下的效果，不容做节目的人和看节目的人思考。其结果是两方面都变得平庸了。林肯与道格拉斯的七小时辩论放在今天怎么会有人听，又怎么听得懂？同样，今天的总统和知识精英们也更关心如何使自己上镜，而不是如何更好地承担职责。

过去的时代出伟人，今天的时代出偶像。伟人功垂千秋，偶像昙花一现。这是媒体时代的悲哀。

三　大众阅读的主宰

在今日中国，谁引领大众阅读趣味的走向？当然是媒体，而在媒体背后的则是出版商。在这个大众媒体时代，无人能改变这一点，因此我们只能问责媒体，要求它负起正确引导的责任。

现在图书的出版量极大，有好书，但也生产出了大量垃圾，包括畅销的垃圾。对于有判断力的读者来说，这不成为问题，他们自己能鉴别优劣。受害者是那些文化素质较低的人群，把他们的阅读引导到和维持在了一个低水平上，而正是他们本来最需要通过阅读来提高其素质。

因此，我认为负责任的媒体应该做两件事：一是依靠有判断力的专家和爱书人，向大众读者推介适合其水准的真正的好书，使它们成为畅销或比较畅销的书；二是认真鉴别出版商所制作的畅销或比较畅销的书，对其中低劣或平庸的书予以有说服力的批评，至少拒绝替它们宣传，遏制它们的畅销势头。

可是，倘若媒体只想制造热闹，对于阅读的质量毫无兴趣，我岂非在对牛弹琴？

不止于此。倘若媒体还通过制造热闹获利，是低劣或平庸的畅销书的真正导演，我岂非在与虎谋皮？

四　文化、商业与炒作

在市场经济条件下，文化产品包括学术著作具有双重性，即既是文化，又是商品。一个作品的文化价值和商品价值是两码事，它们往往是不一致的，有时候差距还非常大。因此，作为国家，就不能把文化完全交给市场去支配，对于高级文化要扶植。作为个人，当然就看你自己想要什么了。有些人专为市场生产，那是他们的选择，无须责备，不过他们的作为基本上与文化无关。好的学者和作家必定是看重文化价值的，他们写自己真正想写的东西，在写作时绝对不去考虑能否卖个好价钱。只是在作品完成以后，一旦进入市场，他们也不得不适应市场经济的现实，要学会捍卫自己的利益，不说卖个好价钱，至少卖个公道的价钱。至于文化炒作，又不同于一般的文化商业行为。所谓文化炒作，就是媒体的某些从业人员与产品的制造者、销售者相勾结，以谋取和瓜分暴利为目的，在所控制的媒体上做与产品的实际价值远不相符的虚假广告。这至少是一种不公平竞争，往往还是欺骗消费者和侵犯其权益的行为。

2005.4

向教育争自由

逝世前一个月,正值母校苏黎世联邦理工学院成立一百周年,爱因斯坦应约为之写纪念文章。在文章中,他没有为母校捧场,反而是以亲身经历批评了学校教育体制的不合理。他回忆说,入学以后,他很快发现自己不具备做一个"好学生"所需要的一切特性,诸如专心于功课,遵守课堂纪律,认真记笔记和做作业,等等。因此,他便始终满足于做一个有中等成绩的学生,而把主要精力放在自己真正感兴趣的东西上,"以极大的热忱在家里向理论物理学的大师们学习"。

他接着回忆说,毕业以后,他感到极大幸福的是在专利局找到了一份实际工作,而不是留在学院里从事研究。"因为学院生活会把一个年轻人置于这样一种被动的地位:不得不去写大量科学论文——结果是趋于浅薄。"他在专利局一干就是七八年,业余时间埋头于自己的爱好,这正是他一生中"最富于创造性活动"的时期。

据我所知,爱因斯坦的经历绝非例外。不论在科学领域,还是在哲学、文学、艺术领域,几乎所有的天才人物在学校读书时都不是"好学生",都有过与当时的教育制度做斗争的经历。可以毫不夸张地说,他们的成材史就是摆脱学校教育之束缚而争得自主学习的自由的历史。

爱因斯坦在晚年时异常关心教育问题，我认为可以把这看作这位伟人留给我们的最重要的精神遗嘱。他不是那种拘于某个特定领域的科学工作者，而是一个对精神事物有着广泛兴趣和深刻理解的大思想家。他十分清楚，从事任何精神创造的基本因素是什么，因而教育应该为此提供怎样的条件。在他的有关论述中，我特别注意到两个概念。一是"神圣的好奇心"，即探究未知事物的强烈兴趣，以及在这探究中所获得的喜悦和满足感。另一是"内在的自由"，即不受权力和社会偏见的限制，也不受未经审察的常规和习惯的羁绊，而能进行独立的思考。如果说前者是每个健康孩子都有的心理品质，那么，后者是要靠天赋加上努力才能获得的能力。在一切伟大的精神创造者身上，都鲜明地存在着这两种特质。这两种特质的保护或培养都有赖于外在的自由。因此，学校教育的主要使命就是提供一个自由的环境，对两者都予以鼓励，最低限度是不要去扼杀它们。遗憾的是事实恰好相反，以至于爱因斯坦感叹道："现代的教育方法竟然还没有把研究问题的神圣好奇心完全扼杀掉，真可以说是一个奇迹。"

今天，现行教育体制的弊病已经引起了社会的广泛注意。但是，完全可以预料，由于种种原因，情况的真正改变将是一个极其漫长的过程。在这个过程中，一代代的学生仍然会不同程度地深受其害。有鉴于此，我想特别对学生们说：你们手中毕竟掌握着一定的主动权，既然在这种有弊病的教育体制下依然产生出了许多杰出人物，那么，你们同样也是有可能把所受的损害减少到最低限度的。为了做到这一点，就必须像爱因斯坦那样，要善于向现行教育争自由，不要去做各门功课皆优的"好学生"，而要做一个能够按照自己的兴趣安排学习计划的"自我教育者"。在我看来，一个人在大学阶段培养起了自主学习的兴趣和能力，找到了真正吸引自己的学科方向和问题领域，他的大学教育就可以说是出色地完成了，这一收获必将使他终身受益。至于课堂知识，包括顶着素质教育的名义灌输的课本之外的知识，实在不必太认真看待。为了明白这个道理，你们不妨仔细琢磨一下爱因斯坦引用一个调皮蛋给教育所下的定义："如果你忘记了在学校里学到的一切，那么所剩下的就是教育。"

2001.6

让教育回归常识，回归人性
——曹保印《聆听教育的真声音》序

近些年来，媒体报道过大大小小发生在学生身上的悲剧性事件。这些事件既是触目惊心的，又是发人深省的。然而，由触目惊心到发人深省，还必须听者有心。曹保印就是这样一个有心人。在本书中，他选择了相当数量的典型个案，从教育的角度对之进行认真分析。正如他所警告的，倘若人们仅仅把这些事件当作"新闻"看待，过眼即忘，不予重视，就难保自己的孩子有一天不会成为这类"新闻"中的主角。为了我们的孩子，是到全社会关注教育的时候了。

中国现行教育的弊端有目共睹，事实上已成为民众受害最烈、怨声最多的领域之一，引起了越来越多有识之士的忧思。根本的症结当然是在体制上，举其大者，一是教育资源分配不公和市场化名义下的高收费、乱收费，导致大量贫困家庭子女实际上被剥夺受教育的权利，二是应试教育变本加厉，三是教育目标和过程的急功近利。在这三种因素交互作用下，滋生了种种教育腐败现象。体制问题的解决，一方面要靠民意充分表达，另一方面要靠政府痛下决心。自今年两会召开以来，我们在这两个方面都看到了一些积极的迹象。

但是，体制的改革非一日之功，我们不能坐等其完成。我们应看到，即使在现行体制下，老师和家长仍拥有相对的自由，可以为自己的学生和孩子创造一个尽可能好的小环境，把大环境对他们的危害减少到最低程度。当然，这就要求老师和家长站得足够高，对于现行体制的弊端有清醒的认识，对于教育的理念有正确的理解。可以想象，这样的老师和家长多了，不但其学生和孩子受益，而且本身就能成为促进体制变革的重要力量。说到底，有什么样的人民，就有什么样的制度。

事实上，发生在学生身上的悲剧，虽可追根溯源到体制的弊端，但基本上都有小环境的直接导因。比如说，现在学生自杀事件频繁而且呈低龄化趋势，其中有一大部分学生的老师或家长难辞其咎。在本书所分析的个案中，就有多起初中学生因为不堪教师的虐待和羞辱而自杀的事例，有的学生在遗书中明言，自杀是为了以死证明他的老师没有资格做老师。因为学习成绩不好或未完成作业，家长对孩子体罚，逼死甚至打死孩子，这样的事情也时有发生。死亡事件只是冰山一角，不知还有多少孩子生活在极端非人性的小环境中，身心遭受着严重摧残，我为所有这些孩子感到悲伤和愤怒。

当然，最后仍无法回避体制的问题，因为在现行应试教育和急功近利的体制下，中国孩子的成长环境在总体上就是非人性的，普遍承受着与年龄极不相称的功课负担和功利期待，其恶果是童年被无情地剥夺，人性遭到扭曲。本书所分析的对生命冷漠和残忍、为小事自杀或杀人、校园暴力等事例说明，相当一些孩子在人性上存在着缺陷。这些事例也只是冰山一角，今日孩子们的心理问题一定是很普遍的，在非人性的总体环境中仍能生长出健全的人性，这只能是幸运的例外。

教育的基本道理并不复杂，其主要使命就是提供一个良好的环境，使受教育者所固有的人性特质得到健康的生长，成为人性健全的人。毫无疑问，一个人唯有人性健全才可能真正幸福，也才可能真正优秀。毫无疑问，一个由这样的人组成的社会才能够是一个真正和谐和生机勃勃的社会。如同作者所说，这本来是一个常识，我们所需要做的只是听从常识的指引，实践这个常识。令人震惊的是，我们的教育在做着与常识相反的事情，这么多的家长和老师在做着与常识相反的事情，而大家似乎都停不下来，被一种莫名的力量推着继续朝前走。当此之际，我愿借本书呼吁：本书所涉及和未涉及的无数悲剧事件早已敲响警钟，应该结束这种大规模的愚昧了，让教育回归常识，回归人性，回归教育之为教育。也许，我们还来得及。

2006.4

快乐工作的能力

中央电视台经济频道开展"年度雇主调查"活动，并以"快乐工作"为本次雇主调查的年度主题和核心价值观。我觉得"快乐工作"是一个有意思的题目，愿意谈一谈我的理解。

我们在这个世界上生活，快乐是人人都想要的东西。不过，在多数情况下，快乐与工作好像没有什么关系。相反，人们似乎只有在工作之外才能找到快乐，下班之后、双休日、节假日才是一天、一周、一年中的快乐时光。当然，快乐是需要钱的，为此就必须工作，工作的价值似乎只是为工作之外的快乐埋单。

工作本身不快乐，快乐只在工作之外，这种情况相当普遍，但并不合理，因为不合人性。

什么是快乐？快乐是人性或者说人的需要得到满足的一种状态。人性有三个层次。一是生物性，即食色温饱之类生理需要，满足则感到肉体的快乐。二是社会性，比如交往、被关爱、受尊敬的需要，满足则感到情感的快乐。三是精神性，包括头脑和灵魂，头脑有进行智力活动的需要，灵魂有追求和体悟生活意义的需要，二者的满足使人感到的是精神的快乐。

精神性是人的最高属性，正是作为精神性的存在，人与动物有了本质的区别。同样，精神的快乐是人所能获得的最高快乐，远比肉体的快乐更持久也更美好。对于那些禀赋优秀的人来说，这一点是不言而喻的，如果让他们像一个没有头脑和灵魂的东西那样活着，他们宁可不活。获得精神快乐的途径有两类：一类是接受的，比如阅读、欣赏艺术品等；另一类是给予的，就是工作。正是在工作中，人的心智能力得到了积极实现，人感受到了生命的最高意义。如同纪伯伦所说：工作是看得见的爱，通过工作来爱生命，你就领悟了生命的最深刻秘密。

当然，这里所说的工作不同于仅仅作为职业的工作，人们通常把它称作创造或自我实现。但是，就人性而言，这个意义上的工作原是属于一切人的。人人都有天赋的心智能力，区别在于是否得到了充分运用和发展。现在我们明白快乐工作与不快乐工作的界限在哪里了：仅仅作为谋生手段的工作是不快乐的，作为人的心智能力和生命价值的实现的工作是快乐的。用马克思的话说，前者是一个必然王国，后者是一个自由王国。

毫无疑问，在现实生活中，我们都必须为谋生而工作。最理想的情况是谋生与自我实现达成一致，做自己真正喜欢做的事情，同时又能借此养活自己。能否做到这一点，在一定程度上要靠运气。不过，我相信，在开放社会中，一个人只要有自己真正的志趣，终归是有许多机会向这个目标接近的。就个人而言，最重要的还是要有自己真正的志趣，机会只可能对这样的人开放。也就是说，一个人首先必须具备快乐工作的愿望和能力，然后才谈得上快乐工作。

正是在这方面，今天青年人的情况令人担忧。中华英才网发起的"中国大学生最佳雇主调查"表明，在大学生对雇主的评价中，摆在首位的是全面薪酬和品牌实力两个因素。择业时考虑薪酬不足怪，我的担心是，许多人也许只有这一类外在标准，没有任何内心要求，对工作的唯一诉求是挣钱，挣钱越多就越是好工作，对于作为自我实现的工作毫无概念，那就十分可悲了。

事实上，工作的快乐与学习的快乐是一脉相承、性质相同的，基本的因素都是好奇心的满足、发现和创造的喜悦、智力的运用和得胜、心灵能力的生长等。一个学生倘若在学校的学习中从未体会过这些快乐，在走出学校之后，他怎么可能向工作要求这些快乐呢？学校教育的使命是让学生学会快乐地学习，为将来快乐地工作打好基础。能够快乐地学习和工作，这是精神上优秀的征兆。说到底，幸福是一种能力，它属于那些有着智慧的头脑和丰富的灵魂的优秀的人。首先要成为一个优秀的人，而只把成功看作优秀的副产品。不求优秀，只求成功，求得的至多是谋生的成功罢了。

毋庸讳言，今日的学校乃至整个社会存在着严重的急功近利倾向，对于培养快乐学习和工作的能力不是一个有利的环境。把大学办成职业培训场，只教给学生一些狭窄的专业知识，结果必然使大多数学生心目中只有就业这一个可怜的目标，只知道作为谋生手段的这一种不快乐的工作。这种做法极其近视，即使从经济发展的角度看，一个社会是由心智自由活泼的成员组成，还是由只知谋生的人组成，何者有更好的前景，答案应是不言而喻的。对于企业来说也是如此，许多企业已经强烈地感觉到，那些只有学历背景和专业技能、整体素质差的大学生完全不能适合其发展的需要。教育与市场直接挂钩，其结果反而是人才的紧缺，这表明市场本身已开始向教育提出质疑，要求它与自己拉开距离。教育应该比市场站得高看得远，培养出人性层面上真正优秀的人才，这样的人才自会给社会——包括企业和市场——增添活力。

近几年来，国内若干人才中介机构和媒体相继举办雇主调查和雇主品牌评选活动，这样的活动无疑是有意义的。不过，我认为，其意义不应限于促进雇主与求职者之间的沟通，更重要的意义也许在于调查研究人才供需脱节的问题及原因，促使人们对今天流行的教育观、人才观、价值观进行深刻的反省。

2005.10

学术规范化和学者使命

一

学术规范化的前提是学术独立，真正的学术规则是在学术独立的传统中自发形成的，是以学术为志业的学者们之间的约定俗成。在学术具有独立地位的国家和时代，或者，在坚持学术的独立品格的学者群体中，必定有这样的学术规则在发生着作用。相反，如果上述两种情况都不存在，则无论人为地制定多少规则，都不会是真正意义上的学术规则。

在中国长期的专制政治和文化体制下，学术独立的传统始终没有形成。这既表现在统治者对学术的控制和利用，也表现在治学者自觉或不自觉地把学术当作政治的工具。学术独立的观念是清末民初从西方传入中国的，虽有王国维、蔡元培、陈寅恪等大力提倡，但在根深蒂固的儒家传统和剧烈变动的政治现实双重制约下，始终未能形成为可与旧传统抗衡的新传统，建立这个新传统的任务尚有待于完成。

学术独立包含两个方面，一是尊重学术的独立地位，二是坚持学术的独立品格。前者关涉国家的体制，后者关涉学者的自律。这两个方面有联系，但可以相对分开。即使在学术没有独立地位的情况下，有良知的学者仍可坚持学术的独立品格。因此，学术规范化的讨论也应包括两个内容，一是体制的问题，二是学者自身的问题。

二

对于中国当今的学术失范和学术腐败，人们已多有尖锐的批评。我未做深入调查，只能说一说直觉。我的感觉是，当今学界的根本问题是官场化，并且带进了当今官场的一切腐败现象。这也就是一些学者指出的官本位、权力本位。问题的症结在于行政化的学术领导和管理体制。在学术密集之地的大学，教育行政部门决定一切，包括校长的任命、教材的编定、经费的分配等。邹承鲁院士指出，中国的科技管理是典型的人治，行政权力直接掌握大型课题的项目计划和庞大经费，项目和经费的取得取决于研究人员与行政官员的关系，他名之为"处长政治"和"人际政治"。众所周知，社会科学研究机构的情况与此毫无不同。

在这种体制下，决定一个学者的地位和待遇的评定机制基本上是非学术的，起首要作用的是权力、人际关系等官场因素，辅以同样非学术的工作量指标。这两者之间还有着某种联系，比如说，一个人很容易凭借权力掌握一些大型课题，让别人去做具体工作，却也计算入自己的工作量之中。课题立项是行政权力支配学术和分配利益的重要手段。课题分级别，级别越高利益越大，不光经济上如此，级别本身就直接意味着学术地位，重点课题负责人成为当然的学术骨干，从而获得其他各种利益。权力转化为课题，课题又转化为权力，形成了某种利益垄断的格局。

由此造成的后果是，学府不像学府，研究机构不像研究机构，学者不像学者，权力与学术严重错位，学术氛围淡薄。在许多人心目中，最佳选择是做官，其次是成为官的亲信，最倒霉的是与行政权力搞不好关系。人们纷纷把精力放在拉关系、立项目、弄钱上。出现了一批学界强人，手中掌握数目可观的经费，挂着各种学术头衔，不停地举办或参加各种学术名目的活动，却永远坐不下来认真做一点学问。比较本分的或这方面能耐较差的人就只好指望工作量了，心里未必喜欢学问，只把它当作获取职业利益例如职称、津贴、课题经费的手段。

行政权力支配学术的必然结果是劣胜优汰。那些专心于学术的学者，因为不愿逢迎和钻营，往往遭到不同程度的排斥，成为现行学术体制的边缘人，有的人被迫地或自愿地脱离了这个体制。

三

在行政权力支配学术的大前提下，对学术成果所采用的评价标准只能是非学术的。撇开权力和人际关系的非公开因素不谈，工作量往往被用作公开的标准。用工作量即发表论著的字数衡量学术成果，其荒谬性十分明显，却无法改变，原因就在于事有不得不然。对于学术作品，行政权力所能识别的唯有字数，无能对其学术水准做出评价。行政权力喜欢划一的管理，而量化指标是最简便的方法。成果评奖规定一个较短的时间期限，比如五年之内，也是为了便于操作。行政权力才不理会学术成果是否需要较长时间的考验呢，反正到头来它仍判断不了时间考验的结果是什么，而时间指标却是它能够把握的。事实上，评奖基本上成为按照时间、字数等可见指标和权力、人缘等不可见指标分配奖项指标的例行公事。

如果说行政权力在形式方面只能用量化指标来评价学术，那么，在内容方面，它的唯一评价标准是意识形态。学术并不排斥意识形态，但要求意识形态本身也成为学术，即一种可加以检验的知识体系。行政权力当然也不懂得这个意义上的意识形态，它对意识形态的理解是狭隘的，在相当程度上等同于上级布置的当前政治任务。

在上述情况下，低水平知识的大量重复生产就毫不足怪了。我常常为国家每年支出的大量课题经费感到心疼，其中当然会产生一些有意义的成果，但是，也生产出了许多学术垃圾。一个课题一经立项就可以得到经费，完成后出书也就不成问题，而只要出了书就算学术成果，提高了学术地位，亦即增强了继续获取课题经费的资格，如此形成循环。现行课题审批的主要根据是申请者的研究计划，缺乏对其学术能力综合评估的机制，在立项之后，又只根据时间和字数判定项目是否完成，缺乏对质量的评估机制。因此，人们便把心思用在揣摩审批部门的意图，写出能获通过的计划，然后致力于在规定时间内凑足规定字数。可是，有多少人问一下，这样制作出来的所谓学术著作现在和将来究竟有没有人读。事实上，人们都心中有数，许多书刚生产出来就被人遗忘了，其唯一的用处是充当课题立项循环中的必要环节。

公正的学术评价是以学术批评为基础的。一般而言，衡量一部论著的价值，一个学者的水准，要看同行是否重视，怎样评论，在专业领域乃至更广泛领域有无积极影响及影响大小。这就需要有一个严肃而活跃的学术批评的氛围，而现在显然并不具备。在现行评价机制中，学术批评几乎不起作用，因而得不到鼓励，不能有效展开。同时，在学术批评缺席的情况下生产的大量产品，因其质量之低而难以成为学术批评的合格对象。

四

根据以上分析，我认为，要在整体上实现中国学术规范化，关键是改变行政化的学术管理体制，使学术与行政权力脱钩。单凭学者之力当然不可能实现这个目标，但学者并非无能为力。学者至少可以采取明确的立场，阐明正确的理念，对现行体制进行批评，发出清醒的声音，使越来越多的人看到这种体制的弊病。那些在体制内握有一定权力或具有一定影响的有良知的学者，理应在力所能及的范围内坚持学术的原则，抵制非学术因素的作用。事实上，行政权力之所以能够有效地控制学术生产并显得具有正当性，正是以知识分子的合作为条件的，这种合作给行政化管理披上了一件学术外衣。合作当然可以分得一些利益，但是，谁为了利益而放弃良知，他就不配再被称作学者。不合作并非一定要退出体制，而是保持批评的立场，不做行政机器的驯服工具。

对于体制的改变，学者个人的作用毕竟有限。然而，是否坚持学术的独立品格，却是每一个学者可以自主的事情。所谓坚持学术的独立品格，即王国维所言"视学术为目的，而不视为手段"，亦即爱因斯坦所言"为了知识自身的价值而尊重知识"。学术的独立，关键是精神价值对于功利价值的独立，把精神价值自身当作目的，而非获取任何功利价值的手段，不管是国家利益的大功利，还是个人利益的小功利。这个精神价值，在主观上是好奇心的满足、心智的享受、人的本质的实现，在客观上是对真、善、美的追求。因此，对于一个学者来说，学术既是个人的精神家园，又是他对于社会负有的精神使命，二者的统一是他的特殊幸运。学者当然应该担负社会责任，但他的社会使命也必是精神性质的，不是在当下事务中做风云人物，而是立足于人类的基本精神价值，关注和阐明关涉社会发展之全局的重大理论问题。

从长远来说，中国学术规范化有赖于一大批这样的学者的存在，组成一个无形的学者社会。在这样一个学者社会中，自会形成真正的学术规则，不但不受体制的支配，而且将对体制的改变间接产生积极的影响。可把学术规则分为两类，一是学者的职业道德规范，二是学术进步的内在标准，二者的有效建立皆以学者群体和个人的整体素质为条件。就此而言，我们学界的现状令人不能乐观，最大的问题是急功近利，种种学术腐败和失范的行为实根源于此。所以，我认为，为了解决学术规范化问题，我们必须首先思考一个更为本质的问题，即什么是学者的使命。

2005.4

忘记玄奘是可耻的

在中国历史上，世界级的精神伟人屈指可数，玄奘是其中之一。玄奘不但是一位伟大的行者、信仰者，更是一位伟大的学者。在他身上，有着在一般中国学者身上少见的执着求真的精神。去印度之前，他已遍访国内高僧，详细研究了汉传佛教各派学说，发现它们各执一词，互相抵牾。用已有的汉译佛经来检验，又发现译文多模糊之处，不同译本意思大相径庭。因此，他才"誓游西方，以问所惑"，到佛教的发源地寻求原典。他一生只做了一件事，就是求取和翻译佛教经典。其中，取经用了十七年，译经用了十九年。他是一个知道自己要做什么事的人，有极其明确的目标，因而能够不为任何诱惑所动。取经途中，常有国君挽留他定居，担任宗教领袖，均被坚辞。回国以后，唐太宗欣赏其才学，力劝他归俗，"共谋朝政"，也遭婉谢。

超常的悟性加极端的认真，使玄奘在佛学上取得了伟大的成就。他所翻译的佛经，在量和质上皆空前绝后，直到一千三百多年后的今天，仍无人能够超越。他的佛学造诣由一件事可以看出：在印度时，戒日王举行著名的曲女城大会，请他讲大乘有宗学说，到会的数千人包括印度的高僧大德全都叹服，无一人敢提出异议。以访问学者身份成为外国本土文化首屈一指的大师，这在中国历史上找不出第二个例子。作为对比，近百年来，中国学者纷纷谈论和研究西学，但是，不必说在西学造诣上名冠欧美，即使能与那里众多大学者平起平坐的，可有一人？

世界知道玄奘，则多半是因为《大唐西域记》。这本书其实是玄奘西行取经的副产品，仅用一年时间写成，记述了所到各地的概况和见闻。西方考古学者根据此书在新疆、印度等地发掘遗址，皆得到证实，可见玄奘治学的严谨。这本书为印度保存了古代和7世纪前的历史，如果没有它，印度的历史会是一片漆黑，人们甚至不知道佛陀是印度人。正因为如此，玄奘之名在印度家喻户晓，而《大唐西域记》则成了学者们研究印度历史必读的经典。其实，不但在印度，而且在日本和一些亚洲国家，玄奘都是人们最熟悉和崇敬的极少数中国人之一。

我由此想到，这样一位受到许多国家人民崇敬的中国人，今天在自己的国家还有多少人真正知道他？今天许多中国人只知道电视剧上那个娱乐化的唐僧，不知道历史上真实的玄奘，懂得他的伟大的人就更少了。一个民族倘若不懂得尊敬自己历史上的精神伟人，就不可能对世界文化做出新的贡献。应该说，忘记玄奘是可耻的。

2006.5

诚信、信任和人的尊严

在今日市场经济的环境中，国人普遍为诚信的缺乏而感到苦恼。商界中的人对此似乎尤有切肤之痛，前不久央视一个节目组向百名企业家发问卷调查，征询对"当今最缺失的是什么"问题的看法，答案就集中在诚信和信任上面。其实，消费者是这一弊端的最大和最终受害者，只因处于弱势，他们的委屈常常无处诉说罢了。

如此看来，诚信的缺失——以及随之而来的信任的缺失——已是一个公认的事实。这就提出了一个问题：我们是否曾经拥有诚信，如果曾经拥有，又是在什么时候缺失掉的？

翻阅一下严复的文章，我们便可以知道，至少在一百年前我们还并不拥有，当时他已经在为中国人的"流于巧伪"而大感苦恼了。所谓巧伪，就是在互相打交道时斗心眼，玩伎俩，占便宜。凡约定的事情，只要违背了能够获利，就会有人盘算让别人去遵守，自己偷偷违背，独获其利，而别人往往也如此盘算，结果无人遵守约定。他举例说：书生决定罢考，"已而有贱丈夫焉，默计他人皆不应试，而我一人独往，则利归我矣，乃不期然而俱应试如故"；商人决定统一行动，"乃又有贱丈夫焉，默计他人如彼，而我阴如此，则利归我矣，乃不期然而行之不齐如故"。（《论中国之阻力与离心力》）对撒谎的态度也是一例："今者五洲之宗教国俗，皆以诳语为人伦大诟，被其称者，终身耻之。"唯独我们反而"以诳为能，以信为拙"，把蒙骗成功视为有能力，把诚实视为无能。(《法意》按语)

今天读到这些描述，我们仍不免汗颜，会觉得严复仿佛是针对现在写的一样。一百年前的中国与今天还有一个相似之处，便是国门开放，西方的制度和思想开始大规模进来。那么，诚信的缺失是否由此导致的呢？严复不这么看，他认为，洋务运动引入的总署、船政、招商局、制造局、海军、矿务、学堂、铁道等等都是西洋的"至美之制"，但一进到中国就"迁地弗良，若存若亡，辄有淮橘为枳之叹"。比如说公司，在西洋是发挥了巨大效能的经济组织形式，可是在中国即使二人办一个公司也要相互欺骗。(《原强》)所以，原因还得从我们自己身上寻找。现在有些人把诚信的缺失归咎于市场经济，这种认识水平比起严复来不知倒退了多少。

其实，诚信的缺乏正表明中国的市场经济尚不够成熟，其规则和秩序未能健全建立并得到维护。而之所以如此，近因甚多也甚复杂，远因一定可以追溯到文化传统和国民素质。西方人文传统中有一个重要观念，便是人的尊严，其经典表达就是康德所说的"人是目的"。按照这个观念，每个人都是一个有尊严的精神性存在，不可被当作手段使用。一个人怀有这种做人的尊严感，与人打交道时就会有一种自尊的态度，仿佛如此说：这是我的真实想法，我愿意对它负责。这就是诚实和守信用。他也会这样去尊重他人，仿佛如此说：我要知道你的真实想法，并相信你会对它负责。这就是信任。可见诚信和信任是以彼此共有的人的尊严之意识为基础的。相比之下，中国儒家的文化传统中缺少人的尊严的观念，因而诚信和信任就缺乏深刻的精神基础。

也许有人会说，"信"在儒家伦理中也占据着重要的位置。不错，孔子常常谈"信",《论语》中论及诚实守信含义上的"信"就有十多处。但是，在儒家伦理系统中，"信"的基础不是人的尊严，而是封建等级秩序。所以，毫不奇怪，孔子常把"信"置于"忠"之后而连称"忠信"，例如"主忠信""言忠信""子以四教：文，行，忠，信"等。可见"信"是从属于"忠"的，诚实守信归根到底要服从权力上的尊卑和血缘上的亲疏。在道德实践中，儒家的"信"往往表现为所谓仗义。仗义和信任貌似相近，实则属于完全不同的道德谱系。信任是独立的个人之间的关系，一方面各人有自己的人格、价值观、生活方式、利益追求等，在这些方面彼此尊重，绝不要求一致，另一方面合作做事时都遵守规则。仗义却相反，一方面抹杀个性和个人利益，样样求同，不能容忍差异，另一方面共事时不讲规则。在中国的商场上，几个朋友合伙做生意，一开始因为哥们义气或因为面子而利益不分，规则不明，最后打得不可开交，终成仇人，这样的事例不知有多少。

毫无疑问，要使诚信和信任方面的可悲现状真正改观，根本途径是发展市场经济，完善其规则和秩序。不过，基于上述认识，我认为同时很有必要认真检讨我们的文化传统，使国民素质逐步适应而不是严重阻碍这个市场经济健全化的过程。

2002.8

企业家式的能力

读哈耶克的著作，常常会感觉到一种挑战，对我一向具有的某些信念的挑战。由此又引起我的反省，反省的结果往往是，我承认有必要对我的信念进行修正。这里我谈其中的一例。

在现实生活中，我经常发现这样的例子：有一些很有才华的人在社会上始终不成功，相反，有一些资质平平的人却为自己挣得了不错的地位和财产。这个对比使我感到非常不公平，并对前者寄予同情。据我分析，之所以出现这种情形，一个重要原因是前者不善于经营自我，而后者善于。在我的概念中，所谓善于经营自我无非是善于利用人际关系和利用机会为自己谋利，几乎与钻营是同义语，一向为我所鄙夷。我看重真才实学，而认为这种经营自我的能力绝不属于真才实学，并且是有真才实学的人所不屑的。

然而，在《自由秩序原理》中，哈耶克对这种能力给予了充分肯定。他称这种能力为"企业家式的能力"，其特征是善于恰当使用自己既有的能力，为之发现获得最佳运用的机会。他认为，在发现自己能力的最佳用途上，人人都应该是企业家。一个人的成功不是取决于自己既有的才能、知识、技术等，而是取决于能否成功地将它们转换成"对其他有能力做出回报的人有用的具体的服务"，这正是自由社会的本质之所在。说白了，就是要善于推销自己，为自己找到最好的市场，卖最好的价钱。

这个论点无疑直接触犯了我一贯的道德信念，因此我在阅读时在旁边打上了问号。但是，经过仔细思考，我不得不信服于哈耶克的论证的逻辑力量。哈耶克也承认，由于企业家式的能力之强弱，造成某一特殊能力相同的人之间报酬悬殊，这种情况被视为不公，引起了极大不满。同时，每个人必须为自己的才能去寻求市场，必然面临风险和不确定性，也就把大多数人置于压力之下，"这是一个自由社会加诸我们的最为严格的也是最为残酷的要求"。但是，哈耶克认为，让每个人自己承担寻求机会的压力是必要的。他的一个最有说服力的论据是，在自由社会中，才智不是特权，任何人无权强制别人使用他的才智，因为这意味着剥夺了别人的选择权利。而且，如果根据才能而不是根据使用才能的有用结果来决定报酬，便意味着必须有某个权力者对才能的等级进行裁决，这必定会导致专制。因此，"如果想替代那种对自己的命运负责而导致的压力，那么可供选择的就只有那种人们必须服从的个人命令所产生的令人更为厌恶的压力。"

的确，我们对这种"令人更为厌恶的压力"记忆犹新。在计划经济体制下，我们每个人的地位和报酬是由权力机构决定的，往往还是由某个直接上司的个人意志决定的。决定的依据在名义上是能力以及被荒谬地等同于能力的资历，事实上掺杂了许多别的因素，包括政治表现、个人恩怨等。而且，与计划经济配套的人事制度又把我们紧紧地捆绑在某一个单位里，使我们没有哪怕只是选择同样有权决定我们命运的稍微开明一些的上司的自由。在那种情形下，我们诚然无须承受对自己的命运负责的压力，因为我们的命运完全不在自己的掌握之中，可是，正因为如此，我们所承受的不公正远比现在严重、可恶而且令人绝望。当然，在市场经济体制下，也非事事皆公正。譬如说，我仍然认为，人的能力的性质和发展方向是不同的，必然有一些在某方面很有才能的人却难以学会那种企业家式的能力，让他们因此陷入困境肯定是一种不公正。但是，只要我们坚持市场经济，这种情形就不可能完全避免。市场经济只承认在市场上得到实现的价值，这一条不能改变，否则就不是市场经济了。除了计划经济和市场经济，我们没有别的选择，只能两害相权取其轻。

根据以上的思考，我觉得应该修正我对企业家式的能力的成见，对之也持肯定的评价。

具体到文化人，无论作家、学者还是艺术家，都要有市场意识，善于为自己的产品争取好的效益，应该把这看作一种正面的能力，一种对自己的命运负全责的积极的态度。不过，我的修正不是无条件的，我仍坚持两个信念——

第一，如果说企业家式的能力是善用自己能力的能力，那么，前一个能力是前提，然后才谈得上善用它，首先必须创造出好的产品，然后才有推销的资本。而且，在两种能力中，我仍认为前一种比后一种价值更高，因为真正的文化价值是靠前者创造的，后者的作用只是传播业已创造出的文化价值和获得世俗的成功罢了。所以，有杰出才能的文化人仍应专注于自己心灵所指示的创造方向，犯不着迎合市场去制造水准较差但销路更好的产品，为此承受相对的贫困或寂寞完全是值得的。事实上，无论何处，最好的作品都不是最畅销的，最畅销的往往是市场嗅觉特别灵的二、三流作者制造的产品，我们对此应当心平气和，视为市场经济条件下的正常情形。

第二，企业家式的能力应该是遵循市场规则进行经营的能力，违背商业道德的奸商没有资格称作企业家。因此，譬如说，那些通过媒体的大肆炒作来推销平庸之作的文人，那些在现场音乐会上用假唱来蒙骗听众的歌手，都不能视为真正具备了企业家式的能力，其行为只能算作商业欺诈。按照我的理解，提倡企业家式的能力恰恰是要反对这些现象，大家都卖真货，进行公平竞争，建立起健康的市场经济秩序。

2002.9

品行与报酬

哈耶克不但反对报酬直接与才智挂钩，而且反对报酬与品行挂钩。我已著文谈前一观点，现在来谈后一观点。我觉得，和前一观点相比，这一观点比较好理解。当然，我们都希望，好人有好报，坏人有坏报，每个人的福分和他的德行之间有一种联系，好像这样才公平。从一种朴素的感情出发，看到老实人吃亏，圆滑之徒占尽便宜，我心中也大为不平。但是，我知道，如果用这种朴素的感情指导经济活动，结果必定大谬。

按照品行分配，必然牵涉谁来对品行做鉴定的问题。无非有三种可能，一是由某个权力机构或权力者来做，二是由社会舆论或所谓"群众反映""民主评议"来做，三是由当事人自己来做。我相信，凡有理智的人都不会赞同第三种办法，因为根据每个人的自我评价决定他应得的报酬，等于没有任何标准，完全无法实行。至于采用前两种办法，我们对由此产生的恶果并不陌生。事实上，在计划经济体制中，品行或明或暗是决定报酬的重要因素。当一个负责人有权对其下属的品行做鉴定并且据此来分配经济利益时，所鼓励的往往是效忠、勤勉、服从等消极性质的品行，不可避免地会助长媚上之风。我不否认会有诚心用贤的好官，可是，相对于由体制决定的基本趋势，这种情形无足轻重。把做鉴定的权力交给"群众"，结果也许更糟。当事情涉及每个人的切身利益之时，人们的私心不可能不起作用。且不说别的，单是一般人都难以戒除的嫉妒心，就足以阻止他们都投优秀者的票。通常的情形是，群众评议中的优胜者是那些人缘好的人，而不是贡献大的人。

以上还只是说，按照品行分配不可能做到公正。问题不止于此，在哈耶克看来，要害是这一分配原则必然会毁坏自由社会的基础。他说："自由人的标志乃是其生活并不依赖于其他人对他品行的看法，而只依赖于他给其他人所提供的产品或服务。""如果在一个社会中，个人的地位是根据他与人们关于道德品行的观念间的相符程度而加以确定的，那么这个社会就是自由社会的对立面。"在本来的意义上，道德是一个人对如何生活为正当和高尚的理解，是他对自己的要求和为自己立的标准，体现了人的内在自由和精神追求。因此，它本不该是行政的对象，而把它和分配挂钩的做法却是运用强有力的经济手段把它变成了行政的对象。倘若人们的生活状况在很大程度上取决于是否遵循某种道德规范，那么，绝大多数人就范就是必然的结果。这种做法的另一个恶果是，使道德行为丧失了精神性质，变质为纯粹的功利行为。所以，按照品行分配不但搞乱了分配，而且也败坏了品行本身。凡是推行这种做法的地方，必定缺少真正的道德，盛行的是伪善和挂着道德招牌的明争暗斗。

在分配与道德无关这一点上，当代另一位自由主义思想家罗尔斯持相同看法。他特别指出，我们不可混淆法律的正义和分配的正义，以为二者性质一样，作用相辅，前者用于惩恶，后者用于奖善。的确，我们理应分清法律、道德、分配这三个不同的领域。品行属于道德的领域，我们可以对一个人的品行好坏做道德的评价，但是，既不能用法律手段对之惩处，也不能用分配手段对之赏罚。当然，倘若一个人的品行坏到了触犯刑法的地步，法律就该出面了。品行和分配也不是毫无关系，但这种关系只能是间接的，唯有当品行导致经济上的结果时，它才对分配产生影响。譬如说，一个勤勉工作的科学家取得了重大成果，因此得到了优厚报酬，他之能够得到这个报酬，他的勤勉肯定也起了一定作用。但是，很显然，这个报酬是给予他的成果的，而不是给予他的勤勉品行的。也许还有一些同样勤勉甚至更加勤勉的科学家，却没有取得这么重大的成果，也就不能给他们相应的报酬。又譬如说，一个诚信的商人也许会因为好的信誉而获得可靠的市场，相反，一个没有诚信的商人可能会因为信誉太坏而终于破产。不过，诚信与否必须在产品上体现出来，决定成败的仍是产品满足市场需要的情况，人们是为自己所愿意购买的商品付钱，而不是为某个商人的诚信品行付钱。

在市场经济条件下，分配归根到底是由市场上的供求关系决定的。一个人所得报酬的大小，取决于他所提供的产品或服务满足市场需要的程度，而这一程度又是由许多因素决定的，品行至多是其中的一个因素，而且往往不是很重要的因素。像勤勉、诚信这样的品行与报酬多少还有间接的联系，有一些更重要的品行，例如正直和善良，连间接的联系也没有，有时候甚至会给自己带来利益的损害。可是，如果你是一个正直的人，你会企求你的正直给你牟利吗？如果你企求这样，你还是一个正直的人吗？说到底，做人和做事毕竟是有区别的，做人要讲道德，做事要讲效率，讲道德是为了对得起自己的良心，讲效率是为了对得起自己的生命。前一个对得起不必也不能用金钱来衡量，后一个对得起主要指实现自己生命的价值，但在为社会创造价值的意义上有权要求合理的报酬。做这样的区别是不是公正呢？我认为是公正的。

2002.9

文化与市场

1

在这片古老土地上进行的大规模政治实验的失败，迫使中国回到了一种比较自然的社会过程。二十年前的思想解放运动的含义已经逐渐分明，它真正解放的是人的本能以及由本能所驱动的市场，而思想自身却丧失了特权。不过，我对这一变化持积极的评价。当思想拥有特权之时，其命运不外乎为王或为寇，而现在，它至少有了在市场上卖和买的自由，以及——只要自己愿意——不卖和不买并且远离市场的自由。市场对于思想是冷漠的，因冷漠而是宽容的，与那个对思想狂热而严酷的时代相比，我对眼下的状态要满意得多。

2

我不是为市场写作的，但是，市场的奇妙之处就在于，它给一个不是为它写作的人也提供了机会。

3

在市场经济迅速推进的条件下，文化的一大部分被消费趣味支配，出现平庸化趋势，这种情况不足为奇。如果一个民族在文化传统方面有深厚的精神底蕴，它就仍能够使其文化的核心不受损害,在世俗化潮流中引领精神文化的向上发展。但是,如果传统本身具有强烈的实用品格,缺少抵挡世俗化潮流的精神资源,文化整体的状况就堪忧了。这正是我们所面临的问题。

4

任何有价值的东西一旦成为时髦,就必然贬值。现在兴起所谓"文化热",对文化毫无兴趣的人也言必谈文化了。

我的朋友叹道:"就这一块清净地方,现在也待不得了!"

5

无论"文化热",还是"文化低谷",都与真正爱文化者无关,因为他所爱的文化是既不会成为一种时髦,也不会随市场行情低落的。

6

新秩序正在建立:商人居上,文化商人次之,文化人等而下之。

7

有一些人的所谓做学问,不过是到处探听消息,比如国外某个权威说了什么话、发表了什么文章之类。我不否认了解最新学术动态的好处,但是,如果把主要精力放在这里,那就只是扮演了一个学术界的新闻记者的角色而已。和这样的人在一起,你也许会听到各种芜杂的消息,却无法讨论任何一个问题。

第八辑

科学与人文

"天人合一"与生态学

90年代以来，国学好像又成了显学。而在国学热中，有一个概念赫然高悬，众望所归，这便是"天人合一"。在一些人嘴里，它简直是新福音，用它可以解决当今人类所面临的几乎一切重大难题。其最旗帜鲜明者甚至断言，唯"天人合一"才能拯救人类，舍此别无出路。按照他们的解释，西方文化的要害在于天人相分乃至对立，由此导致人性异化和生态危机，殊不知完备的人性理论和生态哲学在中国古已有之，"天人合一"便是，它的威力足以引导人类重建内心的和外部的和谐。

我的印象是，鼓吹者们一方面大大缩小了中国哲学的内涵，儒道佛一锅煮，最后熬剩下了"天人合一"这一点儿浓汁，另一方面又大大扩展了"天人合一"的内涵，使这一点儿浓汁囊括了一切有益成分，于是有了包治百病的神效。

"天人合一"原是一种儒家学说，把道家的"物我两忘"、禅宗的"见性成佛"硬塞入"天人合一"的模子里，未免牛头不对马嘴。即使儒家学说也不能归结为"天人合一"，"天人合一"仅是儒家在人与宇宙之关系问题上的一种较有代表性的观点。关于"天人合一"的含义，我认为张岱年先生在《中国哲学大纲》中的归纳最为准确，即一是滥觞于孟子、流布于宋儒的天人相通思想，二是董仲舒的天人相类思想。其中，后者纯属牵强附会的无稽之谈。前者主张人的心性与宇宙的本质相通，因而人借内省或良知即可知天道，这基本上属于认识论的范畴，我们自可对之作学理的探讨，却没有理由无限地扩大其含义和夸大其价值。事实上，在西方哲学中也不乏类似的思想，例如柏拉图的回忆说，笛卡儿的天赋观念说，可是人家并没有从中寻找什么新福音，相反倒是挖掘出了西方文明危机的根源。

把"天人合一"解释成人与自然的和谐相处，进一步解释成一种生态哲学，这已经成为国学新时髦。最近看到一本书，是美国科学家和学术活动家普里迈克写的《保护生物学概论》，译成中文洋洋五十多万字，对生态保护的一个重要方面即生物多样性保护的问题做了系统的研究和论述。我一面翻看这本书，一面想起某些国人欲靠"天人合一"解救世界生态危机的雄心，不禁感到啼笑皆非。当然，学有专攻，我们不能要求研究中国哲学的学者精通生态学，但我们也许有权要求一切学者尊重科学，承认环境保护也是科学，而不要在一种望文生义的"天人合一"境界中飘飘然自我陶醉。

1997.8

现代技术的危险何在？

现代技术正在以令人瞠目的速度发展，不断创造出令人瞠目的奇迹。人们奔走相告：数字化生存来了，克隆来了……接下来还会有什么东西来了？尽管难以预料，但一切都是可能的，现代技术似乎没有什么事情是它办不到的。面对这个无所不能的怪兽，人们兴奋而又不安，欢呼声和谴责声此起彼伏，而它对这一切置若罔闻，依然迈着它的目空一切的有力步伐。

按照通常的看法，技术无非是人为了自己的目的而改变事物的手段，手段本身无所谓好坏，它之造福还是为祸，取决于人出于什么目的来发明和运用它。乐观论者相信，人有能力用道德约束自己的目的，控制技术的后果，使之造福人类，悲观论者则对人的道德能力不抱信心。仿佛全部问题在于人性的善恶，由此而导致技术服务于善的目的还是恶的目的。然而，有一位哲学家，他越出了这一通常的思路，20世纪50年代初便从现代技术的早期演进中看到了真正的危险所在，向技术的本质发出了追问。

在海德格尔看来，技术不仅仅是手段，更是一种人与世界之关系的构造方式。在技术的视野里，一切事物都只是材料，都缩减为某种可以满足人需要的功能。技术从来就是这样的东西，不过，在过去的时代，技术的方式只占据非常次要的地位，人与世界的关系主要是一种非技术的、自然的关系。对于我们的祖先来说，大地是化育万物的母亲，他们怀着感激的心情接受土地的赠礼，守护存在的秘密。现代的特点在于技术几乎成了唯一的方式，实现了"对整个地球的无条件统治"，因而可以用技术来命名时代，例如原子能时代、电子时代等。现代人用技术的眼光看一切，神话、艺术、历史、宗教和朴素自然主义的视野趋于消失。在现代技术的统治下，自然万物都失去了自身的丰富性和本源性，仅仅成了能量的提供者。譬如说，大地不复是母亲，而只是任人开发的矿床和地产。畜禽不复是独立的生命和人类的伙伴，而只是食品厂的原料。河流不复是自然的风景和民族的摇篮，而只是水压的供应者。海德格尔曾经为莱茵河鸣不平，因为当人们在河上建造发电厂之时，事实上是把莱茵河建造到了发电厂里，使它成了发电厂的一个部件。那么，想一想我们的长江和黄河吧，在现代技术的视野中，它们岂不也只是发电厂的巨大部件，它们的自然本性和悠久历史何尝有一席位置？

现代技术的真正危险并不在于诸如原子弹爆炸之类可见的后果，而在于它的本质中业已包含着的这种对待事物的方式，它剥夺了一切事物的真实存在和自身价值，使之只剩下功能化的虚假存在。这种方式必定在人身上实行报复，在技术过程中，人的个性差别和价值也不复存在，一切人都变成了执行某种功能的技术人员。事情不止于此，人甚至还成了有朝一日可以按计划制造的"人力物质"。不管幸运还是不幸，海德格尔活着时赶上了人工授精之类的发明，化学家们已经预言人工合成生命的时代即将来临，他对此评论道："对人的生命和本质的进攻已在准备之中，与之相比较，氢弹的爆炸也算不了什么了。"现代技术"早在原子弹爆炸之前就毁灭了事物本身"。总之，人和自然事物两方面都丧失了自身的本质，如同里尔克在一封信中所说的，事物成了"虚假的事物",人的生活只剩下了"生活的假象"。

技术本质在现代的统治是全面的,它占领了一切存在领域,也包括文化领域。在过去的时代,学者都是博学通才,有着自己的个性和广泛兴趣,现在这样的学者消失了,被分工严密的专家即技术人员所取代。在文学史专家的眼里,历史上的一切伟大文学作品都只是有待从语法、词源学、比较语言史、文体学、诗学等角度去解释的对象,即所谓文学,失去了自身的实质。艺术作品也不复是它们本身所是的作品,而成了收藏、展览、销售、评论、研究等各种活动的对象,海德格尔问道:"然而,在这种种活动中,我们遇到作品本身了吗?"海德格尔还注意到了当时已经出现的信息理论和电脑技术,并且尖锐地指出,把语言对象化为信息工具的结果将是语言机器对人的控制。

既然现代技术的危险在于人与世界之关系的错误建构,那么,如果不改变这种建构,仅仅克服技术的某些不良后果,真正的危险就仍未消除。出路在哪里呢?有一个事实看来是毋庸置疑的:没有任何力量能够阻止现代技术发展的步伐,人类也绝不可能放弃已经获得的技术文明而复归田园生活。其实,被讥为"黑森林的浪漫主义者"的海德格尔也不存此种幻想。综观他的思路,我们可以看出,虽然现代技术的危险包含在技术的本质之中,但是,技术的方式之成为人类主导的乃至唯一的生存方式却好像并不具有必然性。也许出路就在这里。我们是否可以在保留技术视野的同时,再度找回其他的视野呢?如果说技术的方式根源于传统的形而上学,在计算性思维中遗忘了存在,那么,我们能否从那些歌吟家园的诗人那里受到启示,在冥想性思维中重新感悟存在?当然,这条出路未免抽象而渺茫,人类的命运仍在未定之中。于是我们便可以理解,为何海德格尔留下的最后手迹竟是一个没有答案的问题——

"在技术化的千篇一律的世界文明的时代中,是否和如何还能有家园?"

1997.11

人是地球的客人

生态学正在成为一门显学,绿色正在成为新闻出版界看好的时髦色之一。在这热闹之中,我读了一本相对默默无闻的专著,发现它是一本可以在此领域为我做向导的基本读物。在《文明的生态学透视——绿色文化》(安徽科学技术出版社1997年3月)一书中,生态学家周鸿清晰地阐述了生态理论和实践的发展脉络,使我获得了有关知识。当然,这本著作的主旨不是介绍这些知识,而是以生态学观点研究人类文明。这一研究涉及文明与自然的关系这个复杂问题,我想结合此书的阅读谈一谈我的思考。

文明与自然的冲突是在文明早期就已提出的古老话题。中国的老庄,西方的犬儒派、斯多葛派,都认为文明是对自然的有害干扰,因此皆对文明持拒斥立场。按照现代的看法,地球上迄今为止的生态破坏也的确是人类社会对生物圈影响的结果。然而,文明是人类生存的必然方式,人类绝不可能停留在或者回到纯粹的自然状态,这一点是不言而喻的。那么,问题就只能归结为选择一种尽可能与自然相和谐的文明。

常常听到有人为古代文明,尤其是东方古代文明唱赞歌,仿佛那是人与自然相和谐的天堂,而生态危机仅仅是现代文明的产物。事实却大不然,正如作者所指出的,许多辉煌的古代文明,包括巴比伦文明、地中海的米诺斯文明、腓尼基文明、玛雅文明、撒哈拉文明等，它们之所以灭亡，最重要的原因很可能是由于人类早期农业对土地的不合理使用和灌溉所导致的沙漠化与贫瘠化，使得支撑这些文明的生态环境遭到了彻底破坏。作为古中华文明发源地的黄河流域和作为古印度文明发源地的印度河流域，也因生态恶化而成了世界最贫困的地区。由此可见，古代人因为科学知识上的无知而对环境造成的破坏，其严重程度绝不亚于现代人运用技术所造成的破坏。

当然，我们也不可低估现代工业文明所导致的生态危机的严重性，包括能源短缺、土地减少、环境污染、生物多样性的急剧丧失以及温室效应、臭氧损耗等全球问题。就对自然环境的关系而言，古代文明的长处在于对自然怀有一种敬畏的态度，这种态度在古代各民族的宗教中均有体现，短处在于不具备环境保护的科学知识和自觉性。现代文明则正好反过来，对自然的敬畏之心业已淡薄，而干预自然过程的能力却空前地加强了，这正是危险所在；但是与此同时，由科学知识导引的环境保护的自觉性也正在空前地提高，其突出表现是自20世纪60年代开始的绿色生态运动，这一运动声势日趋浩大，并因可持续发展观念的提出而达于成熟。

由此我想到一个问题：一个民族倘若既失去了古代文明对自然的敬畏，又未达到现代文明对环境保护的自觉，情形会怎么样呢？这正是我们今天所面临的可怕情形。我想举书中大量涉及的森林状态为例。本世纪以来，全球的森林覆盖率在下降，越是落后的地区下降幅度越大，但在覆盖率本来就很高的欧洲和苏联时期的俄罗斯却已开始呈上升趋势。现在，全球森林面积的80%在发达国家，仅20%在发展中国家。我国森林密集地区包括东北、四川、海南等地毁林速度惊人，例如海南的热带雨林在不到四十年间被毁五分之四，近十九年间全国森林面积减少了23.1%，现有覆盖率远远低于世界平均水平。现代科学告诉我们，森林是地球的"绿色的肺"，地球上物质循环和能量交换的中枢，它通过储存碳而调节空气和气候，能够蓄积水和控制水土流失，并且还是物种的主要居所。因此，森林的毁坏必然导致严重的生态后果。毫无疑问，90年代以来我国水灾不断，便与此有着直接的关系。

以环境为发展的代价，这是西方国家在实现现代化的过程中曾经走过的弯路，也许我国也难以完全避免。但是，在有了西方国家的正反面经验之后，我们没有理由不缩短这一段弯路。我相信，一种健全的文明与自然的关系应该是结合了古今文明之优点的，既怀着宗教性的敬畏之心，又有着科学性的保护意识。有迹象表明，这样的文明正在形成之中。现代生态运动的主导精神并非狂妄的人类中心主义或狭隘的功利主义，而是一种具有泛神论意味的生态伦理学，其基本思想是把人看作大自然家庭中的普通一员，以平等的态度尊重地球上的一切生命，主张每一个物种都有自己的权利。这种伦理学在现代的兴起无疑得力于对生态平衡之重要性的科学认识，但是，我们不难发现其中也复活了那种敬畏自然的古老宗教精神。据说古代曾经流行树崇拜的习俗，先民们把树看作神在人间的驻地。一位现代生态学家则说人类是作为绿色植物的客人生活在地球上的，这个比较温和的说法减弱了古时的神话色彩，也许更适合于现代人。若把这个说法加以扩展，我们便可以说，人是地球的客人。作为客人，我们在享受主人的款待时倒也不必羞愧，但同时我们应当懂得尊重和感谢主人。那么，做一个有教养的客人，这可能就是现代人对待自然的最恰当的态度吧。

1998.2

医学的人文品格

一

现代人是越来越离不开医院了。从前，人在土地上生息，得了病也只是听天由命，顺其自然。现在，生老病死，每一环节几乎都与医院难解难分。我们在医院里诞生，从此常常出入其中，年老时去得更勤，最后还往往是在医院里告别人世。在我们的生活中，医院、医生、医学占据了太重要的位置。

然而，医院带给我们的美好回忆却是如此稀少。女人分娩，病人求医，老人临终，都是生命中最脆弱的时刻，最需要人性的温暖。可是，在医院里，我们很少感觉到这种温暖。尤其在今日中国的许多医院里，我们感觉到的更多是世态炎凉、人心冷漠。可以毫不夸张地说，医院如今是最令人望而生畏的地方之一。

一个问题使我困惑良久：以拯救生命为使命的医学，为什么如此缺少抚慰生命的善意？没有抚慰的善意，能有拯救的诚意吗？

正是在这困惑中，甚至困惑已经变成了愤慨、愤慨已经变成了无奈和淡漠的时候，我读到了刘易斯·托马斯所著《最年轻的科学——观察科学的札记》一书，真有荒漠遇甘泉之感。托马斯是美国著名的医学家和医生，已于1993年病故。在他写的这本自传性著作中，我见识了一个真正杰出的医生，他不但有学术上和医术上的造诣，而且有深刻的睿智、广阔的人文视野和丰富的同情心。诺贝尔物理学奖得主费因曼尝言，科学这把钥匙既可开启天堂大门，也可开启地狱大门，究竟打开哪扇门，则有赖于人文指导。我相信，医学要能真正造福人类，也必须具备人文品格。当然，医学的人文品格是由那些研究和运用它的人赋予它的，也就是说，前提是要拥有许多像托马斯这样的具备人文素养的医学家和医生。托马斯倡导和率先实施了医学和哲学博士双学位教育计划，正显示了他在这方面的眼光。

二

在这本书里，托马斯依据亲身经历回顾了医学发展的历史。他不在乎什么职业秘密，非常诚实地告诉我们，直到他青年时代学医时为止，医学在治疗方面是完全无知的，唯一的本领是给病人吃治不好也治不坏的安慰剂，其效力相当于宗教仪式中的符咒。最高明的医生也不过是善于判断病的名称和解释病的后果罢了。一种病无论后果好坏，医生都无法改变它的行程，只能让它自己走完它的行程。医学之真正能够医治疾病，变得名副其实起来，是1937年发明了磺胺药以后的事情。在此意义上，托马斯称医学为"最年轻的科学"。

从那以来，人类拥有了越来越多的从前无法想象的治疗技术。作为一个科学家，托马斯对技术的进步持充分肯定的态度。但是，同时他认为，代价是巨大的，这代价便是医疗方式的"非人化"，医生和病人之间的亲密关系一去不返了。譬如说，触摸和谈话曾是医生的两件法宝，虽无真正的医疗作用，但病人却借之得到了安慰和信心。现在，医生不再需要把自己的手放到病人的身体上，也不再有兴趣和工夫与病人谈话了。取而代之的是各种复杂的机器，它们横在医生和病人之间，把两者的距离越拉越大。住院病人仿佛不再是人，而只成了一个号码。在医院这个迷宫里，他们随时有迷失的危险，不知什么时候会被放在担架上推到一个不该去的地方。托马斯懂得，技术再发达，病人仍然需要医生那种给人以希望的温柔的触摸，那种无所不包的从容的长谈，但他知道要保留这些是一件难事，在今天唯有"最好的医生"才能做到。"最好的医生"——他正是这么说的。我敢断定，倘若他不是一个公认的医学权威，他的同行一定会对他的标准哗然了。这没有什么可奇怪的，因为制定这标准的那种神圣感情在今天已经成了人们最陌生的东西。

　　托马斯还有别的怪论也会令他的同行蹙额。譬如说，他好像对医生自己不患重病感到遗憾。从前，患重病是很普遍的事情，医生也不能幸免。现在，由于医学的进步，这种机会大为减少了。问题在于，没有亲身经历，医生很难知道做病人的感觉。他不知道病人受疾病袭击时的痛苦，面临生命危险时的悲伤，对于爱抚和同情的渴望。他很容易不把病人当作一个真实的人，而只当作一个抽象的疾病标本，一个应用他从教科书上学来的知识的对象。生病是一种特别的个人经历，有助于加深一个人对生命、苦难、死亡的体验。一个自己有过患重病经历的医生，往往是更富有人性的。所以，托马斯半开玩笑地建议，既然现在最有机会使人体会生病滋味的只有感冒了，在清除人类其他疾病的进程中，就把感冒保留下来吧，把它塞进医学生的课程表里，让他们每年两次处在患流感并且受不到照顾的境地，这对他们今后做人和做医生都有好处。

　　很显然，在托马斯看来，人生体悟和人道精神应是医生的必备品质，其重要性至少不在医术之下。其实道理很简单，医生自己必须是一个人性丰满的人，他才可能把病人看作一个人而不只是疾病的一个载体。

三

托马斯毕生从医,但他谈论起医学之外的事情来也充满智慧。我只举两个例子。

其一是关于电脑。他说,人脑与电脑的区别有二,一是容易遗忘,二是容易出错。这看起来是缺点,其实是优点。遗忘是自动发生的,这使我们可以不费力气就把多余的信息清除出去,给不期而至的好思想腾出空间。倘若没有这样的空间,好思想就会因为找不到栖息地而又飞向黑暗之中。让关系出错更是人脑的一个美妙天赋,靠了它我们往往会有意外的发现,在没有关联之处邂逅崭新的思想。这两个区别说明了同一件事,便是电脑的本领仅到信息为止,人脑的本领却是要让信息导致思想。电脑的本领常常使人惊奇,这很可能使一般人得出电脑胜于人脑的结论,但托马斯却从自己的惊奇中看到了人的优越,因为电脑没有惊奇的能力。

第二个例子是他对女性的评价。他非常感谢女性在幼儿教育方面的贡献,认为这是她们给予文明的厚礼,证明了她们才是记录和传递文化基础的功臣。由于女性对儿童的天然喜爱和理解,她们是更善于开启年幼的头脑的。他还看到,女性虽然容易为生活中的小事和事物的外表烦恼,但是面对极其重大的事情却十分沉着。形象地说,女性的头脑只是外部多变,其中枢却相当稳定。相比之下,男性的那个深处中枢始终是不成熟的,需要不断地重新定向。因此,托马斯相信,在涉及人类命运的大事上,女性是更值得信任的。

这两个例子都表明,托马斯对于人性有多么亲切的理解。人脑优于电脑、女性优于男性的地方,不都是在于人性吗?我们不妨说,与女性相比,男性的抽象头脑更像是一种电脑。写到这里,我忍不住还要提一下托马斯的另一个感想,它也许能帮助我们猜测他的智慧的源头。作为一个医生,他有许多机会通过仪器看见自己的体内。然而,他说,他并不因此感到与自己更靠近了,相反觉得距离更远,更有了两重性。那个真正的"我"并不在这些松软的构件中,其间并没有一个可以安顿"我"的中心,它们自己管理着自己,而"我"是一个局外人。托马斯所谈到的这个与肉体判然有别的"我",除了称之为灵魂,我们就无以名之。不难想见,一个有这样强烈的灵魂感觉的人,当然会对人性的高贵和神秘怀着敬意,不可能陷入技术的狂热之中。

四

我们不可能要求每一个医生都具备托马斯这样的人文素养,这是不现实的,甚至也是不必要的。但是,中国当今的医疗腐败已经到了令绝大多数人忍无可忍的地步,凡是不享有特权的普通人,在这方面都一定有惨痛或沮丧的经验。人们之恐惧在医院里受到非人道的待遇,已甚于对疾病本身的恐惧。这就使得医学的人文品格之话题有了极大的迫切性。

毫无疑问,医疗腐败仅是社会腐败的一个组成部分,因而其整治有赖于整个社会状况的改善。但是,由于它直接关系到每一个人的生死安危,医疗权利实质上就是生存权利,所以有理由得到特别的关注。问题的解决无非是从两方面入手,一是他律,包括医生资格的从严审定,有关医生责任和病人权利的立法,医疗事故的公正鉴定和制裁等;另一是自律,即医生的人文素养和道德水准的提高。

在我与医院打交道的经历中,有一个现象令我非常吃惊,便是一些很年轻的从医学院毕业不久的医生,显得比年长的医生更加冷漠、无所谓和不负责任。有一回，我怀孕的妻子发热到四十摄氏度，住进我家附近的一所医院。因为青霉素皮试过敏，那个值班的年轻女医生便一筹莫展，入院数小时未采取任何治疗措施。征得她的同意后，我通过电话向一家大医院求援，试图从那里得到某种批号的青霉素，我的妻子当天上午曾在那家医院注射过这种批号的青霉素，已被证明不会引起过敏。可是，我的联系很快被这个女医生制止了，理由竟是这会增加她们科的电话费支出。面对高热不退的妻子和吉凶未卜的胎儿，我心急如焚，这理由如此荒唐，使我无法置信，以至于说不出话来。我只好要求出院而去那家离家较远的大医院，谁知这个女医生听罢，白了我一眼，就不知去向了。剩下若干同样年轻的医生，皆作壁上观，对我的焦急的请求一律不予理睬。在走投无路的情况下，我不得不说出类似情形使我失去一个女儿的遭遇，这才得以办成出院手续。

记载我的丧女经历的《妞妞》一书拥有许多读者，而这些年轻的医生都不曾听说过，对此我没有什么好指责的。我感到寒心的是，虽然他们名义上也是知识分子，我却觉得自己是面对着一群野蛮人。直觉告诉我，他们是没有真正意义上的读书生活的，因而我无法用我熟悉的语言对他们说话。托马斯谈到，他上大学时在一家医院实习，看见一位年轻医生为一个病人的死亡而哭泣，死亡的原因不是医疗事故而只是医学的无能，于是对这家医院肃然起敬。爱心和医德不是孤立之物，而是在深厚的人文土壤上培育出来的。在这方面，我们的医学院肯定存在严重的缺陷。我只能期望，有一天，在我们的医学院培养出的医生中，多一些有良知和教养的真正的知识分子，少一些穿白大褂的蒙昧人。

1998.11

医学与人文关怀

王一方先生的职业是出版和办报,可是,多年来,他对医学人文这个话题倾注了异乎寻常的热情。作为出版人,他策划了医学人文系列丛书《柳叶刀译丛》,把西方正在兴起的医学人文学中的重要著作引入了中国。与此同时,他组织了围绕这一话题的系列对话,自己写作了若干相关文章,结集为《敬畏生命——生命、医学与人文关怀的对话》一书。对于他在这方面的努力,我的心情已不只是赞赏,而更是感激。

我之所以感激,是因为我亲身的经历,我的耳闻目睹,都早已使我强烈地感觉到了这个问题的迫切性。事实上,不仅我如此,医疗腐败的现状也早已激起了普遍的社会不满。但是,迄今为止,这种不满的表达仍只限于受害者的自发投诉和媒体上的零星揭露,显得十分软弱。要使情况有真正的改观,就必须唤起社会上的强势集团、医学界的权威人士、有影响的公众人物都来关心这个问题,形成一种足以推动变革的自觉的社会压力。在一定意义上,王一方所做的就是这样的工作。

本书中的大部分对话和文章是围绕《柳叶刀译丛》所收的西方医学人文学著作展开的,这些著作的作者基本上是医学专家或医生,我觉得这个事实本身就很说明问题。倘若没有深厚的人文传统的底蕴,就不能设想在医学从业者中会涌现出这么多用广阔的人文眼光反省现代医学的人来。因此，对现代医学非人化倾向的反省本身即证明了人文传统的源远流长。这与西方思想界对于现代性的整体反省的情形是一样的，每当看见有人从这种反省中引出东方文化优越的结论，我就不禁感到滑稽。

医学人文学对于现代医学的反省大致集中在两个方面。一是技术化，不把病人当人，只看作疾病的载体，医疗技术施与的对象。由此而产生了一系列后果，包括把病人与亲情隔离开来的医院体制，医患之间的没有交流，对于病人的体验毫不关心，等等。二是商业化，也是不把病人当人，而只看作消费的主体，尽可能多赚钱的机会。在这方面，西方社会的一个典型现象是，医生、律师、制药商组成利益共同体，诱导医疗消费，制造保健市场，导致医学边界的无限扩张。作者把这两个方面概括为：因为科学的贪婪和商业的贪婪，现代医学失去了生命感。针对于此，反省者们强调了两个基本观点：第一，医学不只是科学，更是人学，医生所面对的是整体的人，应该确立以患者生活为中心的治疗目标；第二，医疗权是基本人权，医疗公正是社会公正的重要方面，病人权利应该得到法律的切实保障。反省的目标是要让医学回到人本身，明确一个其实很简单的真理：病人不是病，而是人，是有着自己的全部生活经历和心理体验的活生生的个人。

在我们这里，治病不治人、认钱不认人的情况肯定严重得多。正是在医院里，人们最经常地感觉到自己不被当作人对待的屈辱。这当然不是一个孤立的现象，毋宁说是中国转型时期权力与资本畸形结合的腐败现象的一个侧面。从文化上分析，则正如本书对话者之一陈可冀院士所指出的，中国医学的人文传统早退了，西方医学的人文建构又迟到了，形成了医学中的人文空白。

要培育医学的人文关怀，医生素质的改善无疑是关键一环。一个医生只有当他自己不是一台医疗机器，而是一个活生生的有着广泛兴趣和活泼感受的人，他才能相应地不把病人当作疾病，而是当作完整的人来对待。作者在书中谈到，美国医生爱写自传体著作，从这些著作中可以看出，他们在自己的职业生涯中总会遇到许多新鲜事，思考许多怪问题。在西方的医生中，当然也有大量的片面技术型和平庸谋生型的人，但的确有比我们多得多的有着广阔人文视野的真正的知识分子，正是这些人构成了西方医生的核心，引导着西方医学的人文方向。我由此想到，如果要在中国医学界寻找这样的知识分子，恐怕多半是在像陈可冀先生这样崇尚知识、情感、道德合一境界的老一代医学专家中，或者还可能在从西方不但学到医术而且真正受了人文熏陶而归来的年轻医生中。我期望这两种力量联合起来，从医学生的人文教育着手，在医务人员中培植陈可冀先生所提倡的非职业阅读的风气，如此持之以恒，有朝一日也许能够形成中国医学界的人文核心了。

2001.4

关于绿色文明的访谈录

1. 人类能否超越自我，或超越客观？人类的生存条件和生存方式之间是否酝酿着人类的生存悲剧？

答：所谓自然与文化、生存条件与生存方式的冲突，有两方面的含义。一是存在论意义上的，即在人性和人的存在境况中，这一冲突表现为肉与灵、生物性与精神性的冲突。作为自然的生命体，人不能完全摆脱动物式欲望的支配，并且像动物一样必然死亡。作为文化的存在物，人又不甘心如此。这种冲突确实构成了人类最基本的生存悲剧，但此种悲剧不可解除，我们只能承受。另一含义是生态学意义上的，即人类的文化野心破坏了自然的生态平衡，从而危及了自身的生存。这方面的问题当然是可以也应该解决的。不要把这两种不同的含义混淆起来，而所谓"超越自我"还是"超越客观"的提法在概念上不太清晰，可能是把它们混淆了。

2. 从绿荫遮蔽到刀耕火种，人类开辟的生存和发展之路是否自始就在把人类引向歧路？

答：原始农耕对于森林、从而对于地球生态的破坏是显然的，不过我想，我们无权责备先人，在他们的生存条件和认识水平下，刀耕火种有其必然性。问题是今天，人们仍因贪婪和愚昧而毁坏着森林资源。森林是地球上最好的东西，是水之源、土之源、空气之源、生命之源。我认为可以用森林保护和培植状况准确地衡量现代世界上每一个民族的文明水平。

3. 中国文化是否是一种尊重自然的文化,有无现代意义?

答:我不太同意把中国文化尤其是儒家文化说成解决现代文明弊病的根本出路,在环境问题上也是如此。诚然,在人与自然的关系方面,中国哲学提供了一些很有价值的思想,这主要是在老庄哲学中。不过,老庄所倡导的自然无为是一种人生哲学,并不直接包含环境保护的意义。至于儒家的"天人合一"甚至间接地也不包含,"天"只是用来证明人伦秩序的神学符号罢了。我不反对后人加以引申发挥,但要把握分寸。同时也应当看到,西方思想中同样也有主张人与自然和谐的传统,而并非一味地强调人与自然的对立。前苏格拉底哲学家往往以《论自然》为其著作的标题,想来不是纯属偶然。犬儒派和斯多葛派哲学家提倡顺应自然,与老庄有异曲同工之妙。卢克莱修告诉我们:"大地是我们的母亲,因为正是她生育了人类。"后来卢梭开启的浪漫思潮热情地鼓吹回归自然,更是尽人皆知的。我想说的是,在保护自然的问题上,东西方都有可资借鉴的思想资料。而严格意义上的生态科学、环境保护意识以及可持续发展的观念,则完全是西方文化发展到一定阶段的产物。事实上,凡是到过欧美的人都亲眼看见,人家的环保总体水平远远高于我们。在这一点上,我们最好诚实和虚心一些,把环保当作一门科学来对待,不要在似是而非的审美境界中自我陶醉。

4. 应以什么态度看待科学及其文明成果?

答:认识自然可以有两种不同的方式,一种是艺术的、诗意的方式,另一种是科学的、逻辑的方式。前者如中国的道家,西方的泛神论，基于一种人与自然融合一体的感觉，主体和客体未尝分裂，自然是人的母腹和家园。后者的特点是主体与客体的分裂，人以主体自居，把自然当作对象来研究。近代科学把这后一种方式发展到了极致，建立了机械论、数学化的世界图景，人失去了对于自然的亲近感和家园感，当然是偏颇的。不过我想，科学方式仍将永远有其存在的理由，无此方式，人类对于自然的认识只能是笼统模糊的，没有任何可操作性。科学方式和艺术方式各有其用途，不能互相取代。人对自然的根本态度应该是艺术（广义的，包括宗教）的，而在具体认识上则不能不借助科学的工具。

5. 如何评价技术的社会力量和社会的技术化倾向？

答：技术是人类对于自然过程的干预，因而本身已经包含了人与自然相对立的因素。作为制造和使用工具的动物，人类当然不可能完全放弃技术，否则就不成其为人类了。现在的问题是，随着高技术的发展和运用，人类的生存方式越来越远离自然，其后果将是灾难性的。技术已经造就了不自然的饮食结构和居住环境，正在野心勃勃地觊觎人身上最后一个自然的领域——性和生育，准备取而代之。到了那时，人就真成了地球上的怪物了。技术畸形发展的动力，一是物欲，二是好奇心，对这两者都应加以限制。技术是为人类幸福服务的，而人类怎样才幸福，技术并不知道，发言权在哲学和人文科学。至于好奇心，可以用科学来满足，科学是无禁区的，但技术必须有禁区。

6. 发展中国家怎样才能解决加速科技进步同滥用科技成果的矛盾？

答：发展中国家在加速科技进步的同时，当然应该尽量防止和减少其弊病，在这方面，有发达国家正反两方面的经验可资借鉴。不过，做起来谈何容易，需要决策者的眼光，也需要法律和制度的保障。

7. 生态文化是否是一种新的文化形态？

答：我比较欣赏"生态文化"（"生态文明社会"）这个提法，觉得比"信息文明""后工业社会"等提法好，更加准确地规定了工业社会之后人类文明发展的新方向。"后工业社会"这个概念显然缺乏具体的规定性，"信息文明"则仍然走在技术文明的老思路上，最多只能作为由工业文明向生态文明的过渡。但是，生态文明社会能否实现，何时实现，却难以肯定，在目前还只能看作一种理想和努力方向。

8. 如何解决当下发展和可持续发展的矛盾？

答：可持续发展并不排斥当下发展，而是对当下发展提出了更高的要求。同时，这又是一个十分合理的要求。过去我们有一个提法，所谓为子孙后代谋幸福，为此不惜牺牲现在这一代人的幸福。其实那是空洞的、不实际的，甚至是虚伪的。可持续发展的观念则强调，在满足当代人的需要的同时，不对后代人满足其需要的能力构成危害，这个提法是很有分寸的。也就是说，并非要求我们当苦行僧，而只是要求我们不做败家子而已。当然，真正不做败家子也并不容易，事实上我们一直在做着败家子。

9. 如何看待人机文明和智能社会？

答：我不太懂所谓"智能社会"这种设想，印象中觉得它仍然是一种技术神话，并且散发着空洞的乐观主义气味。

10. 绿色文明的理想能否实现？

答：保护自然环境的呼声之所以高涨，源于人们的真实需要。其一，是精神上的需要。人总是要有信仰和精神家园的，在对人格化上帝的信仰破灭之后，现代西方人中间有一种相当显著的泛神论倾向，从大自然那里寻求寄托。对于许多人来说，素食主义、动物保护、绿色运动都带有精神信仰的意义，而不单单是个人喜好和社会活动。人与自然的和谐乃是人生意义的最可靠源泉，这一点正在成为越来越多的人的共识。其二，是人类继续生存的需要。即使人们对自然并无宗教和道德上的关切，用科学的眼光看，生态破坏对人类生存的威胁也已十分明显，迫使人们善待自然。因此，我对绿色文明的实现还是有一定的信心的。

1997.5

我反对克隆人

由于克隆羊多利的诞生以及随后美国人希德声称要进行克隆人的实验,关于克隆人是否道德和应否加以禁止的争论活跃了起来。尽管科学界旋即又对多利实验的可靠性提出了有力的质疑,从而大大推迟了克隆人实验的可行性日程,但是,从现代科学技术发展的势头看,推迟大概不会是无限期的。因此,相关的争论仍将不可避免。

我本人对克隆人持反对的立场,其理由如下——

通过克隆的方式来繁殖人是不自然、反自然的。衡量生殖方式之是否自然,要有一个标准,便是自然界中实际发生的基本过程,此外不可能有别的标准。在自然界中,生殖方式是由无性向有性发展的,而凡是哺乳动物皆为有性生殖。倘若人为地加以改变,就是非自然,倘若这种改变产生了危害自然界生物状态的后果,就是反自然。有人断言:人是自然界进化过程的产物,人所做的一切都是这个过程的延续,因而都是自然的。这种逻辑抹杀了自然与非自然的界限。按照这种逻辑,就根本不存在任何非自然的东西了,甚至可以把灭绝人类和生物的核大战也宣布为自然的了。

通过克隆的方式来繁殖人也是不道德的。这首先是因为,克隆人违背和损害了人类的基本价值观念,其中包括人格的价值,即每一个人作为独一无二的生命体、作为个性的价值,以及情感的价值,尤其是以有性生殖为基础的爱情和亲情的价值。一旦个体的人可以通过无性的方式复制，这些价值皆从根本上被动摇甚至被摧毁了。其次，克隆人必将导致严重的伦理后果。我们不妨设想一下，人类可能为了什么目的进行人的克隆？无非是两种情况。一是为了改良人种，通过克隆制造"优质人"，将体质上或智质上的优秀者大量复制，而淘汰劣者。姑且假定这一做法在技术操作上不存在困难，克隆出来的人的确能够继承其母本的优点，那么，剩下的问题便是决定谁有权被复制谁必须被淘汰了。不难想象，在此情形下，人类便会被划分为空前不平等的两大等级，人与人之间为了争夺繁衍权而必将陷入空前激烈的斗争。另一可能的目的是通过克隆制造"工具人"，由于克隆出来的人是可以大量复制的，他们的生命将不被珍惜，人们完全可能，甚至必然会把他们用于战争或残害性实验。在此情形下，人类同样会形成两大不同等级，一是自然诞生的人，一是克隆出来的人，其间的鸿沟远甚于奴隶和奴隶主，从而形成新的奴隶制度。这种对于克隆出来的人的生命的态度也必然会殃及自然诞生的人，因为只要个人可以复制，对生命不尊重的态度一旦形成，两者之间的界限就很容易被打破了。很显然，在上述两种情况下，无论克隆的目标是"优质人"抑或是"工具人"，均隐含着人类自我毁灭的危险。

有人强调"科学无禁区"，以此为理由主张克隆人不应该成为禁区。还有人强调"个人的选择自由"，以此为理由主张个人有权选择克隆的繁殖方式。科学即对事物的认识诚然是没有禁区的，但技术即对事物的改变却必须有禁区，前提是不能危及人类的生存。至于"个人的选择自由"，当然也必须遵守这个前提。鉴于克隆人会危及人类的生存，我赞成在世界范围内通过立法严格禁止克隆人的实验。

1998.3

电脑：现代文明的陷阱？

我自认为是一个对现代文明抱着相当警惕心的人。倘在若干年前，有人预言我会迷上电脑这种现代文明最时髦的产品，我一定会嗤之以鼻。我不能想象我怎么可以丢开纸笔，把头脑里的思想转换成一套与思想漠不相干的键入动作，然后让它们在荧光屏上显示出来。那样还叫写作吗？然而，事实却是，在很短的时间内，我不但习惯了用电脑写作，而且对它依赖到了这般地步，离开它简直不会也不肯写任何东西了。

让我反省一下，这种情形是如何发生的。

毫无疑问，如同一切现代文明的产品一样，电脑的难以抵御的诱惑力在于方便和效率。初学电脑当然要花点工夫，但是，凡现代文明的产品，其特点便是制造愈复杂而使用就愈简便，把那套使用程序设计得连傻瓜也很容易学会。一旦学会了，你瞧吧，再也不用一笔一画地涂写了，伴随着令人愉快的键入声，屏幕上快速出现了整齐的字行，不但省力，而且美观悦目。电脑写作最便利之处是修改，增删挪移，悉听君便，无须涂抹，更不必誊抄，一步到位。更何况可以随心所欲地存盘、拷贝和打印，以往那种留底稿和复写的麻烦一扫而光。享受过如此种种好处，谁还愿意回到手工时代吃二遍苦呢？

不过，正像我一开始说的，我毕竟是一个对现代文明怀有戒心的人，因而在享受着电脑的种种好处的同时，也仍然不敢对它完全放心。对于我来说，诸如电脑通过脑芯片主宰人脑之类的恐怖神话离我尚远，我的担心是很浅近的。当我坐在电脑前工作时，我一直不能排除一种也许可笑也许不可笑的担忧：我如此毫无保留地把我的全部思想和感受，我的全部心灵档案和精神创作交付给电脑，在此之外未留下任何文字的记录，有一天它们不翼而飞了，我怎么办呢，我岂不成了一无所有的穷光蛋？无论我多么努力地钻研，电脑的秘密岂是我辈能够洞悉，它对于我始终是一个异己的家伙，是一个心怀叵测的仆人，我们之间绝无推心置腹的可能，一如我与纸笔之间。我竟然忘恩负义，辞退了从前的忠仆，花大价钱雇用这个黠奴，随时冒着它卷财潜逃的危险，真的受此惩罚不也活该吗？雇用一个太精明能干的仆人的另一危险是，主人离开仆人便寸步难行，成了事实上的奴隶。我现在不正在沦入这可悲的境地吗？我不禁想，也许迟早有一天，当我陶醉在春天的田野或情人的怀抱里时，出现在我脑中的将不再是美丽的诗句，而是电脑的键盘了。

那么，也许电脑是现代文明伸向我的一种诱饵，在诱饵下面的竟是陷阱？

1996.1

（全书完）

何以滋养灵魂

作者 _ 周国平

编辑 _ 李谨　　装帧设计 _ 董歆昱　　主管 _ 岳爱华
技术编辑 _ 顾逸飞　　责任印制 _ 刘淼　　出品人 _ 王誉

营销团队 _ 毛婷 魏洋　　物料设计 _ 朱大锤

果麦
www.goldmye.com

以 微 小 的 力 量 推 动 文 明

图书在版编目（CIP）数据

何以滋养灵魂 / 周国平著. -- 昆明：云南人民出版社，2025.8. -- ISBN 978-7-222-23896-1

Ⅰ. I267.1

中国国家版本馆 CIP 数据核字第 2025ER1864 号

责任编辑：刘　娟　张丽园
责任校对：李　爽
责任印制：李寒东

何以滋养灵魂
HEYI ZIYANG LINGHUN

周国平　著

出　　版	云南人民出版社
发　　行	果麦文化传媒股份有限公司
社　　址	昆明市环城西路 609 号
邮　　编	650034
网　　址	www.ynpph.com.cn
E-mail	ynrms@sina.com
开　　本	880mm×1230mm　1/32
印　　张	13.5
字　　数	330 千字
版　　次	2025 年 8 月第 1 版　2025 年 8 月第 1 次印刷
印　　刷	北京世纪恒宇印刷有限公司
书　　号	ISBN 978-7-222-23896-1
定　　价	58.00 元

版权所有 侵权必究
如发现印装质量问题，影响阅读，请联系 021-64386496 调换。